Schmetterlingsliebe

Alice Camden

End -Korrektorat: Florentina Hellmas
florentina.hellmas@gmx.net

Coverdesign: Timo Hollenfels & Alice Camden
https://coveredbydesign.wordpress.com/
Unter Verwendung von Bildmaterial von:
Vintage Schmetterling: Shutterstock, Urheber: Dark Moon Pictures
Paar: Shutterstock, Urheber: Rawpixel.com

Kontakt:
Alice Camden
c/o Papyrus Autoren Club
R.O.M Logicware GmbH
Pettenkoferstr. 16-18
10247 Berlin
alice.camden@gmx.de

Für Julia
mit kollegialen Grüße

DANKSAGUNG

Vielen Dank an meine Beta-Leser/innen:
Florentina Hellmas, Sabrina, Simone, Aina & die Facebook-Beta-Leser-Gruppe! Vielen Dank für eure Hilfe!

ANMERKUNGEN

Alle Personen und Unternehmen sind in meinem Kopf entstanden und somit frei erfunden.
Am Ende des Buches, ist die Bonus-Geschichte:
Der Weihnachtself zu finden.
Eine kleine Episode aus Tristans & Jonathans Kindheit.

KAPITEL 1

Unvermittelt zuckte Tristan zusammen. Aus den Augenwinkeln konnte er ihn erkennen, den Nachtfalter, dessen zarte Flügel sein Ohr gestreift hatten. Schon verschmolzen die Umrisse des Schmetterlings mit der Dunkelheit. Erleichtert atmete Tristan aus und sah sich um. *Alles still, niemand unterwegs.*

Dieser Einbruch würde leichter, als einem Kind den Lutscher zu klauen, da war er sich sicher. Lautlos übersprang er den Zaun und blickte prüfend zu den Häusern in der Nachbarschaft. Ein milder Wind wehte durch die Märznacht und streichelte sanft über Tristans Wange, beruhigte ihn. *Bestens!* Nicht einmal eine Katze war zu sehen.

Im Schutz der Dunkelheit schlich er über den Rasen zur Hauswand, tastete sich behutsam weiter und betrat die hölzerne Terrasse.

Laut knarrte der Boden unter seinen Füßen. *Fuck!* Ganz vorsichtig schob er einen Fuß vor den anderen und blieb vor der gläsernen Terrassentür stehen. Mit zitternden Händen setzte er den Schraubenzieher an. Fast hörbar pochte die Aufregung in seinen Schläfen. Schauer der Anspannung zuckten durch seinen Körper. Endlich war es zu hören - das vertraute *Plopp* mit dem die Tür aufsprang.

Na, das war ja fast schon zu einfach gewesen. Wachsam schlich Tristan in das angrenzende Wohnzimmer. Ebenso gut hätte er durch die Haustür spazieren können. *Nein, jetzt bloß nicht übermütig werden!* Auch ein leeres Haus konnte Gefahr bedeuten. Vielleicht hatte die Oma eine Alarmanlage? Ach was, die wäre längst losgegangen!

Oma Birne wohnte doch ohnehin ganz alleine hier. Vor drei Tagen war sie mit dem Krankenwagen weggebracht worden, er hatte es zufällig gesehen. Ja! Dies würde wirklich der einfachste Bruch seines Lebens werden, so viel stand fest.

Vor der Glasvitrine blieb er stehen und starrte einen Moment mit großen Augen hinein. Da war der Schatz, den er heben wollte: Drei Regale voller Eier, die im schwachen Mondlicht glitzerten und blinkten. Große, kleine, manche von ihnen waren aus geschliffenem Glas gefertigt, viele aus Porzellan oder sogar Holz. Alle waren reich geschmückt und verziert mit Gold und Silbermustern. Wann hatte er diese Eier eigentlich zum ersten Mal gesehen? Das war so lange her. Für einen

Augenblick schob sich Wehmut durch Tristans Körper.

Damals hatte er mit seinen Bruder Jonathan auf dem Sportplatz in der Nähe gekickt und war hingefallen, hatte sich das Knie aufgeschlagen. Die Bewohnerin dieses Hauses konnte alles von ihrem Küchenfenster aus sehen. Besorgt war sie zu ihnen gelaufen und hatte gefragt, ob es dem kleinen Fünfjährigen, der er damals war, gut ginge. Das hatte Tristan wirklich gewundert. Erwachsene fragten nie, wie es ihm ging. Im Grunde fragte doch niemand außer Jonathan jemals nach ihm. Aber die Oma hatte ihn ausgiebig für seine Tapferkeit gelobt und das blutende Knie in ihrem Badezimmer versorgt. Als sie schließlich in der Küche verschwunden war, um Kakao für ihn und seinen Bruder zu kochen, hatte Tristan mit großen Augen vor dieser Vitrine gestanden.

„Schau mal Jonathan, die Oma hat ganz viele Ostereier. Aber jetzt ist doch gar nicht Ostern?"
„Nicht Trissi! Fass die bloß nicht an. Das sind solche Eier, die sie im Fernsehen manchmal zeigen. Die sind ganz viel Geld wert. Lass die Finger von denen!"

Aber jetzt war Jonathan nicht hier, um ihn zu warnen. Für einen Augenblick fühlte Tristan sich unendlich einsam. Behutsam strich er mit den Fingerspitzen über das kühle Glas der Vitrine.

Ob er der Oma Birne ein paar Eier dalassen sollte? So könnte sie weiterhin einige der kleinen

Schmuckstücke bewundern, während er für den Rest des Jahres seine Miete zahlen konnte und einen vollen Kühlschrank hatte. Hey, vielleicht war das hier der letzte Bruch für dieses Jahr! Voller Vorfreude setzte er den Schraubenzieher erneut an.

Das leise Klicken ließ ihn erstarren. Der Gegenstand, der sich jetzt in seinen Hinterkopf bohrte, trieb ihm den kalten Schweiß auf die Haut. *Verdammt! Eine Waffe!* Eine Waffe, die gerade entsichert worden war. Eiskalt kroch der Schock durch Tristans Adern, seine Glieder zuckten unkontrolliert. Langsam hob er seine Hände.

„So ist es brav!" Tief und bedrohlich erklang eine männliche Stimme in seinem Rücken. „Jetzt machst du zwei Schritte von der Vitrine weg und kniest dich auf den Boden, die Arme über dem Kopf verschränkt!"

Der Befehl setzte Tristans Glieder wie von selbst in Bewegung. Langsam kniete er sich auf den staubigen Teppich und verengte die Augen zu Schlitzen, doch im Halbdunkel des Raumes blieb der Mann nur ein Schatten. Plötzlich fiel grelles Licht in Tristans Augen und ließ ihn blinzeln. Als er sich an die Helligkeit gewöhnt hatte, konnte er endlich ausmachen, wer ihn überrascht hatte.

Vor ihm stand ein großer Mann in T-Shirt und Jogginghose. Tristan schätzte ihn auf Mitte oder Ende 20. Er war barfuß, sein dunkles Haar war etwas wirr, als hätte er eben noch im Bett gelegen, und ein leichter Bartschatten war zu erkennen. Sicher kein zweiter Einbrecher, der hier ebenfalls einfache Beute vermutete, dachte Tristan verwirrt. Denn der Typ hatte ohne Zweifel gerade noch geschlafen.

„Zieh dich aus!“, befahl der Mann mit der Waffe nun. „Ganz langsam, keine hektischen Bewegungen!“

Mit klammen Fingern zog Tristan seine schwarze Trainingsjacke und sein T-Shirt aus. Die dunkle Jeans folgte zuletzt. Der Mann ließ ihn keine Sekunde aus den Augen. „Und jetzt - wirf alles in meine Richtung!“, befahl er mit drohendem Unterton.

Mit flinken Händen filzte er einen Augenblick später Tristans Kleidung. Schließlich hielt er einen kleinen, flachen Gegenstand aus Leder in die Luft und grinste breit.

„Ist das dein Ernst, Junge? Du bringst dein Portemonnaie mit zu einem Bruch?“ Er schnaufte und schüttete den Inhalt des Portemonnaies auf den Wohnzimmertisch.

Tristan schluckte mehrmals, doch der dicke Kloß in seinem Hals wollte sich einfach nicht lösen. *Verflucht!* Wie konnte dieser Bruch nur so dermaßen schiefgehen? Er hatte doch bloß die Eier gewollt! Wer braucht so ein überflüssiges Zeug überhaupt, während andere Menschen Hunger hatten?

„Tristan Buchmann, neunzehn Jahre alt, wohnhaft in der Luisenstraße.“

Der Mann las es laut vor, als wüsste Tristan nicht, wer er war und wo er wohnte. *Idiot!* Was ist los mit dem Typ? Der hätte doch längst die Bullen rufen können. Ein unbestimmtes Kribbeln breitete sich von Tristans Magen in seinem gesamten Körper aus. *Schnell!* Etwas musste ihm einfallen.

Er legte den Kopf zur Seite und betrachtete den jungen Mann in der Jogginghose genauer. Er war mindestens 1,85 Meter groß und muskulös. Sein dunkles, kurzes Haar rahmte ein schönes, männliches Gesicht ein. Mist, die Wahrscheinlichkeit, aus dieser Nummer heil rauszukommen, schwand sekündlich. Egal. Er musste es trotzdem versuchen. Jetzt konnte er nicht aufgeben!

Ohne die Arme nach unten zu nehmen, sagte Tristan: „Im Grunde ist doch gar nichts passiert. Ich habe nichts angefasst."

Der Mann mit der Waffe riss die Augen auf, ein schiefes Grinsen bildete sich auf seinem Mund.

„Ach, ein Scherzkeks bist du auch? Aber egal, das ist bald nicht mehr mein Problem."

Tristan seufzte resigniert. „Nicht die Bullen! Bitte, ruf nicht die Polizei! Ich mache auch alles, was du willst. Ehrlich. Ich blase dir einen, wenn du willst. Ich bin richtig gut. Du kannst ja dabei an deine Freundin denken. Nur, ruf bitte nicht die verdammten Bullen!"

Der Gesichtsausdruck des Mannes änderte sich schlagartig und Tristan war sich sicher, Ekel und

Abscheu darin zu erkennen. *Okay. Das war's jetzt. Wenn der Typ kriminell ist, schießt er mir gleich das Hirn weg, wenn nicht, ruft er die Bullen, was ungefähr auf das Gleiche rauskommt.*

Der Mann hatte sich inzwischen an einer schwarzen Jacke zu schaffen gemacht, die über der Lehne der Couch lag. Mit langsamen Schritten kam er auf Tristan zu und hielt mit einer Hand die Waffe auf ihn gerichtet, mit der anderen einen scheckkartengroßen Ausweis vor seine Nase. Verwirrt betrachtete Tristan den Ausweis und las:

„Mark Birnert"

Über dem Namen stand in großen Buchstaben:

„Polizeidienstausweis"

Shit! Kann sich bitte die Erde auftun und mich für immer verschlingen? Ein Bulle? Er war bei einem verdammten Bullen eingebrochen? Wie viel Pech konnte man eigentlich noch haben?

„Du siehst, dein großzügiges Angebot kam zu spät, Junge. Die verdammten Bullen sind schon hier." Der Gesichtsausdruck des Mannes war nicht einmal triumphierend. Tristan konnte ihn nicht deuten.

So ein Mist. Tristans Brust wurde eng, sein Atem noch schneller, Tränen der Wut stiegen in seinen Augen auf und er hasste sich dafür. Er hatte noch eine

Chance, eine winzige vielleicht, aber er musste sie nutzen!

„Du… du bist der Sohn von Oma Birne?" Verflucht, er konnte nur stottern.

„Enkel! Du kennst meine Oma Lotti und wolltest sie trotzdem beklauen? Widerlich!"

Jetzt rollten die Tränen doch über Tristans Wange. So elend und hoffnungslos war ihm zumute, dass ihm keine gute Geschichte einfallen wollte, wie er die Situation noch retten könnte. Einzig die Wahrheit bohrte ihren schmerzhaften Weg von seinem Hirn zum Mund.

„Die… die Oma Birne hat mir und meinem Bruder früher ab und zu Kakao gemacht und Schokolade gegeben. Damals habe ich die bunten Eier gesehen. Mein Bruder sagte, sie sind wertvoll. Na ja, sind sicher nicht die ganz Teuren, aber ... ich brauchte dringend Geld und habe im Netz nachgesehen, was das für Eier sind. Ich wollte doch nur ein paar nehmen."

Der Polizist in der Jogginghose schnaufte verächtlich. „Och, nur ein paar? Wie freundlich von dir. Wenn meine Oma Lotti im Haus gewesen wäre, hättest du sie zu Tode erschreckt!"

„Nein, nein, ich wusste, sie ist nicht hier. Ich habe gesehen, wie sie vor ein paar Tagen mit dem Krankenwagen weggebracht wurde. Sie ist schon ziemlich alt, oder? Ich dachte mir, sie kommt nicht so schnell wieder."

Tristans Stimme zitterte. Endlich ließ der große Mann die Waffe sinken.

„Glaubst du ernsthaft, ich habe Mitleid mit einem Typen wie dir, der nachts bei alten Omas einbricht und ihre Schätze klauen will? Sei nicht lächerlich, ich rufe jetzt …“

„Nein! Bitte nicht!“, unterbrach Tristan ihn flehend.

„Ah ja? Da ist wohl jemand auf Bewährung draußen?“ Es schwang kein Gefühl in seiner Stimme mit. Jetzt klang er wirklich wie ein Polizist. Tristan nickte heftig. „Seit wann bist du frei?“

„Seit drei Monaten. Bewährung geht noch fast zwei Jahre. Wenn sie mich jetzt dran kriegen, bin ich sofort wieder drin.“

„Und das mit Recht!“

„Bitte!“, flehte Tristan und war sich doch sicher, gerade seine letzten Minuten in Freiheit zu erleben.

Lange sah ihn der Mann an und Tristan fühlte, wie Hoffnung in ihm aufkeimte. Ja, er war hübsch anzusehen, das wusste er. Das einzig Brauchbare, das er und Jonathan je von ihrer Mutter bekommen hatten, waren schöne, zarte Gesichtszüge und naturblondes Haar. Für einen blonden Kerl waren seine braunen Augen ungewöhnlich. Die magische ein Meter achtzig Grenze hatte er nur knapp verpasst. Aber sein feingliedriger Körper passte gut zu einem mittelgroßen Jungen. Die Kunden hatten sein jungenhaftes

Aussehen jedenfalls gemocht. Aber was nützte das bei einem Bullen, der mit Sicherheit auf Frauen stand?

„Keine Einstiche", murmelte der Kerl und kam einen Schritt näher. „Du siehst auch nicht aus, als wärst du auf etwas drauf." Er beugte sich zu Tristan, um ihn in die Augen zu sehen. „Ungewöhnlich für einen Stricher."

„Ich bin kein Stricher ... nicht mehr."

„Das klang eben ganz anders."

„Aber es ist die verdammte Wahrheit."

„Klingt für mich aber nach einem Märchen."

Tristan blickte dem Fremden in die Augen. „Ich hasse Drogen! Und wenn meine Bewährung nicht gerade auf dem Spiel steht, ist mein Körper auch nicht mehr für Geld zu haben. Das ist die Wahrheit, ob ein Bulle sie mir glaubt oder nicht."

Der Mann trat einen Schritt zurück und neigte den Kopf zur Seite. Tristan schluckte erneut hart. Unaufhörlich tickten die Sekunden dahin, jeden Augenblick konnten die Kollegen dieses Typs anrücken. *Verdammter Knast! Da gehe ich nie mehr hin! Sollen die mich doch erschießen.* Nun hatte ihn die Verzweiflung vollkommen im Griff, schüttelte ihn, ließ ihn heftig zittern.

Plötzlich änderte sich der Gesichtsausdruck des Mannes. Unter einem Schnaufen warf er die Kleidung vor Tristans Füße. „Zieh dich an und steh auf!"

Nicht nachdenken! Nichts fragen. Hastig griff Tristan nach seinen Sachen. So schnell hatte er sich noch nie angezogen. Schwer atmend und zitternd vor Angst und Erwartung sah er zu dem Kerl.

„Hau ab!“, brummte der nur und zeigte mit dem Kinn in Richtung Terrassentür.

Verstört riss Tristan die Augen auf. Was? Hatte er sich verhört? „Hau ab, bevor ich es mir anders überlege!“

Rasend schnell verschwand Tristan durch die gleiche Tür, die er kurz zuvor aufgehebelt hatte. Atemlos hetzte er durch die Nacht. Weg von diesem Bullen! Am besten hielt er nie mehr an. Die Häuser und Autos flogen nur so an ihm vorbei, er nahm sie kaum wahr.

Nur zwanzig Minuten brauchte er in dieser Nacht für die ganze Strecke vom Haus von Oma Birne, bis zu der trostlosen Hochhaussiedlung, die seit drei Monaten seine Heimat war. Vor der Tür blieb er für einen Moment stehen und sah ängstlich über seine Schulter. Schließlich rannte er die Treppen hinauf, schloss mit klammen Fingern die Wohnungstür auf und eilte durch den viel zu großen Flur in sein Schlafzimmer. Verstört und erschöpft ließ er sich auf das Bett fallen.

Eine ganze Weile lag er dort, atmete nur. Gedanken quollen aus seinem Kopf, das Gefühl gleich von der Polizei abgeholt zu werden, lastete schwer auf seiner Brust. Panik ließ seinen Oberarm wild zucken. Dieser verdammte Bulle wusste, wo er wohnte! Er konnte ein böses Spiel mit ihm treiben und er konnte jederzeit doch noch seine Kollegen alarmieren!

Tristans Blick wanderte unruhig umher und fiel auf Hansi, den alten Teddy mit den vielen, kahlen Stellen im Fell. Ein Auge fehlte ihm. Der Bär saß an die Wand gelehnt auf dem Bett und starrte ihn aus seinem Glasauge neugierig an. Tristan hatte versucht, das Fehlende selbst aufzunähen, aber das X hatte aus Hansi einen Piratenbären gemacht. Dieser Teddy hatte einmal seinem Bruder gehört. Der Gedanke mischte das Gefühl von Einsamkeit unter Tristans Angst.

Fest bohrte er seine Nase in den struppigen Bauch und atmete ein. Der Bär roch nach einem längst vergessenen Traum von Heimat und ein bisschen nach seinem Bruder. Tristan drückte das alte Plüschtier fest an sich und strich sanft über die Stellen, an denen das Fell immer noch weich war.

„Du und ich gehen nicht wieder in den Knast, das verspreche ich dir!“

KAPITEL 2

Unruhig rutschte Tristan auf dem Stuhl nach vorne. Der Mann hinter dem Schreibtisch sah irritiert auf.

„Ist alles okay?“ Er verengte die Augen zu Schlitzen und rückte seine schwarz umrandete Brille gerade.

„Klar. Alles bestens“, log Tristan.

Konnte dieser Termin bitte bald vorbei sein? Noch einmal wandte sich sein Bewährungshelfer dem Bildschirm zu, dann sah er auf und nickte beiläufig.

„Gut Herr Buchmann, haben sie noch Fragen?“

„Nein, alles geklärt.“ Fragen? Er wollte einfach hier raus! Hauptsache, der Polizist hatte ihn nicht verpfiffen - mehr musste er nicht wissen.

„Dann können Sie gehen. Wir sehen uns in zwei Wochen.“

Sein Bewährungshelfer ratterte den Satz tonlos herunter und Tristan war sich sicher, das Gleiche sagte er jeden Tag mehrmals zu seinen Ex-Häftlingen. Schnell stand er auf, eilte durch die kahlen Gänge und verließ das Verwaltungsgebäude.

Auf dem Weg nach Hause entspannten sich Tristans verkrampfte Glieder langsam. Vielleicht hatte der komische Bulle einfach einen Mutter-Theresa-Moment gehabt und ihn deshalb laufen lassen?

Gut. Er war also immer noch in Freiheit, seine Bewährung war scheinbar nicht bedroht. Aber abgesehen von einer Scheibe vergammeltem Käse, war in seinem Kühlschrank so viel Platz, dass ganze Pinguin-Familien dort Partys veranstalten konnten. Zum Glück kam heute Lars!

Tristan öffnete die Tür, warf seinen Rucksack in die Ecke und riss erneut die Kühlschranktür auf. Aber die gammelige Käsescheibe hatte sich nicht auf magische Weise vermehrt. Bedauerlich.

Der monotone Summton der Türklingel schreckte ihn auf. Lars war pünktlich? Wie ungewöhnlich. Tristan sprang zur Tür und öffnete sie mit einem Ruck. Ein junger Kerl im grauen Kapuzen-T-Shirt stand davor und grinste breit. Unter dem Arm hatte er ein gut verklebtes Paket verstaut und mit einer Hand schwang er triumphierend eine dünne Plastiktüte vor Tristans Nase, aus der es verführerisch roch. Döner!

„Ah! Mein Retter. Komm rein." Grinsend zeigte Tristan in den Flur.

Lars trabte an ihm vorbei, warf das Paket achtlos aufs Bett und legte die gefüllte Tüte auf den Tisch im Wohnraum.

„Bevor wir zum geschäftlichen Teil kommen, kannst du mich mal kurz retten."

Mit der ausgestreckten Hand deutete er in seinen Schritt. Tristan legte den Kopf zur Seite und grinste. Lars war ein alter Freund seines Bruders und stockhetero, behauptete er zumindest. Aber jedes Mal, wenn er Stoff vorbeibrachte, war er für ein bisschen Spaß zu haben. *Besser als nichts.* Seit er aus dem Knast entlassen war, hatte Tristan kaum Kontakt zu anderen Menschen und schon gar keine Körperkontakte. Es konnte verdammt einsam werden, in dieser Wohnung, mit all den Gedanken, Ängsten und Hoffnungen. Und Lars, na, der hatte einen guten Grund niemand etwas über diese kleinen ... Unterhaltungen zu berichten. Seine Freundin! Tristan wollte auf keinen Fall wieder Kontakt zu den anderen aus der alten Clique. Lars reichte völlig aus. Blöd genug, dass er wieder etwas verticken musste. *Wenn ich das Geld nicht brauchen würde!* Seine Miete war auch schon zwei Monate im Rückstand.

Mit einem geschickten Griff öffnete Tristan Lars‘ Jeans und sank vor ihm in die Hocke. *Mist! Der Typ ist eindeutig hetero.* Ohne Stimulation ging bei dem gar nichts. Tristan sah nach oben und lächelte so charmant wie möglich. Mit einem Griff zog er Lars‘ Jeans nach unten und begann, seine Hoden mit einer Hand zu massieren. Mit der anderen strich er über den Schwanz, der sich ihm langsam entgegenstreckte. Diese Erektion, die dort vor ihm anschwoll, war wie ein Döner - Fast Food, dessen war sich Tristan bewusst. Aber wenn du wirklich Hunger hast, dann isst du alles, dachte er und seufzte

Für einen winzigen Augenblick blitzte ein ganz anderer Hunger in ihm auf. Sehnsucht nach etwas, das er nicht haben konnte, vielleicht? Nein, er brauchte diese Gedanken jetzt nicht! Mit Druck ließ er seine Hand an dem harten Schwanz auf und abgleiten. Dann hakte er seine gierigen Finger in den Gummizug von Lars Briefs und wollte sie herunterziehen, da läutete es erneut an der Tür. Tristan ignorierte das Geräusch. Seine Mahlzeit schwoll schon vor seinen Augen an und er wollte sie jetzt! Schon wieder erklang der summende Ton. Er seufzte. Ein lautes Klopfen mischte sich darunter.

„Fuck!“ Fluchend ließ er von seinem pochenden Ziel ab und kam in den Stand.

„Was geht?“, murmelte Lars und umfasste seinen Oberarm.

„Lass los! Ein Nachbar muss die Tür unten geöffnet haben. Ich bekomme Ärger, wenn jemand zu viel Lärm draußen macht“, schnaufte Tristan, ging zur Tür und sah prüfend durch den Spion. Ein eiskalter Schauer lief über seinen Rücken.

„Scheiße! Nimm das Zeug und hau ab! Sofort! Das sind die Bullen“, flüsterte er panisch in Richtung Wohnraum. Aber es regte sich nichts. „Verflucht, Lars! Hau jetzt ab! Ich mache gleich die Tür auf, dann renn einfach vorbei, okay? Ich glaube, er ist alleine und er hat es sowieso nur auf mich abgesehen.“

Jetzt endlich hörte er ein Rascheln hinter sich. Dann klopfte es erneut laut an der Tür. Tristan zählte bis dreißig, atmete durch und öffnete. Bevor er etwas Anderes wahrnehmen konnte, hastete eine dürre Gestalt mit hochgezogener Kapuze und Rucksack an ihm vorbei. Im Vorbeirennen schloss Lars den Gürtel seiner Jeans und war schon im Treppenhaus verschwunden.

Jetzt erst sah sich Tristan den Besuch vor der Tür genauer an. Wie schon bei ihrem ersten Zusammentreffen trug Marc Birnert keine Uniform. In Jeans, dunklem T-Shirt und Lederjacke war er lässig gegen das Treppenhausgeländer gelehnt. Da stand er, mit vor der Brust verschränkten Armen und verzog keine Miene. Heute wirkten seine Haare gekämmt, dafür waren die dunklen Bartstoppeln besser zu sehen.

„Habe ich dich bei der Arbeit gestört?“, fragte er mit versteinerter Miene.

„Nein. Mein Privatleben hast du gestört“, brummte Tristan und versuchte die Fassung zu bewahren. „Was willst du hier? Warten die Kollegen unten im Wagen?“

„Ich bin alleine.“

Jetzt war Tristan's Geduld zu Ende! „Bulle, was willst du hier?“, brach es ungehalten aus ihm heraus.

„Dir ein Geschäft vorschlagen.“

Der Typ am Geländer zuckte nicht einmal mit der Wimper. Skeptisch verengte Tristan die Augen zu engen Schlitzen. Er wollte zumindest aufgesetzt freundlich sein und sich zusammenreißen, aber die Angst der letzten Tage, die Wut auf sich selbst und den verkorksten Bruch, alles vermischte sich und zwang ihn förmlich zu einer Antwort.

„Kannste vergessen! Der Blowjob war ein einmaliges Angebot. Ehe ich mich von einem aus deinem Verein erpressen lasse, gehe ich lieber zurück in den Knast."

Etwas im Gesicht des Polizisten bewegte sich. „Sehe ich etwa aus, als hätte ich das geringste Interesse an deinem Angebot?" Er schnaufte abschätzig. „Es handelt sich nicht um die Art Geschäft, die man in Hausfluren bespricht. Was ist? Kann ich reinkommen?"

„Klar", erwiderte Tristan und zwang sich zu einem Grinsen. „Jederzeit, Herr Wachtmeister. Mit einem gültigen Durchsuchungsbefehl bist du ein willkommener Gast in meiner Hütte."

Der junge Polizist seufzte und sah Tristan in die Augen. „Krieg dich wieder ein. Du weißt genau, wenn ich einen Durchsuchungsbefehl will, habe ich ihn innerhalb eines Tages. Und dann kannst du nur beten, dass der Typ eben auch alles mitgenommen hat. Er wollte doch Stoff an dich verkaufen, oder?" Er machte einen Schritt auf Tristan zu. „Nun?"

Geschlagen trat Tristan zur Seite und ließ seinen ungebetenen Gast passieren. Was nun? Sollte er weglaufen wie Lars? Er atmete tief ein und aus. Nein, das war ein sinnloser Plan. Immerhin war er noch auf Bewährung draußen und sie hatten ohnehin schon ein Auge auf ihn geworfen. Seufzend schloss er die Tür und sah sich um. Der Flur war der einzige Stauraum, den er besaß und so stapelten sich dort alle möglichen und unmöglichen Dinge.

Unzählige leere Wasserflaschen, Rucksäcke, Wäsche, die darauf wartete, dass sie jemand in den Waschsalon brachte. Im Wohnraum gab es nur ein 1,40 Bett, einen schmalen Kleiderschrank, einen quadratischen Tisch und zwei Stühle. Die Wände waren in einem grellen Blau und Orange gestrichen. Vor dem Bett stand ein großer Flachbildschirm, an den eine Spielekonsole angeschlossen war.

„Hm" Der Polizist sah sich ebenfalls um. Dann zeigte er mit der Hand auf Fernseher und Konsole. „Mich ohne Durchsuchungsbefehl reinzulassen, war eine gute Entscheidung."

Tristan zuckte mit den Schultern. Klar, wusste der, dass das Zeug vom LKW gefallen war. Na und? Der Typ hatte ihn so oder so in der Hand. Sein Besucher setzte sich auf einen der beiden Stühle und zeigte auf den zweiten.

„Okay. Damit das klar ist: *Bulle* oder *Herr Wachtmeister* - so will ich nicht angesprochen werden! Mein Name ist Mark." Tristan nickte ergeben und setzte sich ebenfalls. „Ich bin froh, dass unsere Datei nicht gelogen hat. Du begreifst schnell." Gerade wollte Tristan etwas antworten, als der Kerl die Hand hob und fortfuhr: „Deine Akte ist nämlich der Grund, warum ich hier bin."

Ich bin ja so was von gefickt, dachte Tristan und ließ die Schultern hängen. „Na, nicht so bescheiden. Immerhin hast du den besten Hauptschulabschluss gemacht, den die hiesige Jugendstrafanstalt jemals gesehen hat. Sie haben dich auch einen IQ Test machen lassen, den du mit einem beeindruckenden Ergebnis bestanden hast. Glaub mir, ich war erstaunt, dass ein so schlauer Kerl wie du so leicht zu erwischen war." Tristan lachte kurz und bitter. Er fühlte sich auf der ganzen Linie besiegt. *Der Cop soll man zum Punkt kommen!* „Alle deine Drogenscreenings kamen negativ zurück. Obwohl du mehr als einen Vermerk in der Akte hast, dass du das Zeug sehr wohl verkaufst, genommen hast du es tatsächlich nicht."

„Idioten, Lebensmüde …und lebensmüde Idioten, die Langeweile haben, nehmen das harte Zeug", schnaufte Tristan und mit einem halben Gedanken schweifte er zu seinem Bruder und Jan ab. „Ich gehöre zu keiner dieser Gruppen!"

„Nein, du bist schlauer als die anderen. Du hast den Mist nur vertickt. Und du warst so lange besser, bis sie dich erwischt haben. Bis selbst der sanfteste Richter keine Lust mehr auf deine Ausreden hatte und dich samt Bambiblick für drei Jahre in den Knast geschickt hat."

„Dreieinhalb", verbesserte Tristan. „Ich hab mich gut geführt und kam nach achtzehn Monaten raus. Die Reststrafe wurde auf zwei Jahre Bewährung ausgesetzt. Das weißt du alles, B .... Mark. Was an meiner Akte war denn so spannend für dich, dass du dich in den dreckigen Teil der Stadt bemüht hast?"

„Du kannst verstehen und lernen! Und man muss dich nicht nach drei Tagen aus einer Ecke kratzen, weil du drauf bist. So jemand wie dich kann ich derzeit gut gebrauchen."

Tristan verstand kein Wort. Was wollte der Bulle nur von ihm? Und warum starrte der ihn schon wieder mit seinen blauen Augen an? „Ich bin bei der Sitte. seit einigen Monaten gibt es ungewöhnlich viele neue Stricher aus Osteuropa auf der Straße. Wir brauchen einen Informanten aus der Szene, um Licht in die Angelegenheit zu bringen."

„Nein!", sagte Tristan mit fester Stimme, ohne nachzudenken. „Such dir einen anderen."

Der Gesichtsausdruck des Polizisten veränderte sich plötzlich. War das Sorge, die sich jetzt zeigte? Nein, sicher nicht.

„Tristan, du bist genau der Richtige. Wir suchen seit Wochen nach einem passenden Informanten. Die Jungs in der Szene sind nicht verlässlich. Die sind fast alle auf Drogen und die Aussteiger sind zu alt, um sich unerkannt in diesem Umfeld zu bewegen." Tristan schüttelte den Kopf. *Unmöglich.* Er fühlte die Übelkeit, die aus seinem Magen aufstieg. „Du sollst keine Freier abschleppen! Ich garantiere dir Schutz und…"

„Du hast doch keine Ahnung, wovon du sprichst, Bulle!" Tristan musste nach Luft schnappen, bevor er weiterreden konnte. „Was weißt du schon von diesem Umfeld? Weißt du überhaupt, was wirklich in den abgewrackten Kneipen und auf der Straße los ist? Wie willst du mir dort ständig Schutz garantieren?"

„Ich bin seit drei Jahren bei der Sitte. Ja, ich weiß, was abgeht. An die aktiven Stricher kommt kein Polizist ran. Aber wir brauchen diese Informationen dringend. Wer schleust die Jungs ein, wer gibt ihnen eine Unterkunft und an wen geben sie ihr Einkommen ab? Wir nehmen an, sie sind nicht freiwillig hier."

Wut stieg in Tristan auf. „Was soll der Scheiß? Willst du mich zum Täter machen? Ich zwinge diese Jungs nicht zum Anschaffen! Das ist nicht mein Problem! Versuch deine lahmen Tricks bei einem anderen."

Marc lächelte verständnisvoll, was Tristan noch wütender machte. „Okay, es ist nicht dein Fall und nicht deine Verantwortung. Aber es wird zu deinem Vorteil sein, wenn du uns hilfst."

„Was kann die Polizei schon groß zahlen?"

„Die Bezahlung ist denkbar mies. Aber, wenn du dabei bist, sorge ich dafür, dass deine Bewährung glatt verläuft, und du wirst eine Zukunft haben und eine Ausbildung machen können."

Tristan begann zu lachen. „Ah, da ist er wieder, der Bulle, der Mutter Theresa sein wollte. Hör zu … Mark, vielleicht könnt ihr wirklich etwas mit meiner Bewährung drehen, du hast mich so oder so in der Hand. Aber eine Ausbildung? Das kannst du vergessen. Ich bin aus drei Maßnahmen des Arbeitsamtes geflogen, die nehmen mich nie mehr. Und eine Firma? Verdammt! Ich bin vorbestraft! Wer nicht ganz doof ist, wird herausfinden, wo ich meinen Hauptschulabschluss gemacht habe. Super Idee, leider nicht umsetzbar. Was hast du sonst für mich im Angebot?"

„Das mit dem Arbeitsamt ist kein Problem. Sagen wir, ich kenne jemanden, der jemanden kennt, der dir einen Ausbildungsplatz garantieren kann. Du hast am Montag einen Termin dort und erfährst Näheres. Das Ganze steht und fällt mit deiner Zusammenarbeit."

Tristans Augen wurden immer größer. Was erzählte der Bulle da für einen Schwachsinn? „Woher weiß ich, dass ich dir glauben kann?", fragte er unsicher.

„Noch gar nicht. Du fängst erst nach dem Gespräch in der Arbeitsagentur an. Dann kannst du dich immer noch entscheiden."

Tristan überlegte, das absurde Angebot wurde langsam spannend. „Du würdest mir meine Sicherheit garantieren? Kein dreckiger Freier wird Hand an mich legen?“

Mark nickte. „Das verspreche ich dir! Und der Job ist einfach. Du sollst dich in den bekannten Gegenden aufhalten und Informationen besorgen.“ Der Ton des Polizisten war freundlich geworden.

Fahrig strich Tristan sich mit einer klammen Hand über den Mund. Er musste sich entscheiden, jetzt.

„Okay! Ich will den Termin auf dem Amt. Wenn es so ist, wie du sagst, mache ich es.“

Mark sah für einen Moment überrascht aus. „Schön. Dann notier dir meine Handynummern.“

„Hat die Polizei jetzt schon mehrere Nummern für ihre Spitzel? Falls mal eine besetzt ist, oder was?“ Tristan wunderte sich, zog aber sein Handy aus der Tasche und nahm die Visitenkarte, auf die Mark gerade eine zweite Nummer geschrieben hatte. Sorgsam tippte er und wollte sie unter „B“ wie Bulle abspeichern. Im letzten Moment entschied er sich für „M“ wie Mark.

„Die zweite ist meine private Handy-Nummer. So erreichst du mich auf jeden Fall, wenn du noch Fragen hast. Nach Feierabend stelle ich mein Diensthandy aus. Ruf mich an, wenn du auf dem Amt warst. In der nächsten Zeit wohne ich im Haus meiner Oma. Haben wir alles geklärt?“

Wie der verdammte Bewährungshelfer, dachte Tristan und blinzelte dem jungen Polizisten zu. Aber wenigstens war der Bulle netter anzusehen. Deutlich netter, sogar.

Dieser Typ war ja wie aus einem Actionfilm entstiegen. Seit wann waren Polizisten so attraktiv? Auch egal, es könnte den Auftrag erleichtern. Tristan nickte stumm. Mit einem nachdenklichen Gesichtsausdruck stand Mark auf, verabschiedete sich schnell und verließ die Wohnung. Ungläubig sah Tristan ihm nach. Worauf hatte er sich gerade eingelassen?

KAPITEL 3

Ruf mich an, wenn du auf dem Amt warst! Marks Worte drehten sich in seinem Kopf. Zum gefühlten zehnten Mal an diesem Abend betrachtete Tristan den Busfahrplan. *Mist! Ich hätte den Bullen einfach anrufen können.* Okay, sein Handyguthaben war fast abgelaufen, aber für ein Gespräch würde es schon reichen. Unruhig trat Tristan von einem Bein aufs andere, doch da kam der Bus schon.

Ein letzter Zweifel zuckte durch sein Hirn, dann kramte er in seiner Tasche. Einen Moment später zählte er dem Fahrer 1,50 Euro hin und überlegte, wieso er sein letztes Geld ausgerechnet für eine Fahrt zu einem Polizisten ausgab? Die Gedanken rasten durch seinen Kopf, überschlugen sich, brachten eigenartige Gefühle mit - er merkte nicht einmal, wie die Zeit verging. Schon hielt der Bus und Tristan sprang hinaus, überquerte die Straße und blieb einen Moment vor dem niedrigen Gartenzaun stehen. Vor ein paar Wochen wollte er hier einbrechen und jetzt? Jetzt musste er nicht einmal hier sein. *Was mache ich nur?*

Während er durch das locker angelehnte Gartentor schritt, schüttelte er ungläubig den Kopf. Dieses Mal hatte er nicht mal einen Schraubenzieher dabei. Wie in alten Zeiten, dachte Tristan und freute sich für einen Moment.

Mit zitternden Fingern drückte er auf die Messingklingel. Kurz darauf wurde die Tür geöffnet und ein überraschter Mark blinzelte ihn an. Nur für einen überrumpelten Moment zog er die Augenbrauen zusammen, dann lächelte er erfreut.

Mark trug Jeans und T-Shirt und hatte den massigen, kabellosen Hörer eines Festnetztelefons zwischen Schulter und Ohr eingeklemmt. Das Teil sah aus, als stamme es aus den neunziger Jahren. Er nickte Tristan kurz zu.

„Ähm … Tim? Ich muss aufhören. Ich rufe dich später zurück, okay?“ Langsam senkte er den Hörer.

„Zahlen die Bullen dir so wenig, dass du mit diesem Steinzeit - Festnetzknochen telefonieren musst? Man hat heute Flatrates fürs Handy, weißt du?“

„Musste aufgeladen werden“, erwiderte Mark und klang verwirrt. „Was ist mit deinem Telefon? Verloren? Ich hatte dir doch meine Nummern gegeben.“

Beschämt sah Tristan zu Boden. Er fühlte sich erwischt. Ja, zur Hölle! Was tat er eigentlich hier? „Die Karte war leer.“ *Nur fast gelogen.*

„Dann komm doch rein.“

Mark trat einen Schritt zur Seite und verbeugte sich, als wäre er Kellner in einem Nobelrestaurant. Als Kind war Tristan Oma Birnes Haus immer groß und schrecklich altmodisch vorgekommen. Gut, altbacken wirkte dieser Schuppen immer noch, aber nicht mehr so groß wie früher. Tristan sah sich neugierig um. Jetzt, bei Tageslicht wirkte alles anders.

Wohn- und Esszimmer bildeten einen großen Raum. Dicke Teppiche lagen über einem abgenutzten Dielenboden. Ein riesiger Wohnzimmerschrank aus dunklem Holz bedeckte eine Wand und im Wohnbereich stand eine Couch mit Platz für drei Menschen und zwei Sessel. Im Gegensatz zu modernen Ausführungen, war die Sitzfläche kurz und die Lehne hoch und steif.

Man musste genau hinsehen, um zu erkennen, dass die weißen Fellkissen auf den beiden Sesseln Perserkatzen waren. Friedlich eingerollt schliefen sie dort. Jetzt fiel Tristans Blick auf die Wand hinter dem Sofa. Sie war voller Fotos - glückliche Menschen lächelten auf ihn herab. Aber nur eines davon zog Tristan in seinen Bann. Auf einem der Bilder war Mark zu sehen, zusammen mit einer hübschen jungen Frau. Er hatte den Arm um sie gelegt und beide strahlten in die Kamera. Tristan spürte einen unangenehmen Ruck, der durch seinen Magen ging. Na und? Der Bulle hatte eine Freundin - normale Sache! Oder war das sogar seine Frau? Was war das für ein dumpfes Gefühl in seinem Magen?

Mark zuckte mit den Schultern und klang entschuldigend. „Wenn es um ihr Haus geht, liebt meine Oma Beständigkeit."

„Es sieht noch genauso aus wie damals."

„Ach ja, du warst ja schon mal hier."

„Und nicht nur einmal. Die Oma Birne …ich meine, Birnert, hat uns jedes Mal eingeladen, wenn sie uns gesehen hat. Sie war wirklich immer lieb zu uns. Wenn es Samstag war, hat sie uns vom Kuchen abgegeben, den sie für ihre Freundinnen gekauft hatte." Tristans Magen beruhigte sich etwas. Die Erinnerung brachte Wärme in seinen Körper.

„Oh, welche Ehre. Das war der Kuchen für die samstäglichen Damenrunden. Na komm, setzt dich." Mark zeigte auf die unbequeme Couch. „Ich koche gerade. Es gibt Spaghetti mit Tomatensoße. Willst du mitessen?"

Tristan erwischte sich dabei, wie er den Bullen anstrahlte. Dann versuchte er, lässig zu klingen. „Warum nicht. Ich war übrigens heute auf dem Amt. Scheint mir ein solider Deal zu sein. Muss ich etwas für die Polizei unterschreiben?" Er überlegte einen Moment. „Hab's auch mit meiner Therapeutin besprochen. Die ist fast von ihrem Schwingstuhl gesprungen. Na, sie versteht, dass ich es trotzdem machen will - nicht nur für die Chance auf die Ausbildung. Für mich! Ich will ... ich will mal etwas tun, was anderen nützt.“ Er schluckte trocken, vielleicht hatte er zu viel erzählt?

Mark seufzte kurz und neigte den Kopf zur Seite. Ein Hauch von Bedauern zeigte sich in seinem Gesicht. „Okay“, sagte er leise. „Nein, musst nichts unterschreiben. Du kommst auf unsere Informantenliste.“ Für einen Augenblick betrachtete er Tristan. „Schön, dass du hier bist. Alleine essen ist blöd.“

„Wollte nur kurz vorbeischauen.“ *Peinlich! Mark ist nur nett, weil er glaubt, endlich einen guten Informanten gefunden zu haben*, dachte etwas in Tristan. Er wusste, das war der Teil von ihm, der überzeugt war, niemand auf der Welt tat Dinge für einen anderen Menschen nur aus Freundlichkeit. Jeder hatte seinen Preis. In seinem Leben gab es genau zwei Ausnahmen von dieser Regel. Eine saß in einer Zelle, die Zweite dealte irgendwo in der Stadt mit Drogen.

Mark kam mit einer dampfenden Schüssel voller Nudeln aus der Küche und stellte sie vorsichtig auf dem Tisch. Dann setzte er sich und zeigte auf den Platz neben seinem.

Der Geruch war himmlisch und das Essen so lecker. Tristan konnte sein Glück kaum fassen. Das war eindeutig 1,50 Euro für den Bus wert gewesen. Alles war frisch gekocht und bestimmt ohne Würzpackung zubereitet. Hungrig belud er sich seinen Teller mit einem Nudelberg und goss einen Soßensee darüber.

„Kochst du oft für dich alleine?“, fragte er kauend. „Für dich und deine Freundin, meine ich.“

Mark lehnte sich auf dem Stuhl zurück und sah in fragend an. „Hm. Jeden zweiten Tag. Meistens für mich und ja, manchmal auch für Freunde. Kochen ist ein Hobby von mir.“

„Nicht für die Freundin?“ Tristan zeigte auf das Bild an der Wand. „Bist doch ein schicker Wachtmeister. Wie alt bist du eigentlich?“ Das waren zu viele Fragen gewesen, ganz bestimmt. Was interessierte ihn das Alter dieses Kerls? Tristan schüttelte über sich selbst den Kopf.

„28 und seit einem Jahr single. Was wird das? Ein Verhör?“

Tristan lachte verlegen. Ja, verdammt! Was fragte er diesen Mann einfach aus? „Wann muss ich mit dem Job anfangen“, wechselte er schnell das Thema. „Und wie willst du mir noch mal meine Sicherheit garantieren?“

„Indem ich dich begleite.“ Mark steckte sich die Gabel mit dem kunstvoll aufgerollten Nudelröllchen in den Mund.

Tristan schüttelte den Kopf. „Nee! Wie stellst du dir das vor? Ein Kerl wie du - in einer Stricher-Kneipe am Bahnhof? Da hocken verklemmte Schrankschwestern rum, alte, verheiratete Knacker. Du bist jung und siehst gut aus. Du fällst auf wie ein Kamel in der Fußgängerzone.“ Mark kniff den Mund zusammen und warf ihm einen verstörten Blick zu. Oh Mann, lass den Mitleidsblick, bitte.

„Jetzt sieh mich nicht an, als wäre ich ein ausgesetzter Welpe."

Mark räusperte sich. „Sprich einfach nur mit den Jungs auf der Straße. Wir brauchen eine glaubhafte Hintergrundstory für dich, damit du dich unauffällig zwischen ihnen bewegen kannst. Ohne zu arbeiten! Wenn dich jemand anspricht, sag, du gehst nur noch mit Stammkunden."

Tristan zuckte mit den Schultern. „Okay, so könnte es funktionieren. Es gibt meist keine Luden wie bei den Mädels. Einige der Jungs werden von den gleichen Idioten auf den Strich geschickt, die sie…" Er machte eine Pause und sah zu Mark. „Schon wieder der Blick? Sag mal, bist du Bulle bei der Sitte oder Hausfrau aus Hintertupfingen?"

Kopfschüttelnd stand Tristan vom Tisch auf und schlenderte zu einem der Sessel. Langsam sank er in die Hocke und begann eine der Perserkatzen zu streicheln.

„Sie ist ganz flauschig", murmelte er selbstvergessen. Im Augenwinkel sah er, wie sich Mark auf die Couch setzte.

„Er. Er ist ein Männchen. Max und Minna, heißen die beiden. Meine Oma liebt diese Fellknäule mehr als ihre Familie, ich schwöre es."

„Glaube ich nicht. Die Oma Birne ist einfach zu jedem nett. Mensch, Katze, egal. Selbst zu zwei Rotzbengeln wie mir und Jonathan, war sie lieb.“ Lächelnd streichelte er der Katze weiter übers Fell. Sie streckte sich und fing wohlig an zu schnurren.

„Was treibt eigentlich dein Bruder?“, wollte Mark jetzt wissen.

Ohne den Blick von der Katze zu wenden, sprach Tristan: „Sitzt im Knast.“ Er schluckte und drehte den Kopf langsam zu dem Mann auf der Couch. „Willkommen in meiner Welt, Wachtmeister Mark, der meine Akte wohl doch nicht so aufmerksam gelesen hat.“ Dann stand er auf und ging betont locker zur Tür. Noch einmal drehte er sich um. „Danke für das Essen. Wir sehen uns also?“

Mark nickte und wirkte nachdenklich. „Komm am Freitagabend um neunzehn Uhr vorbei“ Tristan bestätigte ebenfalls mit einem Nicken. „Ach, und bring Hunger mit. Auf die Currywurstnummer im Wagen bei einem nächtlichen Einsatz stehe ich nämlich nicht. Ich koche vorher etwas.“

„Alles klar Wachtmeister Theresa von den barmherzigen Bullen, wir sehen uns Freitag.“

Gedankenverloren lief Tristan den Weg zurück zu Fuß. Die kühle Nachtluft füllte seine Lungen und tat seinem glühenden Kopf gut. Darin wanderte unaufhörlich das Bild von Mark umher. Mark, der ihn anlächelte, der ihn zum Essen einlud und ... Scheiße! Das hier war einfach seit Jahren das erste schöne Abendessen gewesen, das er erlebt hatte, deshalb war er so verwirrt! Da war Tristan sich ganz sicher. Aber sein Hirn hatte eine andere Idee. Da war es - das Bild von Mark mit der hübschen Frau an Oma Birnes Wand. Tristan seufzte und schüttelte den Kopf. Verloren in seinen kreisenden Gedanken stolperte er die Treppe seines Wohnhauses nach oben und schloss die Wohnungstür auf.

Kurz darauf lag er in seinem Bett, alleine mit den verwirrten Eindrücken dieses Abends. Mit der flachen Hand strich er sich sanft über die Hüfte. Seine Fingerspitzen wanderten über seine Oberschenkel.

Mark - schon wieder. Das Bild des schönen Polizisten tauchte erneut in seinem Kopf auf. Fast konnte Tristan ihn riechen, schmecken, er ... er wollte von ihm angefasst werden. Gott, er wollte einfach von irgendjemandem berührt werden!

Ruhig ließ er den Schaft durch seine gewölbte Handfläche gleiten. Er schloss die Augen und dann sah er ihn. Nackt, vor ihm auf dem Bett. Der muskulöse Körper glänzte im Mondlicht. Mit sanftem Druck strichen Marks Hände über die Innenseite von Tristans Oberschenkel. Flammen züngelten überall dort entlang, wo immer Mark ihn berührte. Seine

Körpermitte brannte. Wie warmes Wasser breitete sich das Verlangen in ihm aus.

Atemlos gab er sich dem Augenblick hin, ließ sich von seiner Vorstellung mitreißen und fühlte plötzlich die Wellen, die über ihm zusammenschlugen. Heftig kam er über seine eigene Hand und seinen Bauch. Minutenlang lag er stöhnend auf seiner Matratze, unfähig zu einem klaren Gedanken. Doch je mehr sich der Nebel der Lust lichtete, desto mehr Scham kroch durch seine Glieder. Was hatte er gerade getan? Er hatte Mark Birnert als Wichsvorlage genutzt? Wie hatte das nur passieren können?

Er konnte sich diese Chance doch nicht durch eine bescheuerte Schwärmerei zerstören! Der Hetero-Bulle würde sich bedanken, wenn ihm ein kleiner Ex-Stricher nachhechelte, da war sich Tristan schmerzhaft sicher.

Langsam schob er die Decke beiseite. Im fahlen Mondlicht konnte er die Umrisse seines Tattoos erkennen. Ein Baum, dessen Wurzeln bis über seine Knöchel hinab zum Fuß reichte. Die Äste verzweigten sich bis hoch hinauf, über seine Hüfte. Bunte Schmetterlinge stiegen daraus hervor, flogen über seinen Bauch.

Im Knast hatte Tristan in einem Buch gelesen, dass Schmetterlinge ein Symbol für einen Neuanfang waren.

Obwohl er den Tätowierer kannte, war sein ganzes Geld in das große Bild geflossen. Für einen seltsamen Augenblick war Tristan, als wäre er selbst ein Schmetterling. Was, wenn bald der Sturm aufkam? Würden die Flügel, die noch nicht einmal ausgewachsen waren, dann abreißen?

KAPITEL 4

Es ist sein Haus. Geh jetzt rein - es ist sicher! Tristan atmete tief ein und aus und etwas in ihm glaubte diesem Gedanken nicht. Dann strich er mit den Fingerspitzen behutsam über den Messingknopf der Klingel, ohne ihn zu drücken. Mit diesem Ton würde sein erster Auftrag für die Polizei beginnen und er fühlte sich nicht bereit dafür. Bald würde er wieder auf dem Strich sein! Dunkel und bedrohlich kroch der Gedanke durch seinen Kopf, ließ seine Glieder verkrampfen. Er musste es tun! Das war doch seine Chance auf eine Zukunft, eine Ausbildung ... auf ein Wiedersehen mit Mark.

Endlich drückte er die Klingel und schloss für einen Augenblick die Augen. Schritte waren hinter der Tür zu hören, dann wurde sie geöffnet. Mark lächelte milde und noch etwas war in seinem Blick, Tristan konnte es nicht deuten.

„Hallo“, sagte Mark knapp, ließ Tristan eintreten und schloss die Tür. „Bist gerade rechtzeitig. Das Essen steht schon auf dem Tisch. Setzt dich doch.“ Er zeigte auf den einladend gedeckten Esstisch.

„Danke.“ *Bloß die Aufregung nicht anmerken lassen!* Langsam schlenderte Tristan zum Tisch und setzte sich.

Beeindruckt sah er in den Topf voller Paprika, Tomaten, Blumenkohl und Zucchini. Alles schwamm in einer gelblichen Soße, die wunderbar roch.

„Wow, hast du das ganze Gemüse alleine geschnippelt?“ Mit einer Hand wischte Tristan über seine Jeans. Alles in Oma Birnes Wohnung schien staubig zu sein.

„Mein Butler ist im Urlaub.“ Mark grinste ihn über den großen Holztisch hinweg an.

„Ich wette, heute Abend bin ich der Einzige auf der Straße, dem ein Kerl vor der Arbeit so ein Essen vorgesetzt hat“, sagte Tristan kauend.

So gelassen wie möglich sollte es klingen. Hauptsache Mark bemerkte nicht, wie viele ungute Gefühle in diesem Augenblick an ihm nagten. Nach fast zwei Jahren wieder auf der Straße zu sein - alleine der Gedanke an die Freier trieb ihm den Schweiß auf die Stirn.

Ohne aufzusehen, sagte Mark: „Oma Lotti lässt dich übrigens grüßen.“

„Ehrlich? Mich?“ Für einen Augenblick war Tristan wieder der Fünfjährige, dem die Oma Kakao machte.

„Hm. Sie konnte sich gut an euch zwei erinnern.“

„Hast du ihr etwas von dem Bruch erzählt?“ Tristan wagte kaum, es auszusprechen.

„Natürlich nicht! Glaubst du, ich besuche meine Oma im Krankenhaus und erzähle ihr, dass jemand versucht hat, bei ihr einzubrechen? Ausgerechnet ein

Junge, um den sie sich vor Jahren gekümmert hat? Es würde ihr das Herz brechen."

Scheiße. Wie ein Schlag traf ihn die Schuld und Tristan wollte augenblicklich im Boden versinken. In diesem Moment hatte er das Gefühl, wieder zu der unscheinbaren Raupe zu werden, die es vielleicht niemals zum Schmetterling schaffen konnte.

„Wie geht es ihr?", fragte er leise.

„Für ein altes Mädchen mit einem frischen Oberschenkelhalsbruch, erstaunlich gut. Sie läuft schon ein bisschen. Sie wird noch einige Wochen im Krankenhaus bleiben müssen und dann in die Reha kommen."

„Wie alt ist sie eigentlich? Ich meine, sie war ja schon damals ziemlich alt."

„Lotti ist 84. Aber sie bleibt uns hoffentlich noch eine Weile erhalten." Etwas Liebevolles schwang in Marcs Stimme.

„Und so lange sie dort ist, wachst du hier über Haus und Katzen?" Tristan wollte das Gespräch in Gang halten. *Noch ein bisschen, nur nicht losfahren. Lass uns einfach hierbleiben und plaudern!*

„Hm. Ich fahre zweimal in der Woche in meine Wohnung. Gieße die Blumen und hole die Post."

Mark sammelte die Teller ein und brachte sie in die Küche. Tristan folgte ihm und lehnte sich in den Türrahmen.

„Wird es heute lange dauern?"

„Wir machen es kurz. Es wäre zu auffällig, wenn du stundenlang dort herumlungerst. Versuch einfach, ein paar Jungs anzusprechen.“

Tristan lachte. „Schon klar. Falls sie überhaupt genug Deutsch sprechen.“

Mark räumte die Spülmaschine ein und Tristan verzog sich wieder ins Wohnzimmer. Nur nicht zu lange starren. Am Ende bemerkte der Bulle noch, wie attraktiv Tristan ihn fand.

Munter liefen die flauschigen Perserkatzen heute umher, strichen ihm schnurrend um die Beine. Unter einem Seufzen beugte sich Tristan zur Seite und griff nach der Katzenangel mit dem Plüschgoldfisch, die achtlos auf dem Boden lag. Sofort begann eine der beiden, mit der Pfote nach dem wippenden Fisch zu schlagen.

„Wir sollten aufbrechen. Es wird schon etwas los sein auf der Straße und ich will dort nicht mehr Zeit als nötig verbringen. Im Kühlschrank ist noch ein Dessert für später.“ Marks dunkle Stimme schreckte ihn auf.

Nachdenklich legte Tristan die Katzenangel zur Seite und streichelte den Schnurrern zum Abschied noch einmal über das Fell. Beide verzogen sich schließlich auf ihre Sessel. Sehnsüchtig blickte Tristan ihnen hinterher. Eingerollt, friedlich, schlafend, keine Gefahren, die da draußen drohten - das war es, was er jetzt auch wollte. Schließlich trottete er hinter Mark aus dem Haus und stieg in dessen Auto. Eine dunkle Wolke hüllte Tristans Gedanken ein.

Mark startete den Wagen und bald glitten sie stumm durch die Nacht. Tristan lehnte den Kopf gegen das Fenster und starrte hinaus. Die schwarze Leere in seinem Kopf schrie ihn förmlich an. Er schreckte erst auf, als der Wagen an einer breiten Hauptstraße zum Stehen kam. Der Motor wurde ausgeschaltet und schon fühlte Tristan einen Fluchtreflex in sich aufsteigen. Seine Arme und Beine zuckten unruhig. Ängstlich sah er aus dem Fenster des Wagens.

Die Gegend, in der sich die Stricher verteilten, lag einige Querstraßen dahinter, ringsum einen kleinen Park.

„Bist du okay?“ Marks Stimme schien weit weg zu sein. Tristan nickte stumm. „Ich bleibe im Auto. Ruf mich sofort an, wenn etwas ist, ja? Ich will dich in spätestens einer Stunde hier wieder sehen! In einer Stunde! Sonst komme ich und ich komme nicht alleine. Ich werde meine Kollegen verständigen, die fegen den ganzen Straßenstrich leer, wenn es sein muss.“

Seufzend stieg Tristan aus dem Auto. Ohne Mark anzublicken, sagte er knapp: „Okay.“

Düster war es in dieser Gegend. Natürlich war es das - deshalb hatten sich die Jungs und die Freier diese Ecke ja ausgesucht. Tristan ging langsam, schlich fast.

Schweiß trat bald aus allen seine Poren. Jeder Schritt fühlte sich an, als wären seine Beine mit Blei gefüllt. Warum hatte er sich nur auf diesen Mist eingelassen? Weil Mark, der Hetero-Bulle, so schöne Augen hatte? Wie konnte er nur so dumm sein?

Komm schon Tris, du weißt, wie es geht! Du bist gar nicht hier. Langsam schlich er auf den kleinen, schlecht beleuchteten Park zu. *Nur dein Körper ist hier. Dein Geist ist an einem anderen Ort.* Je näher er dem Park kam, desto mehr rebellierte sein Magen. Im nächsten Moment hielt ein Auto direkt vor ihm an. Mit einem breiten Grinsen ließ der Fahrer die Scheibe herunter.

„Bist du frei?"

Du kannst es, Tris! Das hier hast du doch Hunderte von Male gekonnt. Es kann dir nichts geschehen, weil du nicht wirklich hier bist! Tristan setzte ein falsches Lächeln auf.

„Nee, sorry. Hab schon einen Termin."

Der Mann im Auto zuckte mit den Schultern. „Bist du öfter hier, mein Hübscher? Für einen schönen Jungen wie dich komme ich gerne später wieder."

Tristan hastete weiter. *Nicht denken.* Der Wagen folgte ihm im Schritttempo. *Hau ab, Alter!* „Nur noch Stammkunden!", murmelte Tristan und wurde noch schneller.

„Sei nicht so zickig, Kleiner", kam die Antwort aus dem Auto.

Tristan blieb stehen und atmete durch. „Nur noch Stammkunden!“, wiederholte er bestimmt und blickte dem Kerl direkt in die Augen.

Keiner der Freier mochte es, wenn die Jungs ihn so anblickten. Starrte ihnen doch dann ihr eigenes, schlechtes Gewissen entgegen. Das Fenster des Wagens schloss sich und er fuhr davon.

Verzweifelt versuchte Tristan, sich auf seine Aufgabe zu konzentrieren. Prüfend sah er sich um. Hier und da schlenderten Jungs, scheinbar auf einem Spaziergang, umher, lehnten an Hauseingängen und unterhielten sich. Keiner von ihnen kam ihm bekannt vor. Kein Wunder, seine ehemaligen Kollegen saßen entweder im Knast, waren auf Entzug oder tot.

Der Bulle hatte allerdings die Wahrheit gesagt. Auffällig viele Stricher hatten einen osteuropäischen Akzent. Viele von ihnen sprachen nur gebrochen Deutsch. Wurden sie angesprochen, leierten sie ihr Angebot und die Preise herunter. Viel mehr kam nicht. Trotzdem versuchte er, mit einigen ins Gespräch zu kommen. Aber die Angesprochenen zuckten meist nur mit den Schultern und schüttelten den Kopf. Tristan hielt sich an die wenigen Einheimischen und versuchte, von ihnen etwas über die Neuzugänge zu erfahren.

Die Bilder der Jungs, die mit geweiteten Pupillen an Häuserwänden lehnten und auf Parkbänken saßen, die Freier, die herumschlichen und aussahen, als würden sie alle tonnenschwere Mehlsäcke tragen, das Stöhnen aus allen Ecken schwirrte in Tristans Kopf.

Von Weitem konnte er die Umrisse eines blonden Jungen ausmachen, der irgendwo im Park gerade vor einem Kunden in die Knie sank. In Tristans Gedankentanz hatte dieser Junge plötzlich sein Gesicht. Vor zwei Jahren war er dieser Stricher gewesen, der für 20 Euro den gleichen Service angeboten hatte. Für 50 ohne Gummi. Scheiße, er war so froh, dass er sauber war. Gleich zweimal hatten sie ihn im Knast getestet. Der irre Tanz in seinem Kopf wurde immer schneller. Alles drehte sich. Übelkeit stieg in Tristan auf. Schwindelig musste er sich gegen eine Bushaltestelle lehnen.

„Na, du wartest wohl noch auf den berühmten Stammkunden?“

Die Stimme kam von seiner Rechten und sie klang zynisch. Langsam drehte Tristan den Kopf und zuckte augenblicklich zusammen. Neben ihm stand der Typ aus dem Auto.

„Nur…“, wollte er gerade sagen.

Der Kerl fiel ihm ins Wort. „Nur Stammkunden. Du sagtest es schon.“

Aus den Augenwinkeln versuchte Tristan, die Situation zu erfassen. Anfang 50 war der Mann etwa. Gekleidet wie ein schlecht bezahlter Bankangestellter. Alle mit höherem Einkommen konnten sich Callboys und Hotelzimmer leisten.

„Ich lege einen Fünfziger drauf", sagte der nun und seine hungrigen Augen fraßen Tristan fast auf.

Sein Oberarm begann zu zucken. „Keine Zeit", murmelte er abwesend. Krampfhaft versuchte er, gegen die verdammte Übelkeit zu kämpfen.

„Hmmm… du bist wirklich hübsch. Okay! 60. Dafür ohne Gummi." Tristan musste auflachen. „Sag nicht, dass du noch mehr willst?", schnaufte der Mann und kam einen Schritt näher.

Nein, er wollte nicht mehr, er wollte weglaufen! Kurz davor das leckere Abendessen auf den Boden zu befördern, blickte Tristan in den dunkeln Park. Schatten huschten hin und her, trafen sich, trennten sich, das Geschäft war in vollem Gange. Dort lag keine Rettung. Plötzlich umfasste eine Hand seinen Oberarm. Ruckartig wollte Tristan ihn wegziehen.

„Komm schon, Junge, sei ein bisschen lieb zu mir. Ich zahle auch gut. Ich verspreche es." Tristan hörte eine andere Stimme aus einer längst vergangenen Zeit in seinem Kopf. Jetzt gab es keinen Ausweg mehr, keine Rettung. Er musste es aushalten und er hatte es so oft gekonnt.

Kalt schmiegte sich das glatte Plastik der Bushaltestelle gegen seinen Rücken. Langsam rutschte er daran herunter, bis er schließlich auf dem Boden kauerte. Schützend legte er einen Arm über den Kopf. *Still sein! Er musste still sein. Das hier war gleich vorbei. Ganz bestimmt.*

„Bist du drauf, oder was?“, kam von oben.

Oh nein, er war nicht drauf. Er war ja gar nicht hier. Zeit und Raum lösten sich auf, Tristan sank in eine graue Wolke, die ihn bald völlig einhüllte und mitnahm, an einen Ort, an dem er sicher war, was auch immer mit seinem Körper geschah.

„Tris… Tristan!, hörst du mich.“ Was war das? Jemand schüttelte ihn. Egal, das würde auch vorbei gehen. „Tristan? Gott, Tris, sag endlich was! Sprich mit mir. Was ist passiert?“

Ich bin nicht mehr lieb! Ich spreche nicht mehr mit euch! Nur einen Moment blinzelte er aus seiner schützenden Wolke und erkannte den Mann.

„Mark?“, fragte er vorsichtig, vielleicht wollte ihm sein Kopf auch nur einen Streich spielen.

Aber der Mann, der vor ihm in die Hocke gegangen war, atmete hörbar aus. „Was ist passiert? Hat dich einer angefasst? Verdammt! Warum hast du mich denn nicht angerufen?“

Tristan konnte nur den Kopf schütteln. Wie sollte ein Bulle verstehen, was geschehen war. „Da war so ein Typ… .es war nichts.“

Eine große Hand strich ihm sanft durchs Haar. Irritiert sah Tristan nach oben. Hatte Mark ihn gerade wirklich angefasst?

„Hat er dir etwas getan?“, flüsterte der besorgt.

„Nein. Er wollte nur ... egal, er ist jetzt weg.“

„Kannst du aufstehen?"

Tristan nickte schwach. Nichts wollte er mehr und dann diesen Ort so schnell wie möglich verlassen. Mark reichte ihm eine Hand und zog ihn nach oben. Tristans Oberarm zuckte ohne Unterlass.

„Wir brechen hier ab!"

Fest fasste Mark um sein Handgelenk und zog ihn sanft in Richtung Wagen. Es war ein gutes, ein merkwürdig sicheres Gefühl. Tristan ließ es zu und trottete bald neben ihm durch die Nacht. Irgendwann standen sie vor dem Auto und Tristan wurde auf den Beifahrersitz geschoben.

Erschöpft lehnte er seine Stirn gegen die kühle Scheibe. Für einen Augenblick konnte er nichts mehr denken. Mark hatte ihn gefunden, ihn gerettet vor den Dämonen seiner Vergangenheit. Mehr musste er nicht wissen. Ausgelaugt von den Ereignissen des Abends und den Schatten, die durch seine Gedanken huschten, schloss Tristan für einen Moment die Augen und lauschte auf Marks Atmen. Er war sicher! Wenigstens in diesem Augenblick. Wo fuhren sie eigentlich hin?

KAPITEL 5

„Hm?“ Tristan schreckte aus seinem nervösen Halbschlaf auf. Benommen spähte er aus dem Fenster. Sie waren wieder vor Oma Birnes Haus und Mark sprang förmlich aus dem Wagen. Schnell kam er um das Auto herum, öffnete die Beifahrertür und streckte Tristan eine Hand hin.

„Was ist? Warum sind wir bei dir?“, fragte Tristan verwirrt.

„Damit der Nachtisch nicht warm wird.“ Obwohl Mark um einen ruhigen Tonfall bemüht war, spürte Tristan seine Aufregung in jedem Wort.

Langsam stieg er aus und trottete mit zitternden Beinen um den Wagen herum. Er hatte Mühe, gerade zu stehen, fühlte sich immer noch wie abgetrennt von seinem Körper. Eine warme, große Hand glitt von hinten unter seine kurze Jeansjacke, ruhte in seinem

Rücken und gab ihm genug Halt. Sanft schob Mark ihn ins Haus. *Sicher!* Benommen ließ Tristan es zu und ließ sich schließlich auf die Couch fallen.

„Das war meine Schuld! Sorry, Tris. Aber mach dir keine Sorgen, ich werde dich aus dem Fall nehmen."

Marcs Stimme klang fürsorglich und alles, wirklich alles hätte Tristan jetzt gerne in dieser schöne dunklen Stimme gehört. Nur nicht das!

„Nein! Es ist gut. Ich bin einfach nur müde und ... Wie spät ist es eigentlich? Schon Mitternacht? Du hättest mich doch zuhause absetzen können?"
„Es ist gerade mal zehn. Tristan, du bist leichenblass und du zuckst, seit ich dich gefunden habe, das war so nicht gedacht."

Langsam rutschte Tristan zurück in seinen Körper. *Oh nein!* Er wollte nicht aufgeben. *Nicht jetzt!* Er konnte hilfreich sein und er ... er wollte doch nur noch einen Moment in Marks Nähe bleiben.

„Was hast du denn erwartet? Dass ich mit einem fröhlichen Liedchen auf den Lippen zurückkomme? Mann, die Jungs fixen sich immer noch das Hirn weg, die Freier sind immer noch ätzend und alles ist ein großer Haufen Mist. Aber ich bin hier, oder? Ich sitze auf deiner Couch und kann dir erzählen, was ich gehört habe!"

Mark war der letzte Mensch auf der Welt, von dem er wie ein Psycho behandelt werden wollte. Jetzt erst bemerkte Tristan, dass Mark vor ihm in die Hocke gegangen war. Schöne, lange Finger wärmten seinen Oberschenkel. In diesem Augenblick stiegen tausend Schmetterlinge gleichzeitig aus Tristans Magen und flogen durch seinen Körper.

Mark seufzte tief. „Okay. Wenn du es unbedingt weiter versuchen willst, bleibst du auf der Informanten Liste. Aber ich möchte, dass du mir sagst, wenn du diesen Auftrag nicht mehr durchführen kannst."

„Hast du etwa Angst um mich?" Da war etwas in Tristans Kopf, das unruhig ruckte. Natürlich hatte der Bulle Angst um ihn! Der fürchtete, einen Informanten zu verlieren. Schnell fügte er an: „Keine Angst, ich werde doch die Bullen nicht im Stich lassen. Du musst dich auch nicht ständig um mich kümmern. Ich komme schon zurecht."

Mit einem irritierten Blick schüttelte Mark den Kopf und kam in den Stand. Fort war sie, die sanfte Hand, die so gutgetan hatte. Tristan betrachtete die Stelle, die sich eben noch warm unter der Berührung angefühlt hatte sehnsüchtig.

„Wenn du es sagst. Also, willst du einen Kakao mit der Mousse?" Mark klang resigniert.

Kakao, dachte Tristan und musste lachen. Ja, Mark, der Kümmerer, war eindeutig mit Oma Birne verwandt.

„Kakao?" Er lächelte schief und neigte den Kopf zur Seite. „Für den kleinen Trissi? Der wird aber bald 20!"

Mit einem Schulterzucken verschwand Mark durch die Tür in die Küche. Seufzend stand Tristan von der Couch auf und folgte ihm wie selbstverständlich.

„Was für ein Dessert hast du noch mal?“, fragte er neugierig und lehnte sich in die Küchentür.

„Mousse au Chocolat“, sagte Mark und hob eine große Glasschüssel mit einer festen, braunen Masse aus dem Kühlschrank auf die Arbeitsplatte. Tristan kam näher und schnupperte daran. Ein einladender Duft von Schokolade stieg in seine Nase.

„Hier. Probier mal.“

Mark tauchte einen Löffel in die Masse und reichte ihn weiter.

Er ist so, wie Mama hätte sein sollen, dachte Tristan und musste über den Gedanken grinsen. Denn außer seiner Kochkunst hatte der muskulöse Polizist wirklich nichts mit seiner zierlichen, fast zerbrechlich wirkenden, Mutter gemeinsam. Zum Glück! Vorsichtig steckte Tristan den Löffel in den Mund. Sekunden später explodierten seine Geschmacksnerven unter dem Gemisch von süßer Schokolade, Creme und einem Hauch von Orange. *Wahnsinn!*

„Hmmmmm ... das Zeug ist so gut, das ist einen kostenlosen Blowjob wert! Und ich würde mich richtig anstrengen.“

Sofort biss er sich auf die Unterlippe. *Scheiße! Was labere ich nur?* Tristan wollte augenblicklich im Boden versinken und nie mehr auftauchen. Beschämt sah er zu Mark, und erschrak. Der hatte die Lippen fest zusammen gepresst und starrte ihn mit versteinertem Gesichtsausdruck an. *Okay, jetzt habe ich es total verbockt. Herzlichen Glückwunsch an mich!* Tristan schluckte hart.

Nach einem tiefen Einatmen räusperte Mark sich. Wut stand ihm in den Augen. Unwillkürlich zog Tristan den Kopf zwischen die Schultern.

„Wenn ich noch ein einziges Mal so etwas aus deinem Mund höre, bist du sofort draußen! Aus diesem Job, aus dem Haus, aus der Nummer mit der Ausbildung! Wenn ich so einen ekelhaften Mist höre, ist mir im wörtlichen Sinn zum Kotzen. Hast du verstanden?“

Verschreckt nickte Tristan. Schlagartig schienen alle seine Illusionen beendet. Okay, er hatte gewusst, dass Mark auf Frauen stand, aber ... ekelhafter Mist? Das tat richtig weh. Überall in seinem Körper fühlte er den Schmerz. Vorbei war es mit seiner vagen Hoffnung, Mark könnte ein anderes Motiv als Barmherzigkeit haben, wenn er sich besorgt zeigte und ihn mit frischem Essen und Dessert fütterte. Der Bulle fand ihn widerlich und das mit Recht.

Er war ja auch nur ein schwuler Ex-Stricher, der gerade eben noch bei alten Omis eingebrochen war und Drogen verkauft hatte. Wie ekelhaft musste er auf so einen netten, normalen Hetero-Kerl wirken, wenn er ihm für ein leckeres Dessert einen Blowjob anbot?

Mark konnte doch nicht wissen, dass es in Tristans Welt keine netten, normalen, heterosexuellen Männer gab, die etwas für ihn taten, nur weil sie Mitleid mit ihm hatten.

Fest bohrte er den Fingernagel seines Daumens in das Fleisch seiner Handinnenfläche und hoffte inständig, der Schmerz würde ihn vom Weinen abhalten. Den Trick hatte er im Knast wirklich gut beherrscht, aber jetzt half er nicht. Tränen stiegen in seinen Augen auf.

Plötzlich war sie wieder da, die große, sanfte Hand, die ihm beruhigend über den Oberarm strich. Vor Schreck stand Tristans Mund offen. Dann breitete sich ein Funken Erleichterung in ihm aus. Wenigstens gab Mark ihn nicht völlig auf.

Der hatte den Kopf zur Seite gelegt und sah ihn mit einem undurchdringlichen Gesichtsausdruck an. „Ich war zu heftig. Tut mir leid. Sag es einfach nie mehr und es ist gut. Komm jetzt, die Mousse wird flüssig, wenn sie zu lange in der Wärme steht."

Einmal noch drückte er Tristans Oberarm fest, dann ließ er los. Die Glasschüssel in der einen, zwei Dessertteller in der anderen Hand, verließ er die Küche ohne ein weiteres Wort. Mit hängendem Kopf trottete Tristan hinter ihm her.

An der folgenden Stille beim Essen gab er sich selbst die Schuld. Mark sprach erst wieder mit ihm, als er die Teller zusammenräumte.

„Sorry, ich bin jetzt zu müde, um dich heimzufahren. Und ... ich will dich nicht alleine durch die Nacht schicken, nicht heute. Du kannst die Couch haben. Morgen früh bringe ich dich nach Hause."

Angestrengt strich Tristan mit der Hand über seine Stirn. *Übernachten? Bei Mark?*

„Hast du keine Angst, dass ich dir die Bude leer räume?", fragte er provokant. Er brauchte jetzt einfach eine heftige Antwort. Das hier konnte nicht wahr sein. Ekelhaft. Mark fand ihn doch widerlich, oder?

Der zuckte mit den Schultern. „Ich weiß, wo du wohnst. Und nein, ich habe keine Angst, dass du Max und Minna entführst."

„Illusionen, Cop. Du hast doch eben gehört, wie schnell ich mir Chancen verderbe. Ein einziger, dummer Satz und ich bin raus - hast du gesagt!" Tristan sah betroffen zu Boden. *Mist!* Er wollte so gerne freundlich mit Mark sprechen. Was trieb er hier eigentlich? Wollte er ernst genommen werden? Von einem normalen Mann? Einem Polizisten dazu? Lächerlich.

„Wir haben beide dumme Sachen gesagt. Mach dir keine Sorgen", erwiderte Mark und verschwand schon wieder in Richtung Küche. Keine Sorgen? Tristan verstand kein Wort.

Kurz darauf saß er auf der schmalen Couch und wunderte sich immer noch. Nachdem er die Küche aufgeräumt hatte, war Mark nach oben verschwunden. Endlich trabte er mit schnellen Schritten die Treppe herunter, eine flauschige Decke und ein Kissen unter dem Arm. Beides legte er ab und setzte sich mit einem erschöpften Schnaufen.

Ich soll wirklich hier übernachten? Die Schmetterlinge auf seiner Seele schlugen vor Aufregung sanft mit den Flügeln.

„Danke", sagte er betont beiläufig, griff nach der Decke und hüllte sich darin ein. Wohlige Wärme durchströmte seinen Körper.

So eingewickelt, saß er schließlich an einem Ende der Couch. Mark, lässig mit ausgestreckten Beinen, am anderen.

„Du weißt schon, dass ich mit dir jetzt nicht die Art Männergespräche führen werde, bei denen wir uns gegenseitig von unglaublichen Abenteuern mit heißen Mädels erzählen?", fragte Tristan vorsichtig.

Mark schmunzelte und lachte leise. Tristan verstand nicht, worüber er lachte, aber es entspannte nach und nach seine Glieder. Ob der den bescheuerten Satz schon vergessen hatte?

„Welche unglaublichen Abenteuer hast du denn im Knast erlebt?" Mark blickte ihn aufmunternd an.

Tristan seufzte. Ausgerechnet über seine Zeit im Gefängnis wollte Mark mit ihm reden. Ach ja, er war ja der Typ, den man bemitleiden musste. „Abenteuer sind gar nicht das Problem im Knast. Langeweile ist es.

Aber zum Glück haben sie mich bei diesem Hauptschulabschlussprogramm mitmachen lassen. Und ich war Hausarbeiter - der coolste Job im Knast. Du hilfst dem Schließer vom Dienst, Ordnung in den Zellen zu halten. Verteilst Klopapier, leerst die Mülleimer, solche Sachen. Ist ein leichter Job, man kommt rum, kann quatschen und die Zeit vergeht."

„Oh, das große Abenteuer des Klopapierverteilens! In meiner Ausbildung habe ich ein Praktikum in der JVA machen müssen. Ansonsten bringe ich die Jungs und Mädels nur dort hin und hoffe, sie erleben keine Dramen." Nachdenklich griff Mark nach der Fernbedienung und schaltete den wuchtigen Apparat an. Ohne Ton flimmerten die Bilder darüber.

„Was für Dramen? Als Bulle musst du doch wissen, dass das hier nicht so ist, wie in den Staaten. In dem Jugendknast, in dem ich war, gab es fast nur Einzelzellen. Es gibt auch keine großen Speisesäle, viel zu gefährlich, weißt du ja. Du bekommst dein Essen auf die Zelle. Du kannst fernsehen und Radio hören. Bücher gibt es auch genug."

„Aber?" Mark sah aus, als würde er den Haken hören wollen.

„Aber … es ist nicht dein Leben und du bist nicht frei. So gut wie jede Stunde deines Tages ist vorbestimmt und du bist eingesperrt mit Menschen, die du nicht kennst und viele von ihnen willst du auch nicht näher kennenlernen. So beschissen dein Leben draußen war … du hast doch immer den Eindruck, du hättest es selbst in der Hand, es noch zum Besseren zu wenden. Jeden Tag hast du diese Hoffnung. Im Knast kannst du gar nichts selbst wenden. Da gibt es nur Langeweile und fremde Regeln."

Mark nickte nachdenklich. Jetzt wollte Tristan ihm doch noch mehr erzählen. „Weißt du, was du auch nicht bist im Knast? Du bist im Knast nicht schwul!" Kaum ausgesprochen betreute Tristan die Aussage schon. Wie kam er auf die Idee, dass Mark so etwas interessierte?

„Hm. Und wie ändert man seine sexuelle Orientierung? Das würde ich ja gerne mal wissen."

„Du bist es eben nicht. Ich meine, du sagst es nicht, du zeigst es nicht, du achtest noch mehr als die Hetero-Jungs darauf, keinen anderen Kerl länger anzusehen. Wie alle anderen gehst du brav in Shorts duschen und schaust angewidert zur Seite und wenn der Kerl vor dir noch so großartig aussieht. Ach ja … du hängst am besten Bilder von Mädels mit besonders dicken Titten auf die Zelle. Das ist ganz wichtig. Ich schwöre, je krasser die Mädels, desto eher ist der Typ schwul."

Mark musste lachen, aber sein Gesicht wurde sofort wieder ernst. „Was wäre denn passiert, wenn sie es rausgefunden hätten?"

„Dann bist du Freiwild und kannst für alles mit Sex zahlen."

Eine Weile sah Mark zu dem stummen Fernseher. Tristan sank tiefer in seine Gedanken, in das Gefühl, das die Nähe des anderen Mannes in ihm auslöste. Unwillkürlich träumte er von mehr - von einem Arm, der sich wenigstens um seine Schultern legte. Von der Wärme, die ein anderer Körper ausstrahlte. Das klirrende Geräusch von Glas auf Marmor, riss Tristan aus seinen Träumen. Mark hatte sein Wasserglas abgestellt.

„Dicktittige Mädels sind also das Geheimnis, so so." Er lachte leise.

„Unter D-Körbchen kam mir jedenfalls nichts an die Wand", bestätigte Tristan lachend. „Ich will da nie mehr hin. Mein Leben soll von mir bestimmt sein, nicht vom Knastrhythmus. Und zwangshetero will ich auch nicht mehr sein.", fügte er leise an. Er überlegte kurz. Im Knast war nicht alles nur dunkel und grau gewesen, dachte er, bevor er weitersprach. „Die Wahrheit ist, ohne den Knast hätte ich keinen Schulabschluss. Die Lehrerin des Kurses hat mich sehr unterstützt und mir immer wieder gesagt, wie beeindruckt sie von mir ist. Da hatte ich zum ersten Mal die Idee, dass ich wirklich etwas mit meinem Leben anfangen könnte. Mehr als bisher."

„Trotzdem wolltest du wieder klauen und ...?" Mark beendete die Frage nicht.

„Erst vor ein paar Wochen wieder. Ein… ein Freund hat mir in der ersten Zeit geholfen. Aber ich wollte ihn nicht ständig fragen, wollte es einfach alleine schaffen."

„Warum gehst du nicht zum Amt. Dir steht doch Unterstützung zu?"

Tristan presste seine Lippen fest zusammen. Der Gedanke trieb ihm Schweiß auf die Stirn. „Nichts steht mir zu! Ich bin unter fünfundzwanzig und meine Mutter ist für mich verantwortlich. Da geht gar nichts, ohne ihre Unterschrift. Meine Mutter … sie schmeißt so viele Pillen am Tag ein, ich glaube nicht, dass sie sich überhaupt daran erinnert, dass sie zwei Söhne hat. Und wenn ich jetzt Kontakt zu ihr aufnehme, weiß ich genau … *er* wird antworten. Schlimmstenfalls wird er vorbei kommen. Das ... ich kann das nicht." Seine Stimme zitterte. Laut vertonte er die Szene, die sich in seinem Kopf abspielte, damit Mark sie ebenfalls verfolgen konnte. Er wollte jetzt nichts erklären.

„Hallo Trissi, na, hast du wieder Mist gebaut. Ich habe dir doch gesagt, du wirst niemals im Leben alleine zurechtkommen. Du bist ein dummer, kleiner Junge und du bleibst es für immer. Du brauchst jemanden, der auf dich aufpasst."

Mark war sichtlich bemüht, die Fassung zu bewahren. „Dein Stiefvater?" Seine Stimme klang tonlos.

„Nein! Der Typ hat meine pillensüchtige Mutter abgeschleppt und sich bei uns eingenistet. Er ist ein Parasit. Ein Dreckskerl. Sonst nichts."

Mark schwieg und Tristans Mund wurde trocken. Dringend wollte er die bedrückende Atmosphäre durchbrechen. Er zwang sich zu einem künstlichen Lacher. „Ich bin ein toller Unterhalter, was? Ich rede nur dummes Zeug und du siehst aus, als würdest du gleich schon wieder kotzen wollen. Widerlich, oder? Es tut mir leid. Du hättest besser etwas über Abenteuer mit heißen Mädels erzählen sollen. Ich wollte die Stimmung nicht absichtlich verderben."

Ungläubig schüttelte Mark den Kopf „Tris …" Es klang wie eine Frage, die nie wirklich gestellt worden war. Kopfschüttelnd griff er nach seinem Glas und nahm einen Schluck. „Welche Stimmung willst du denn verdorben haben? Wir haben hier doch kein Pfadfindertreffen veranstaltet."

Erleichtert lächelte Tristan schmal. So schnell war der Bulle also doch nicht zu schocken, gut zu wissen.

„Wiederholen sie in der Nacht nicht diese Tanzshow bei der B-Promis vorturnen und von einer Jury fertiggemacht werden?", fragte Mark unvermittelt.

Tristan grinste und nickte. Das war im Knast sogar seine Lieblingshow gewesen und da er dort hetero zu sein hatte, konnte er sich mit niemandem darüber auslassen. Die ganzen harten Kerle, sahen es sich zwar auch an, redeten aber nicht darüber. Mark war so cool!

Der schaltete den Ton ein, wechselte den Kanal und tatsächlich, auf dem glänzenden Parkett drehte sich schon ein Paar - sie in einem Kleid aus Federn, er im weißen Smoking. Gespannt sahen sie eine Weile zu.

„Wow, gekonnte Drehung. Respekt, in dem Alter! Tris, konntest du eigentlich mit einigen der neuen Jungs sprechen?"

Tristan schnaufte leise. Na, es gelang Mark nur fast, ihn unbemerkt auszufragen. Der hatte einen kleinen Block neben sich liegen und wann immer Tristan ihn mit seinen Informationen fütterte, machte er sich Notizen. Viel hatte er ohnehin nicht erfahren.

„Ich erblinde! Die Lady hat mich gerade mit ihrem Glitzerkleid geblendet! Hmmm… lass uns erst mal beim Park weiter schauen, bevor wir uns den Bahnhofsstrich ansehen", sagte Mark und blieb eisern bei seiner Verschleierungstaktik.

Tristan zog die Augenbrauen zusammen und stellte sich vor, wie Mark Schwerverbrecher verhörte, in dem er mit ihnen Unterhaltungsshows schaute und ihnen zwischen Smalltalk und Lästern ein Geständnis entlockte. Vielleicht keine schlechte Taktik.

Die Glitzershow, Marks tiefe Stimme, die entspannte Atmosphäre - Tristans Glieder wurden bleischwer. Er rutschte tiefer auf der Couch, schmiegte die Decke enger um seinen Körper und verpasste das Ende der Show.

Am nächsten Morgen hätte er nicht einmal mehr sagen können, was er geträumt hatte. Aber er war sich sicher, Mark hatte eine Hauptrolle darin gespielt.

Träumen war doch erlaubt, oder? Die Dämonen seiner Gedanken, die Schatten, die Übelkeit, plötzlich schien ihm alles blasser, weniger bedrohlich. Noch während er seine Wohnungstür aufschloss und an die nächsten Einsätze mit Mark dachte, schob sich eine Mischung aus Abwehr und ... Freude auf ein Wiedersehen durch seinen Körper.

KAPITEL 6

„Sorry, hab gestern nicht mehr erfahren. Bei so einem Wetter kommen kaum Freier, da ist nichts los“, erklärte Tristan und schielte über den Zitronenkuchen hinweg zu der Apfeltarte.

„Was soll’s. So hatten wir mehr Zeit für die unglaublichen Tanzeinlagen. Wer hätte gedacht, welche Eleganz in einem dicken Politiker steckt.“ Mark grinste schief und schob ihm ein Stück Tarte auf den Teller.

Tristan lachte leise. Früher Nachmittag? Warum hatte Mark ihn noch nicht nach Hause gefahren? Das tat er doch jedes Mal, wenn er Tristan nach einem Einsatz bei sich übernachten ließ. *Ich sollte jetzt gehen,* dachte er, aber etwas hielt ihn auf seinem Stuhl. Wahrscheinlich Marks Backkünste, er war sich nicht sicher.

Tristan schob sich ein großes Stück in den Mund und überlegte. Seit drei Wochen waren sie zusammen unterwegs und nach jedem Einsatz hatte Mark ihn auf der Couch schlafen lassen. Nicht einsam in seiner trostlosen Wohnung zu sein, das war das Beste an diesen Einsätzen. Alleine für die Stunden danach, plaudernd und lachend - dafür konnte er das Elend aushalten, war sogar bereit für die Schatten, die ihn

Nacht für Nacht einholten. Zum Glück war es nie mehr so heftig, wie in der ersten Nacht geworden.

Marks Handy gab einen schrillen Ton von sich und riss Tristan aus seinen Tagträumen.

„Hey Mama…“ hörte Tristan ihn sagen. Nur Sekunden später erklang die Klingel. „Würdest du bitte…“ Mark zeigte mit dem Kinn auf die Tür, während er weiter mit seiner Mutter sprach. Tristan sprang auf und öffnete sie.

Was er davor fand, war 1,80 Meter, charmant lächelnde, fabelhafte männliche Homosexualität. Daran hatte selbst Tristan keinen Zweifel und er war sich nicht sicher, ob er andere schwule Männer wirklich erkennen konnte. Beeindruckt musterte er den Besucher.

Der war schmal gebaut, trug eine braune Chino-Hose und ein rotes T-Shirt, das eng an seinem Körper saß. Bunte Armbänder aus verschiedenen Materialien zierten sein Handgelenk. Ein schicker Haarschnitt rahmte ein hübsches Gesicht ein. Und er war nicht alleine!

Am Ende einer hellbraunen Leine blickte ein Mops treudoof zu Tristan hinauf. Der Hund hatte den gleichen überraschten Gesichtsausdruck wie sein Herrchen. Skeptisch zog der Fremde die Augenbrauen zusammen.

„Oha! Männerbesuch bei Mark? Unfassbar! Wer bist du und was hast du mit dem besten Polizisten von allen gemacht?“

Der Typ ist genial, dachte Tristan und musste grinsen. Das waren wirklich coole Klamotten und so offen schwul zu sein - wow! Tristan dachte an seine Zeit im Knast und wie sich dort alle Männer immer bemühten, besonders männlich zu sein. Bei den meisten wirkte es, als wären sie mit einer zähen Masse Testosteron übergossen worden, die jede Lockerheit verhinderte.

„Hi. Ich bin Tristan und ich wollte gerade gehen.“

„Ohhhhh“, rief der Unbekannte erfreut. „Du bist DER Tristan! Wie schön, dich endlich kennenzulernen.“ Tristan blinzelte. Wann war er eine Berühmtheit geworden? „Mark hat mir schon viel von dir erzählt, Darling. Wo ist er eigentlich?“

Verwirrt trat Tristan einen Schritt zur Seite und gab den Blick auf Mark frei, den er seit einigen Sekunden hinter sich atmen hörte.

„Komm schon rein. Tris, das ist Tim, ein guter Freund von mir.“

„Und Charlotte!“ Empört zeigte Tim auf den Mops. „Hallo, Babe.“ Elegant lehnte Tim sich vor und küsste Mark links und rechts auf die Wange, dann schritt er mit Charlotte zusammen durch die Tür und zum Tisch.

Deshalb war Mark also so früh aufgestanden! Er hatte für seinen Gast Kuchen backen wollen. Tristan sortierte die ganze Szene immer noch in seinem Kopf.

Nun, hier wurde er nicht mehr gebraucht. Er sollte endlich abhauen.

„Ich geh dann mal“, sagte er laut und wollte gerade nach seiner Tasche greifen.

„Nicht doch, Darling. Willst du nicht mit uns Kaffee trinken?“, flötete Tim und drehte sich zu Mark. „Schätzchen, dass der Kleine eins meiner Models sein könnte, hast du mir sicher bewusst verschwiegen. Hattest du etwa Angst, ich engagiere ihn gleich vom Fleck weg und er will dann nicht mehr mit dir auf Räuberjagd gehen?“ Tim zog eine kleine Karte aus seiner Hosentasche und reichte sie Tristan mit einem gekonnten Augenaufschlag.

Tim Fischer, Fotograf. Mode und Kunst

So stand es auf der kunstvoll gestalteten Visitenkarte.

„Ähm … Danke“, stotterte Tristan.

Verwirrt sah er von Mark zu seinem Gast. Okay, Mark hatte also einen schwulen Kumpel. Hm. Warum eigentlich nicht. Na, dieser Tim bot ihm sicher keine Blowjobs für Dessert an.

„In der Küche ist noch ein Schokoladenkuchen, den du noch nicht probiert hast.“

Mark zeigte sein bezauberndes Lächeln und Tristan hatte das Gefühl auf dem Teppich zu zerfließen. *So ein Unsinn, ich störe doch nur,* wollte er antworten. Stattdessen ging er zum Tisch und setzte sich, angezogen von diesem umwerfenden Polizistenlächeln.

„So ist es brav.“ Tim nickte ihm zu und setzte sich zu ihm, während Mark den angekündigten Schokoladenkuchen aus der Küche brachte und jedem ein Stück auf dem Teller lud. Tim verschränkte die Hände vor dem nicht vorhandenen Bauch.

„Babe, weißt du, wie viele Kalorien du mir gerade auf den Teller geschaufelt hast? Als würde mich mein Personal Trainer nicht schon oft genug sehen.“

Mark schnaufte abschätzig. „Personal Trainer - so ein Unsinn. Geh mal mit mir trainieren! Ich mache dich schon fit“, erwiderte Mark grinsend und Tristan hatte das Gefühl, sie würden dieses Gespräch nicht zum ersten Mal führen.

„An ihm ist eine italienische Mama verloren gegangen.“ Tim wedelte mit der Hand in Marks Richtung.

„Erzähl ihm nicht so was! Tris denkt schon, dass ich zum Orden der barmherzigen Bullen gehöre.“ Mark lächelte milde und warf einen prüfenden Blick in alle Kaffeetassen, die er soeben gefüllt hatte.

„Ah, auch noch witzig.“ Tim lachte. „Was macht eigentlich eure gemeinsame Verbrecherjagd?“

„Du weißt genau, ich darf nichts über einen laufenden Fall erzählen.“ Missbilligend schüttelte Mark den Kopf.

Tristan seufzte leise. Hier war er einfach nur überflüssig! „Ich sollte jetzt wirklich gehen. Es war nett, dich kennenzulernen, Tim“, sagte er mit Nachdruck, griff endgültig nach seiner Tasche und stand auf.

Mark folgte ihm zur Tür und verengte die Augen zu Schlitzen.

„Bleib doch noch“, sagte er leise und für einen Augenblick klang es für Tristan nach einem Flehen.

Bedauernd schüttelte er den Kopf. „Nee. Er ist dein Kumpel, nicht meiner.“

„Soll ich dir wenigstens den Kuchen einpacken?“

Der wunderbare Kuchen! Tristan lief das Wasser schon bei dem Gedanken an die weiche Schokoladigkeit im Mund zusammen. Ihre Blicke trafen sich und dann streckte Mark seine Hand aus, und berührte Tristan sanft am Oberarm. Tristans Haut brannte unter der Berührung, die er sich so oft herbeisehnte.

„Ach was. Der ist sicher Montag noch gut. Da wolltest du doch zum Bahnhof?“

Mark öffnete den Mund, da rief Tim vom Tisch zu ihnen:

„Jungs, habt ihr Lust, morgen im Park Inliner zu fahren? Angeblich wird es der erste warme Tag des Jahres, das muss man ausnutzen!“

Tristan blinzelte ungläubig.

„Gute Idee!“, rief Mark zurück, offensichtlich ohne nachzudenken. „Hast du Zeit?“, fragte er Tristan. Überrumpelt nickte er. „Prima! Ich hole dich um drei ab.“

„Ich ... ich habe keine Inliner“, gestand Tristan leise.

Aber Mark lächelte nur. „Keine Sorge, ich besorge dir welche. Welche Schuhgröße hast du?“

„43“ Tristan fühlte sich plötzlich von einer Dampflok der Freundlichkeit überrollt.

„Okay. Bis morgen“, sagte Mark und zwinkerte ihm mit einem Auge zu.

Tristan nickt und trottete durch den Vorgarten zurück auf die Straße. Während er die schöne Wohngegend hinter sich ließ und weiter in Richtung seiner Hochhaussiedlung trabte, überlegte er fieberhaft. *Verdammt!* Morgen müsste er Mark gestehen, dass er überhaupt nicht Inliner fahren konnte.

Jetzt war er bei dem letzten Haus der schicken Siedlung angekommen und starrte für einen Augenblick in den Garten. Auf einer Frühlingsblume saß ein weißer Schmetterling mit gelben Flügelspitzen und klappte langsam seine Flügel ein und aus. Fasziniert beobachtete Tristan ihn eine Weile. Dann fiel ihm Marks seltsamer Blick und die fast geflehte Frage ein. Unsinn, den er sich einbildete, er war sich sicher. Und doch ... auch auf seiner Seele schien ein Schmetterling sanft mit den Flügeln zu schlagen.

KAPITEL 7

Die Morgensonne blinzelte durch den maroden Rollladen zu ihm herüber. Schützend zog Tristan seine Decke über den Kopf. Inlinern im Park - mit Mark! Ein unangenehmer Schauer überlief ihn. Eines war sicher - er würde Mark beichten müssen, dass er auf den Dingern nicht fahren konnte.

Eingehüllt und warm in seinem Bett glitt er erneut in einen entspannten Halbschlaf. Und wieder war es Mark, der sich in seine Gedanken schlich. Tristan versuchte nicht einmal mehr, die Bilder abzuwehren. Es war doch nur eine Fantasie und in diesem Augenblick war sie mehr als genug.

Bald konnte er einen starken, breiten Körper fühlen, der sich warm an seinen Rücken schmiegte, sanfte Hände, die über seine Schulter hinab bis zu seinem Hintern glitten und eine heiße Spur voller Lust mitbrachten. Er stöhnte leise gegen sein Kissen. Jetzt massierten die Hände seine Hinterbacken und fast konnte er den hungrigen Kuss fühlen, die gierigen Lippen, die auf die weiche Haut des Nackens trafen und seine Körpermitte brennen ließen.

„Hmmm", er keuchte erregt und ließ seinen Schwanz langsam durch seine Finger gleiten. Mark so dicht an seinem Körper und jetzt strich er ihm mit einem Finger sanft über die Falte seiner Pobacken. Tristan streckte sich ihm entgegen und stöhnte in seine Gedanken.

Langsam schlängelte Mark sich jetzt voran, weiter, tiefer in ihn hinein. Oh Gott, ja, ja, er wollte das alles und er wollte noch viel mehr. Marks Nähe, sein herber, männlicher Geruch, sein umwerfendes Aussehen und seine liebenswerte Art trieben ihn schon fast in den Wahnsinn.

Aber Tristan wollte berührt werden! Er brauchte das hier! Gedanken-Mark ließ seinen Finger in ihn gleiten. Sein Atem wurde noch schneller, ein Schweißfilm überzog Tristans Körper. Mehr! Noch viel mehr!

„Ich ... brauche ... mehr", stöhnte er in seinen Höhepunkt und kam so heftig, wie lange nicht mehr.

Vorsichtig zog er die Decke ein Stück nach unten und spähte aus seinem Nest hervor. Schuld und Scham vereinten sich in ihm und verhöhnten ihn zusammen. Wie lächerlich war er eigentlich? Einen Polizisten, einen heterosexuellen Polizisten, schlimmer noch: Einen Menschen, der sich wie ein guter Freund ihm gegenüber benahm, als Wichsvorlage zu gebrauchen. Tristan seufzte leise. Das musste aufhören! Er sollte in Mark nur den Arbeitgeber und vielleicht den Kumpel sehen!

Schnell sprang er aus dem Bett und unter die Dusche. Mit dem warmen Wasser schienen seine

Schuldgefühle im Abfluss der Badewanne zu verschwinden und neues Leben kam in ihn. Er war kaum angezogen, da ertönte die Klingel. Schnell hastete er zur Tür und öffnete.

„Hi“ Mark, in Jeansjacke, langärmeligem T-Shirt und passenden Jeans, stand davor und lächelte. „Hallo“, murmelte er und stutzte für einen Augenblick. Der schöne Mann vor seiner Tür hatte so gar nichts mehr mit dem grimmigen Bullen zu tun, der vor einem Monat an der gleichen Stelle gestanden hatte. Er schluckte und nickte Mark so lässig wie möglich zu. Zusammen schlenderten sie zum Auto.

„Schön, dass du mitkommst.“ Mehr sagte Mark nicht.

Tristan schnaufte leise. Ja, er fand es auch schön, das Wochenende nicht alleine verbringen zu müssen. Aber wo sollte er nur mit all den Gefühlen für Mark hin? Zum ersten Mal in seinem Leben wünschte sich Tristan, dass jemand wirklich einen Preis für all die Freundlichkeit haben wollte. Er war mehr als bereit, ihn zu zahlen, um von diesen verwirrenden Gefühlen befreit zu werden. Schnell stieg er ebenfalls in den Wagen.

Am Rand des weitläufigen Stadtparks suchte Mark einen Platz, hielt an, stieg aus und öffnete schwungvoll den Kofferraum. Mit einem mulmigen Gefühl im

Magen folgte ihm Tristan. War jetzt der richtige Zeitpunkt zuzugeben, dass er noch nie auf diesen Dingern gestanden hatte? Ja, gleich würde er es Mark erzählen, da war er sich sicher! Der hievte gerade das zweite Paar aus dem Kofferraum und zeigte darauf.

„Die Roten sind für dich. Größe 43, wie gewünscht."

Tristan betrachtete die knallroten Inliner skeptisch.

Mark nahm sein eigenes Paar in eine und Tristans, wie selbstverständlich, in die andere Hand und trabte los. Gedankenverloren lief Tristan hinterher. Jetzt musste er es wirklich sagen! In wenigen Minuten würde er sich sonst nämlich zum Vollidioten machen. Und das vor Mark, dem Gewinner des Mister Perfekt Preises. Wie peinlich.

Dieser Park war ihm vertraut. Oft hatten sie früher den Kids zugesehen, die dort Spaß hatten, während Tristan und Jonathan sich nur die Zeit vertrieben hatten, weil zuhause niemand auf sie wartete.

Doch heute wartete jemand auf ihn! Auf einer Bank in der Nähe des Eingangs saß der fabelhafte Tim in einer ebenso beeindruckenden Aufmachung. Braune Jeans, ein passendes, eng am Körper liegendes Rippen-Tshirt mit einem sehr weiten Ausschnitt.

Schüchtern sah Tristan an sich herunter. Abgewaschenes rotes T-Shirt, na, das passte wenigstens zu den Inlinern, auf denen er gleich nicht fahren konnte, und eine ebenso abgewetzte Jeans, die einen Tick zu weit war. Sobald es mit der Ausbildung losging, würde er Tim um ein paar Modetipps bitten müssen. Mit einem strahlenden Lächeln auf den Lippen winkte Tim ihnen zu.

Mark setzte sich neben ihn und dieses Mal war er es, der Tim zuerst auf die Wange küsste. Tristan wunderte sich kaum noch. In Gedanken addierte er zehn Punkte für Lässigkeit zu Marks übervollem Mister-Perfekt-Konto hinzu. Langsam ließ er sich auf der Bank nieder und griff mit klammen Händen nach den roten Inlinern. Dann streifte er seine Sneakers ab und verstaute sie in dem mitgebrachten Rucksack. Beide Hände musste er zu Hilfe nehmen, um in die Folterinstrumente zu steigen. Endlich saßen sie fest an seinen Füßen und sahen dort schwer und bedrohlich aus. Tristan schauderte und wollte gerade erzählen, dass er darauf nicht fahren konnte.

„Ihr Süßen, fahrt schon mal los. Mein Charlöttchen kommt auf ihren kurzen Beinen nicht gut hinterher, wir zwei Hübschen werden es langsam angehen lassen.“

Liebevoll kraulte Tim den Mops mit einem Finger hinter dem Schlappohr. Charlöttchen hechelte ihn verliebt an und Tristan grinste über das ungleiche Paar.

„Yes!“ Gekonnt schwang Mark sich in den Stand.

Tristan atmete tief ein und aus und .... blieb dann doch lieber noch eine Weile sitzen. Mark stand nun direkt vor ihm - zwischen seinen Beinen. Tristan seufzte leise. So konnte er ihm doch nicht erklären, dass er auf diesen Teilen nicht fahren konnte! *Verdammt.*

Mark legte den Kopf zur Seite und sah ihn prüfend an. „Tris … du kannst doch fahren, oder?“

Er zuckte mit den Schultern und wollte augenblicklich, dass sich der Park in ein schwarzes Loch verwandelte, das ihn verschlang. Fest presste er die Lippen aufeinander, stemmte die Dinger mit den verdammten Rollen fest in den Asphalt und versuchte mit Schwung aufzustehen. Vielleicht war er ja ein Naturtalent? Es war einen Versuch wert.

Oh ja, er stand auf! Für eine gefühlte halbe Sekunde stand er auf den Dingern, bis er zurück auf seinen Hintern plumpste. Der letzte Rest seiner Würde schien mit ihm zu fallen. Musste ausgerechnet Mark ihn schon wieder so unfähig erleben?

Der lächelte mitfühlend. *Mann! Kannst du dich einmal über mich lustig machen?* Doch stattdessen streckte Mark seine Hand aus. Tapfer griff Tristan danach und zog sich nach oben. Schon rollte er ein paar Zentimeter und prellte gegen die breite Brust seines Begleiters. *Wieder der ganz falsche Moment,* dachte er peinlich berührt.

„Klar kann ich fahren. Ist doch ganz einfach“, log er und kopierte die Antriebsbewegungen, die er bei anderen gesehen hatte. *So könnte es klappen!* Langsam rollte er auf dem Weg entlang und nahm immer mehr Fahrt auf.

Ohhhhhh neeeeiiiiin, schrie es Sekunden später in seinem Kopf. Immer schneller rollte er über den breiten Parkweg. *Shit! Wo sind die verdammten Bremsen?* Verzweifelt ruderte Tristan mit den Armen.

Eine Frau mit Kinderwagen beugte sich panisch zur Seite und riss dabei den Wagen fast um. Eine Familie mit zwei kleinen Kindern warf sich hilfesuchend aufs Gras. Oh Gott, er wollte schreien, aber dann würde ja alles noch viel peinlicher werden. Er musste stoppen! Sofort! Nur wie? Gerade als er sich einen Baum ausgesucht hatte, in der Hoffnung, der würde die Höllenfahrt beenden können, rollte er über einen der größeren Steine am Boden und verlor den Halt. Ungebremst stürzte er vornüber auf die Knie. Und jetzt endlich schrie er laut auf!

„Ahhh! Shit!"

Im nächsten Moment stach der Schmerz böse in Tristans Knie. Sein Blick fiel auf das Loch, das der Sturz in seine Jeans gerissen hatte und gleich tat es weniger weh. Plötzlich hatte er andere Sorgen. Das hier war eine von zwei Jeans, die er aus der Rot-Kreuz-Kleiderkammer mitgenommen hatte. *So ein Mist.* Hilfe suchend sah er sich um. Um mehrere Kurven war er gerollt, so viel hatte er noch mitbekommen. Wo waren die anderen?

In diesem Augenblick schritt jemand lässig über das Gras in seine Richtung. Skeptisch verengte Tristan die Augen. Ein großer, schlanker Mann kam auf ihn zu. Die Kapuze seines T-Shirts weit ins Gesicht gezogen, eine Hand in der Hosentasche.

Tristan schauderte und versuchte aufzustehen, aber der Schmerz ließ es nicht zu. Der Typ sah nach Ärger aus und den brauchte er jetzt so dringend, wie noch einen peinlichen Sturz. Unter einem leisen Stöhnen hievte er sich erneut auf die Arme - und saß gleich darauf wieder auf dem Boden.

Vorahnungen krochen unruhig in seinen Körper. Sie hatten früher selbst die normalen Jungs blöde angemacht und ausgelacht. Wenn der Typ ihn für einen aus den guten Wohngebieten hielt, dann würde er Tristan sicher auch gleich nerven. Jetzt war er bei ihm angekommen. Abwehrend hob Tristan eine Hand.

„Trissi, sie haben dich doch nicht aus dem Knast gelassen, damit du dein Leben draußen in Gefahr bringst. Was treibst du denn hier?“

Tristan stoppte den Versuch aufzustehen und sah auf. Die Stimme, die unter der Kapuze hervorkam, war ihm fast so vertraut wie seine eigene. Für einen Augenblick vergaß er sogar sein schmerzendes Knie.

„Hi Jan. Ich bin auf der Flucht vor den Bullen!“, sagte er mit einem breiten Lächeln auf den Lippen.

„Ach? Na, der Trick hätte uns früher mal einfallen sollen. Alles okay, Kleiner?“

Es klang so liebevoll wie immer. Jan kniete sich zu ihm auf den Boden und zog die Kapuze von Kopf. Sein braunes Haar war kurz geschnitten und seine grünen Augen leuchteten erstaunlich gesund. Das markante Gesicht war schmäler als sonst, aber er war Jan, gut aussehend, groß und hinter einer Fassade von gespielter Gelassenheit brannte noch das alte Feuer, da war Tristan sich sicher. Ohne nachzudenken, schlang er seine Arme fest um Jan. Der begann ihm beruhigend über den Rücken zu streicheln.

„Mann, ich hab dich so vermisst“, murmelte Tristan selbstvergessen und atmete den vertrauten Duft des anderen Mannes ein.

„Warum hast du dann keinen meiner Anrufe in der letzten Zeit entgegengenommen oder mich mal kontaktiert?“

Tristan musste lächeln. Jan konnte immer noch reden, wie der Gymnasiast, der er einst war.

„In der letzten Zeit war alles ziemlich hektisch. Sorry. Geht's dir gut?“, brummte er gegen Jans Brust.

„Immer, Trissi. Es geht immer … irgendwie. Weißt du doch. Und dir? Was heißt hektisch? Ist etwas passiert?“

Hm? Mark und seine ständigen Sorgen um mich sind mir peinlich, aber Jan soll gefälligst besorgt sein, dachte Tristan und wunderte sich.

„Bei mir ist auch alles gut. Stell dir vor, ich habe einen Job gefunden und vielleicht kann ich ab Herbst eine Ausbildung machen.“

„Wow! Genial. Einer von uns sollte etwas aus seinem Leben machen und du solltest es sein!“

Jan löste sich aus der Umarmung, stemmte sich auf die Füße und half Tristan aufzustehen. Er beugte sich hinunter und betrachtete das lädierte Knie. Dann betastete er die Stelle mit den Fingern. „Tut’s sehr weh?“

„Ach was, ist nur ein Kratzer“, antwortete Tristan schnell.

Jan nickte und straffte seinen Oberkörper. Für einen Moment sah er ihm in die Augen und Tristan wusste genau, was er dort suchte.

„Wie geht’s ihm?“, murmelte Jan.

„Wie immer, schätze ich. Ich hatte keine Kohle, um zum letzten Besuchswochenende zu fahren, aber seine Briefe klingen, hm ... ganz gut, würde ich sagen. Knapp, wie sonst auch.“

„Tris, alles okay? Bist du gestürzt?“, hörte er Marks besorgte Stimme neben sich und drehte unwillkürlich den Kopf. Für einen sonderbaren Augenblick fand er es lustig, Mark neben Jan stehen zu sehen.

„Bestens. Mir ist nichts passiert. Alles noch heil, außer meine Hose. Das hier ist übrigens ein Freund von mir. Wir reden nur kurz, okay?“ Tristan hoffte, dass Mark den Hinweis verstehen würde.

Tatsächlich nickte er. „Okay. Ich bin dort hinten auf der Bank, bei Tim und Charlotte, falls du mich suchst.“ Er zeigte auf eine Bank ganz in der Nähe und rollte davon.

„Hm?“ Jan folgte ihm mit einem skeptischen Blick. „Spannend“, war alles, das er mit erhobener Augenbraue sagte.

Schnell schüttelte Tristan den Kopf. „Nee. Der doch nicht! Er ist nur ein ... ein Bekannter. Wir arbeiten zusammen.“

Stumm nickte Jan. Die Hände in den Hosentaschen sah er Tristan an und schien etwas fragen zu wollen. Tristan seufzte und antwortete auf die nicht gestellte Frage, die wie eine dunkle Wolke über ihnen hing.

„Jan, wenn du wirklich wissen willst, wie es ihm geht, dann frag ihn doch selbst! Schreib ihm endlich einen Brief oder fahr hin. Der flippt aus vor Freude, wenn er etwas von dir hört, das weißt du doch.“

„Das glaube ich kaum. Ich habe ihm ja geschrieben, aber seit drei Monaten habe ich keine Antwort erhalten.“ Jans Blick war starr auf den Boden gerichtet.

„Warte mal, seit drei Monaten, sagst du? Er wurde vor ... drei Monaten verlegt, weil er an einem bestimmten Programm teilnehmen wollte. Das gab es hier in der JVA nicht. Er hat es dir doch erzählt, oder? Plötzlich ging alles ganz schnell. Bestimmt ist dein

Brief durch den Umzug verloren gegangen und er dachte, du wolltest dich nicht mehr bei ihm melden. Klar, dass er da nicht zuerst schreibt." Jans Gesichtsausdruck erhellte sich schlagartig. „Ein Missverständnis!", fügte Tristan schnell an.

Oh nein, dachte er aufgebracht. Wieso hatte er sich nach seiner Entlassung nur so eingeigelt? Dieses verdammte Missverständnis hätte er doch schon viel eher aufklären können.

„Hm. Wo sitzt er denn jetzt? Das war doch noch nicht ganz klar gewesen", fragte Jan vorsichtig.

Tristan nannte den Ort und die Haftanstalt, in der sein Bruder derzeit einsaß, und umarmte Jan erneut.

„Sorry, ich muss jetzt zu den anderen. Aber ich rufe dich nächste Woche an! Ich glaube, ich kann bald mal wieder zu ihm fahren. Komm doch mit!"

Einen Weile sah Jan auf den grauen Asphalt, dann hob er den Blick, schüttelte den Kopf und lächelte.

„Bald haben wir es geschafft. Ich kann das nicht mehr, ehrlich. Ich kann ihm da nicht gegenübersitzen und ihn nicht anfassen. Sag ihm - alles war immer gut, zwischen ihm und mir! Er soll schreiben ... wenn er will."

Tristan nickte und fühlte ganze Gebirge von seiner Brust fallen. Unter einem Seufzen schnallte er die Inliner ab und ging auf den Socken über den sonnengewärmten Boden zu den anderen. Erschöpft ließ er sich neben Mark auf die Bank fallen. *Fahren? Inliner fallen, wohl eher!*

„Ist wirklich alles okay?“ Mark zeigte auf die zerrissene Jeans.

„Ja! Nicht schlimm. Ich glaube, das mit dem inlinern muss ich noch etwas üben, was? Im Fliegenfischen bin ich aber bestimmt ein Ass.“

So, jetzt hatte er es zugegeben. Aber Mark schien es gar nicht wahrgenommen zu haben. Nachdenklich blickte er in die Richtung, in der Jan gerade verschwunden war.

„Ein Freund von dir?“, fragte er beiläufig.

„Mein Schwager“, erwiderte Tristan, ohne nachzudenken.

„Ihr Lieben, seid mir nicht böse, wenn ich euch für ein halbes Stündchen verlasse, ja? Charlöttchen möchte sich die Beine vertreten.“

Oh, Tim hatte er in all dem Chaos fast vergessen, dachte Tristan betroffen. Gut gelaunt schwang der sich auf seine Inliner und nahm Charlotte, die unter der Bank ein Schläfchen gehalten hatte, wieder an die Leine.

„Tristan Darling, wenn du jemanden suchst, der so viel Geduld hat, dass er selbst einem tasmanischen Teufel Inliner fahren beibringen könnte, halte dich an Mark! Tschöööö, ihr Süßen!“

Mit einem Augenzwinkern verabschiedete er sich und rollte zusammen mit Charlotte langsam davon. Noch von Weitem umgab die beiden eine Aura von: *Wir sind fantastisch*, fand Tristan anerkennend.

„Er ist ein wirklich guter Kerl mit einem Herz so groß wie dieser ganze Park." Mark klang merkwürdig entschuldigend.

„Tim? Der ist genial!"

Was meinte Mark nur? Natürlich war Tim ein guter Kerl! Er war hilfsbereit, plauderte charmant und vor allem: Er war echt. Bewundernswert! Neben Mark war Tim die beste Bekanntschaft seit ... seit langer Zeit, davon war Tristan überzeugt.

Mark schnaufte leise. „Dieser Kerl im Kapuzenshirt ist dein Schwager? Ich dachte, du hast nur einen älteren Bruder? Jonathan?"

„Ich habe nur einen Bruder und sein Name ist Jonathan. Stimmt und Jan ist mein Schwager!"

„Ach? Dann ... „ Mark überlegte laut und hatte den Kopf zur Seite geneigt.

„Das heißt, unsere Eltern konnten nur schwule Jungs in die Welt setzen."

Mark lachte auf. Mit einem Auge zwinkerte er Tristan zu. *Was gibt's da zu*

zwinkern, wunderte er sich.

„Gleich zwei Söhne, die im anderen Team spielen? Wie haben sie das aufgenommen?"

Tristan stöhnte hörbar. „Du weißt doch, was mit meinen Eltern ist! Du kennst meine Akte! Mein Vater ist schon lange tot und meine Mutter ist seit fast fünfzehn Jahren nur noch körperlich auf diesem Planeten anwesend." *Ah, jetzt schaute er schon wieder so mitfühlen, der Bulle.* „Immerhin blieb uns so ein Coming Out Gespräch bei den Eltern erspart. Alles hat seine guten Seiten. Meine Coming Out Party hatte ich vor zwei Jahren im Knast, mit meiner Therapeutin."

„Hm. Mit deiner Therapeutin - nicht mit deinem Bruder?" Mark klang verwundert.

„Ah, der weiß das schon, denke ich zumindest. Erstaunlich, wenn man bedenkt, dass Jonathan und Jan bis heute ganz tief im Schrank hocken. Na, wenigstens hocken die da zusammen, händchenhaltend, knutschend und so." Der Gedanke ließ Tristan schief grinsen.

Dann sah er vorsichtig zu Mark. Nachdenklich starrte der in die Ferne. *Hoffentlich war das nicht zu viel?* Aber Mark sollte doch an das Thema gewöhnt sein. Immerhin war er mit dem fantastischen Tim befreundet, sogar ziemlich eng.

„Schockt dich das?", fragte Tristan vorsichtig.

„Was schockt mich? Dass du dein Coming Out im Knast hattest, wo du gar nicht schwul sein durftest? Oder, dass dein Bruder und sein Lover zusammen im Schrank Händchen halten?"

„Alles?"

Mark schüttelte den Kopf und lachte. „Oh ja, Tris! Ich bin so dermaßen geschockt, dass ich jetzt eine Runde Inliner fahren muss, um diese ganzen homosexuellen Informationen zu verdauen. Ich schlage vor, du kommst mit? Komm, lass uns ein bisschen üben, damit du beim nächsten Mal zumindest mit Charlotte mithalten kannst.“

Im nächsten Augenblick kniete er vor Tristan im Gras und hielt ihm auffordernd den ersten Inliner vor die Füße.

„Die Schuhe des Teufels!“, brummte Tristan und beeilte sich, schnell wieder hinein zu schlüpfen.

Schließlich stand Mark vor ihm und hielt ihm auffordernd seine Hand hin. Tristan zögerte. Sollte er es wirklich wieder wagen?

„Was ist? Willst du lieber noch mal den Boden küssen, als meine Hand zu halten? Oder sollen wir warten bis Tim kommt?“ Mark grinste breit.

Ohne nachzudenken, schüttelte Tristan den Kopf. Nein, er wollte sicher nicht noch einmal stürzen und er wollte ... Shit, er wollte Mark berühren! Seine Hand zitterte, als er Marks Finger streifte. Dann faste er fester zu, zog sich nach oben und versuchte, so lässig wie möglich zu wirken.

„Wieso Tim? Du musst doch selbst wissen, ob es dir peinlich ist, Händchen mit mir zu halten.“

Mark rollte mit den Augen und winkte ab. „Was soll denn passieren? Wenn sie uns wegen unerlaubtem Händchenhalten auf dem Scheiterhaufen verbrennen wollen, flüchten wir und üben im Schrank weiter Paarlaufen."

Was war das denn? Irritiert schüttelte Tristan den Kopf. „Du weiß doch nicht mal was *im Schrank* bedeutet", sagte er verwirrt und war sich nicht sicher, ob das stimmte. Aber Mark hatte ihn schon an der Hand genommen und zog ihn entschlossen hinter sich her. Tristan schluckte und ließ sich ziehen.

Mehrmals erklärte Mark ihm die Bewegungsabläufe und griff plötzlich mit beiden Händen, links und rechts um Tristans Hüfte. Dann schob er ihn langsam vor sich her. Tristan schauderte. Tausend kleine Flammen züngelten über die Stelle, die Mark berührte. *Nur nichts anmerken lassen!* Wärme stieg in Tristans Gesicht auf und er ahnte, dass sie von roter Farbe begleitet wurde.

Mit einem milden Lächeln sah Mark ihn an und Tristan wusste sofort, er sah, wie peinlich ihm diese Sache war. Ablenkend plauderte er auf Tristan ein.

„Weißt du noch, die beiden, die ganz in Weiß bei der letzten Tanzshow aufgetreten sind? Na, wir würden diese Hebefigur doch mindestens so gut hinbekommen!" Er deutete an, Tristan hochheben zu wollen.

„Hey!“ Panisch schob er die fremden Hände von seinen Hüften. Mark nickte und schon plauderte er weiter.

„Schade eigentlich, dass ich deinen Sturz nicht gesehen habe. Der war sicher noch dramatischer als der Sturz dieses Politikers auf dem Parkett vor drei Wochen. Wie der sterbende Schwan lag er da.“

„Wenn ich gleich zu Boden gehe, bist du aber der zweite Schwan, der fällt.“ Tristan lachte. Seine Glieder entspannten sich langsam. Er schrammte an einem Busch vorbei und fühlte, wie er mit jedem Schritt sicherer wurde. Warm streichelte ihn die Frühsommer-Sonne im Nacken. Ja, er würde diese Inliner-Sache hinbekommen!

Tristan sah auf und stellte fest, dass er alleine war. Mark war etwa zwanzig Meter weiter gerollt und sah ihn mit einem auffordernden Lächeln an. Dann breitete er seine Arme aus. *Oh nein!* Tristan sah prüfend über seine Schulter zu einer Großfamilie, die gerade samt Picknickgepäck den Weg überquerte. Okay, der Rückweg war versperrt. Mit einem tiefen Seufzer rollte er langsam an.

Da stand Mark, Mister Perfekt, und wartete mit ausgebreiteten Armen auf ihn. *Wenn ich diese Einladung annehme, presse ich mich ganz fest an ihn und lasse nie mehr los,* dachte Tristan panisch.

Ohhhhh - wie bremste man mit den Teilen noch mal? In vollem Tempo knallte er gegen Mark.

Reflexartig schloss der die Arme um ihn und sie rollten zusammen einige Meter nach hinten. Tristan erwischte sich dabei, wie er in der Umarmung für einen wunderbaren Moment die Augen schloss.

„Hey, gut gemacht. Du hast mich nur fast von den Füßen geholt.“

Marks Lippen waren dicht an seinem Ohr, warmer Atmen strömte zu Tristan herüber und ließ ihn schaudern. Der fremde Körper fühlte sich so gut an. Die trainierte, breite Brust war wie ein sicherer Hafen. Marks Geruch drang in seine Nase und brachte die Sehnsucht zurück, die Tristan so krampfhaft unterdrücken wollte. Was war nur mit diesem Mann los? Wieso tat er so vertraut mit ihm? Nein, er wollte nicht darüber nachdenken!

„Hmmm“, schnurrte Tristan gegen Marks Brust und jetzt war er sich sicher - er würde ihn nie mehr loslassen.

„Na? Sind wir etwa zu früh? Sollen Charlotte und ich noch eine Runde durch den Park drehen und euch später abholen?“, drang Tims Stimme an Tristans Ohr. Sofort befreite er sich aus der Umarmung und rollte ein Stück von Mark ab. „Oh schau dich mal an, Tristan, du fährst schon wie ein Profi. Siehst du, du kannst Tante Tim vertrauen. Mark ist wirklich ein hervorragender Lehrer.“

Tristan nickte und streckte seinen Daumen nach oben. Mark hatte das Lob mehr als verdient und er? Nun, er hatte sich tatsächlich bemüht. Für einen Augenblick fand er sich sehr tapfer. Dann fiel ihm auf, dass Tim länger fort gewesen war als die angekündigte halbe Stunde. Prüfend sah Tristan zum Himmel hinauf. Die Aprilsonne, die sie eben noch gewärmt hatte, machte sich bereit, ihren Platz mit dem Mond zu tauschen. Langsam fröstelte er in seinem dünnen T-Shirt.

„Jungs, was haltet ihr von einer Runde Sushi zum Ausklang des Tages?", fragte Mark unvermittelt in die Runde.

„Ich … ich kann nicht. Hab noch was vor", log Tristan hastig.

Fünf Euro hatte er für die nächsten Tage noch im Portemonnaie. Sicher nicht genug für Sushi, das klang schon teuer. Eigentlich schade, gerne wäre er mit den beiden noch eine Weile zusammengeblieben. Und hey, heute war ein wirklich guter Tag! Immerhin hatte er Marks Hand gehalten und sich für einen Augenblick wunderbar in seiner Umarmung gefühlt.

Mark sah ihm in die Augen. „Vielleicht lässt sich dein Termin verschieben? Wäre schön, wenn du uns begleiten könntest." Schon wieder diese intensive Bitte. Tristan strengte sich an, aber die Puzzelstücke wollten keinen Sinn ergeben. Schnell schob er sie beiseite.

Tristan fühlte, wie etwas kribbelnd über seinen Körper zog. Mark hatte eindringlich gesprochen, so als wäre es ihm wirklich wichtig. Dabei war es doch nur eine neue Freundlichkeit, oder?

„Ihr seid beide eingeladen!“, verkündete Tim erfreut und rollte etwas näher an Tristan heran. Verschwörerisch beugte er sich vor und flüsterte: „Das wird ein Geschäftsessen. Ich kann es nämlich absetzen. Also mach dir keine Sorgen.“

Tristan hatte plötzlich das Gefühl, heute nicht nur von der freundlichen Dampflok Mark, sondern auch, von dem charmanten Orientexpress Tim überrollt zu werden. Geschlagen nickte er und versuchte, nicht zu breit zu grinsen.

„Okay“, sagte er knapp. Zum Glück fragte niemand mehr nach seinem angeblichen Termin.

„Wunderbar!“ Tim klatschte einmal in die Hände und Mark lächelte unergründlich. Was ist nur mit ihm? Erneut flammten tausend Fragen in seinen Gedanken auf, aber Tristan versuchte, sie mit einem Kopfschütteln loszuwerden.

KAPITEL 8

Unruhig bewegte sich Tristan auf der Matratze hin und her und horchte in die Stille der Wohnung hinein. Nichts. Kein Ton war zu hören. Stumm und kalt schlich sich die Einsamkeit an. Tristan seufzte tief. Mit einem Finger strich er über Hansis Bauch, drückte ihn sanft, bis er ein knirschendes Geräusch von sich gab. Doch wo eben noch Marks tiefes Lachen an sein Ohr gedrungen war, dessen herber Geruch in seine Nase gestiegen - da knirschte jetzt nur der Bauch eines Teddys. Tristans Gedanken wanderten zu der schmalen Couch in Oma Birnes Haus, dort wo er jetzt so viel lieber wäre als in der Totenstille seiner Wohnung.

Im nächsten Augenblick schreckte ihn das blinkende Licht seines Handys aus seinen Wunschträumen und zeigte eine Nachricht an. Überrascht griff Tristan nach dem Telefon, das achtlos neben ihm lag. Mit zu Schlitzen verengten Augen sah er nach, wer ihm schrieb. *Hat doch kaum jemand meine Nummer.*

Bist du gut nach Hause gekommen?

Marks Name war über der Nachricht zu lesen. Tristan lächelte unwillkürlich. Dieser eine Satz reichte aus, um den Eisblock, der in seiner Brust saß, zum Schmelzen zu bringen.

Ja, antwortete er schlicht und konnte nicht aufhören zu lächeln. *Und du?* Schnell fügte er die Frage an und starrte erwartungsvoll auf sein Handy.

Die Sekunden tickten voran. Nichts. Mark antwortete nicht. *Warum sollte er?* Tristan schnaufte leise über seine eigene Dummheit und wollte das Handy beiseitelegen, da erklang der Anruf-Ton. Mark! Tristans Herz klopfte schneller, fast wollte es ihm aus der Brust springen. Mister Perfekt durfte seine Aufregung nicht bemerken! Er atmete einmal tief ein und aus und nahm den Anruf an.

„Hey. Störe ich dich?" Mark klang entschuldigend und Tristan erwischte sich dabei, wie er heftig den Kopf schüttelte.

„Hm", brummte er zustimmend. „Du hast eine wichtige Besprechung zwischen mir und meinem Kissen unterbrochen."

„Sorry, wolltest du schlafen?"

Tristan rollte mit den Augen. Er wollte vor allem mit Mark reden. Erleichtert glitt er tiefer, schaltete die Lampe am Bett aus und zog die Decke höher.

„Nein, nicht wirklich", sagte er leise. Im Grunde war er doch gerade mit Mark im Bett, oder? Ja, etwas in ihm wollte das glauben.

„Gut. Hey, ich glaube, ich werde zu meiner Mutter. Erschreckend", plauderte Mark munter und Tristan sog jedes Wort ein. Nur nicht mehr alleine hier liegen, mit nichts als der stummen Langeweile als Begleiter. „Wenn es darum ging, meinen sicheren Heimweg zu überwachen, war sie schlimmer als jedes SEK. Ich war schon 19, da saß sie immer noch auf der Couch, wenn ich morgens um 4 ins Haus gestolpert bin." Unter einem leisen Lachen spürte Tristan, wie auch der letzte Rest der öden Leere in ihm auftaute.

„19? Da hat auf mich nur ein Bulle im Haus seiner Oma gewartet", murmelte er in das Telefon.

Nach einer endlosen halben Minute schnaufte Mark. „Wir haben unsere Jugend auf unterschiedlichen Planeten verbracht, schätze ich", sagte er nachdenklich.

Mit einem Mal fühlte sich Tristan zurückgeschleudert in die Einsamkeit. Mauern schienen zwischen ihm und Mark in die Höhe zu schießen. Mauern, die Mister Perfekt gebaut hatte. Tristan wollte sie einreißen! Nein! Es hatte Menschen in seiner Kindheit und frühen Jugend gegeben, die ihn geliebt hatten! Sein Bruder und

Jan! Die beiden waren für ihn da gewesen, so wie sie es gekonnt hatten. Verdammt! Die verfluchte Liebe wohnte doch nicht nur in schicken Häusern in der Vorstadt. Aber wie sollte er das Mark erklären. Tristan räusperte sich. Leg nicht auf, bitte! Flehte er in Gedanken.

„Jan und mein Bruder, die ... die saßen vielleicht nicht auf der Couch bis zum Morgen ... aber sie haben sich bemüht!“, sagte er mit fester Stimme.

„Dein Schwager ... Jan“ Mark schien mehr mit sich selbst zu reden.

„Ja, der. Und davor hat Jonathan dafür gesorgt, dass ich nicht das traurigste Kind im ganzen Block war. Jan ist ... er ist Familie, verstehst du?“

In Tristans Gedanken flammten Bilder des Tages auf, an dem er Jan zum ersten Mal begegnet war. Er sah sich selbst, elf Jahre alt, und seine Hand krallte sich fest in die seines Bruders. Zuhause hatte es schon wieder Ärger mit dem Parasiten gegeben und irgendwann hatte Jonathan ihn einfach an der Hand aus der Wohnung gezerrt, war mit ihm durch die halbe Stadt gerannt.

Der schreckliche Streit, die Schläge und die Schreierei, völlig verstört war Tristan hinter seinem großen Bruder hergelaufen. Bis der ihn endlich in einen muffigen Hinterhof zog. Noch heute konnte er sich an den Gestank der überquellenden Mülleimer erinnern.

„Ich verstehe“, murmelte Mark und Tristan fürchtete, er wolle auflegen. Stattdessen fügte er an: „Eine Familie ist da, wo man zuhause ist, und deines war eben bei den Jungs.“

Tristan schluckte trocken. Betroffen schloss er seine Hand um Hansis Plüschbein. Mark hatte wirklich verstanden? „Ja“, flüsterte er kaum hörbar.

„Ja“ bestätigte Mark und schwieg eine Weile.

Tristans Gedanken kehrten zu dem Tag zurück, an dem seine Winz-Familie, die bisher nur aus Jonathan und ihm bestanden hatte, größer geworden war.

Im Halbdunkel des Hinterhofes hatte er seinen Bruder damals kaum ansehen können. Dessen Lippe war aufgeplatzt und hatte aus einer klaffenden Wunde geblutet, sein Auge war zugeschwollen gewesen und auf seiner Wange hatte man den Abdruck einer großen Hand erkennen können.

Jonathan hatte Steine gegen einen Balkon im ersten Stock geworfen.

„Hey, Johnny, was soll das? Warum klingelst du nicht?“, hatte ein großer Junge zu ihnen heruntergerufen, der auf dem Balkon erschienen war.

„Ich wusste nicht, ob dein Sozialfuzzi da ist.“

„Nee, der war heute Morgen hier. Bis übermorgen kommt niemand mehr. Kommt hoch.“

Mit einem breiten Grinsen hatte der Junge vom Balkon im Türrahmen gelehnt, doch das war sofort verschwunden, als sein Blick auf Jonathan gefallen war.

Die kleine unordentliche Bude in einem abgewrackten Hinterhaus, an die konnte Tristan sich noch so gut erinnern. Sie war seiner jetzigen Wohnung nicht unähnlich gewesen. Nur ein großer Raum, daneben eine kleine Küche und ein ebenso kleines Badezimmer. Wie selbstverständlich hatte sich Jonathan auf das große Bett gesetzt.

„Aber du bist okay, Kleiner?“, fragte ihn der große Junge und betrachtete ihn prüfend.

Tristan nickte stumm. Der Typ war vielleicht 16. Jedenfalls wirkte er nur ein wenig älter als Jonathan und er roch genauso.

Tristan legte ihn in die Schublade: *Kifferfreund* ab. Aber plötzlich beugte sich der fremde Junge über seinen Bruder. Liebevoll strich er ihm eine Haarsträhne zur Seite und blickte auf die verwundete Landschaft, die einmal Jonathans hübsches Gesicht gewesen war. Mit dem Daumen streichelte er über eine heile Stelle.

„Mensch, Johnny. Das sieht wirklich nicht gut aus. Wer hat dich denn so fertig gemacht?“

„Er war’s…“, traute sich Tristan, zu sagen. „Der Parasit!“

„Der Freund eurer Mutter? Dieses elende Schwein. Ich bring ihn um!“, rief der Junge jetzt aufgebracht.

Jonathans Hand schnellte vor und umklammerte den Unterarm ihres Gastgebers.

„Lass gut sein, das wollte ich heute schon übernehmen. Siehst ja, was passiert ist. Hör mal, der Kleine kann nicht dortbleiben. Deshalb habe ich ihn mitgebracht. Du weißt doch, was der mit ihm macht.“

„Ich weiß.“ Der Junge schluckte und verzerrte für einen Augenblick das Gesicht. „Natürlich könnt ihr erst mal hierbleiben. Bis übermorgen auf jeden Fall. Wird er nach euch suchen?“

Jonathan schüttelte den Kopf. „Sicher nicht. Er weiß, wenn Tristan aufgegriffen wird und sie ihn zum Reden bringen, ist er dran. Dann geht er in den Knast und dort wird einer wie er nichts zu lachen haben.“

„Vielleicht wäre das aber das Beste?“ Der Junge betrachtete ihn nachdenklich und Tristan wollte im Boden versinken. Sie sprachen über ihn, wie über ein kleines Kind. Er war doch schon elf! „Hm, Johnny? Wenn Tristan irgendwo sicher wäre und das Schwein eingebuchtet wird?

„Nein!“, rief Tristan entsetzt. „Ich will nicht weg von Jonathan! Und auf keinen Fall gehe ich in so ein Heim.“

„Nee, Jan“, mischte sich Jonathan ein. „Trissi hat recht. Was wird denn dann? Wer sagt, dass es im Heim besser ist? Ich kann auf ihn aufpassen! Verdammt, das tue ich schon mein halbes Leben. Ich darf ihn nur nicht wieder aus den Augen lassen.“

Der Junge, der Jan hieß, strich sich nervös über die Stirn. „Okay, lass uns später darüber nachdenken. Erst mal versorge ich dieses Schlachtfeld in deinem Gesicht.“ Jan verließ das Zimmer für einen Moment.

Jonathan strich Tristan beruhigend über den Rücken. „Du musst keine Angst haben, Kleiner. Jan ist ... er ist mein ... mein bester Freund. Bei ihm sind wir sicher.“

Dieser Fremde, von dem Tristan noch nie etwas gehört hatte, war also Jonathans bester Freund. Ja, das war einleuchtend. Die beiden gingen ziemlich vertraut miteinander um.

Da kam Jan auch schon zurück und hatte eine Plastikschüssel voller Pflaster und einzeln verpackter Desinfiziertücher dabei.

„Aua, pass auf. Das tut echt weh“, jammerte Jonathan einen Moment später, während Jan ihm die Wunde an der Lippe abwischte. Huch? Streichelte Jan gerade mit der Rückseite seiner Hand über Jonathans unverletzte Wange. Tristan wunderte sich.

Endlich war sein Bruder versorgt und sah erschöpft aus.

„Leg du dich mal hin. Trissi und ich beschäftigen uns schon.“ Jan zeigte auf das Bett.

Folgsam legte sich Jonathan zurück und ließ sich mit gleich zwei Wolldecken zudecken. Er schloss die Augen. Jan beugte sich zu ihm, wuschelte ihm durchs Haar und flüsterte ihm etwas ins Ohr, das Tristan nicht verstand. Aber sein Bruder atmete kurz darauf ruhig und gleichmäßig.

„Was ist mit dir, Kleiner? Dein Bruder muss ein bisschen schlafen, aber du siehst ziemlich aufgedreht aus. Magst du eine Runde zocken?“, fragte Jan und zeigte auf die Spielkonsole, die an einem Fernseher angeschlossen war.

Sie hatten am Ende wirklich den ganzen Tag verzockt und Tristan hatte sich darüber entspannt. Was auch immer in seinem Zuhause vorgefallen war - hier war er sicher, das fühlte er genau.

An diesem Abend zog Jan eine weitere Matratze unter dem Bett hervor und legte sie daneben.

„Die ist nur für dich, Trissi. Jonathan kann im Bett schlafen, okay? Ich glaube, er ist sehr erschöpft und sollte jetzt nicht mehr aufstehen.“

Der Typ hält mich für fünf, dachte Tristan verächtlich. Er konnte ... nein, vielleicht wollte er nicht so genau begreifen, welche Art Freundschaft seinen Bruder und Jan wirklich verband, aber dass Jonathan mit diesem Jungen in einem Bett schlafen würde, verwunderte ihn längst nicht mehr. Er nickte und rollte sich auf seiner Matratze ein.

In dieser Nacht hatte er keinen Schlaf gefunden, unruhig hatte er sich hin und hergewälzt. Hatte Stimmen gehört, das Gefühl gehabt, gleich käme der Parasit und würde ihn holen.

„Hey Kleiner?“ Jan hatte sich über Jonathan gebeugt und sah zu ihm herunter. „Kannst du nicht schlafen?

Na komm schon her, für so einen dürren Hering wie dich ist hier oben noch Platz."

Ganz vorsichtig und schüchtern war Tristan zu den großen Jungs ins Bett gekrochen. Jonathan lag zu weit am Rand, da war kein Platz. Also kletterte er über ihn und ließ sich fallen. Unvermittelt landete er fast auf Jan. Sein Bruder lag aber auch eng an diesem Jungen. Erleichtert tauchte Tristan unter das Meer von Decken ab.

Dort unten zwischen den beiden Jungs, begann er sich langsam zu entspannen. Da war etwas! Jan schob seinen Arm über Tristans Hüfte hinüber zu Jonathan. Seine Hand ruhte auf der Hüfte seines Bruders.

Die beiden flüsterten über der Decke miteinander. Tristan verstand nicht, was gesprochen wurde, es schien nicht wichtig zu sein. Vielmehr klang es, als würde Jan beruhigend auf seinen Bruder einreden. Ab und an wurde es still. Etwas in Tristan wusste damals sehr genau, was in diesen Pausen geschah - sie hatten sich geküsst, ganz leise, damit er es nicht hören konnte.

„Wir waren alle gegenseitig unser Zuhause", sagte Tristan selbstvergessen in die Stille des eigenartigen Telefonates.

„Tris ..." Mark sprach leise und Tristan hatte das Gefühl, tausend Botschaften durch die fehlenden Worte zu hören. Aber sie waren absurd, ergaben einfach keinen Sinn. „Schön, dass du heute dabei warst. Gute Nacht! Schlaf gut."

„Du auch."

Mark beendete das Gespräch, aber seine Stimme hallte in Tristan nach, ließ nicht zu, dass sich dieses kalte Gefühl von Einsamkeit wieder auf seine Brust senkte. Und die Bilder des Tages, der so lange zurück lag, wanderten immer noch durch seinen Kopf. Damals war es nur eine vage Sehnsucht nach Nähe und einem Zuhause gewesen. Das Gefühl, Jonathan hatte etwas, was er selbst auch wollte.

Was, wenn der wunderbare Mann, der ihn nach einem langen Tag, den sie gemeinsam verbracht hatten, sogar noch anrief ... was, wenn dieser Mann erführe, wie klar diese Sehnsucht jetzt in Tristan brannte? Und jetzt wollte er mehr als nur Nähe!

Erschöpft schloss Tristan die Augen und streichelte über sein Handy, als könnte er Mark auf diese Weise erreichen. Zwischen Traum und Realität verwandelte er sich in einen Schmetterling, breitete die Flügel aus und wollte losfliegen.

Wind kam auf. Erst war es nur eine leichte Brise, die Blätter vor sich her trieb. Doch bald wirbelten sie in einem Sturm hilflos umher. Im Traum setzte der Schmetterling Tristan sich auf einen Ast und klappte die Flügel ein. Doch es war nicht nur Angst, die ihn dort hocken ließ - etwas wartete hinter dem Sturm auf ihn, da war Tristan sich sicher! Er wollte wissen, was es war

KAPITEL 9

Was folgt nach dem Sturm? Die Frage brannte seit Tagen in Tristans Kopf.

„Geh doch schon vor. Ich finde meinen verdammten Dienstschlüssel gerade nicht. Der muss doch hier irgendwo ...“ Mark schnaufte und wühlte weiter. *Such etwas im Wagen* - das war sein Lieblingsspiel. Tristan grinste. Gerne wollte er fragen - warum verbringen wir inzwischen fast jedes Wochenende zusammen? Aber dann ... Nein, so lange es andauerte, war es wunderbar. *Nur nicht zu viele Fragen stellen.*

Tristan räusperte sich und presste die Lippen zusammen. Der Mann, der gerade neben ihm im Handschuhfach kramte, musste ja nichts davon mitbekommen, dass er sein Mister Perfekt war.

Tristan war sich sicher - seine Tage an Marks Seite waren sowieso gezählt. Viel passierte auf ihren nächtlichen Ausflügen zum Park oder zum Bahnhof nicht gerade. Immer kamen die gleichen unverständlichen Antworten. Na, kein Wunder, die Jungs aus dem Osten trauten keinem über den Weg.

Er wandte sich zu Mark, der siegessicher seinen Dienstschlüssel in die Höhe hielt. „Sag mal, spioniere ich eigentlich wirklich osteuropäische Zuhälter aus oder ein Terrornetzwerk, das die ganze Welt bedroht?

Du bist doch sonst nicht so schweigsam. Nur über den Fall erzählst du nie etwas."

Mark schnaufte abwehrend, stieg aus dem Wagen und ging schweigend zum Haus. Tristan folgte ihm kopfschüttelnd.

„Befragt ihr die Jungs aus Osteuropa auch mal selbst?" Er schloss die Tür hinter sich.

„Natürlich. Wenn wir einen von ihnen wegen eines Deliktes drankriegen", erklärte Mark ruhig, während er seine verdreckten Schuhe auszog.

Tristan streifte seine mit Matsch überzogenen Sneakers ebenfalls ab. Wer hätte gedacht, dass ein Spaziergang im Wald Spaß machen könnte? Mit Jan und Jonathan war er früher ziellos durch die Stadt gezogen, die großen Jungs hatten Bier und Zigaretten dabei gehabt und er war einfach mitgelaufen. Aber das waren keine wirklichen Spaziergänge gewesen. Nicht so, wie der Marsch durch den Wald heute, zusammen mit Tim, Charlotte und Mark. Der Wald war im Mai wirklich schön, so merkwürdig er das auch fand, aber er hatte heute Spaß gehabt.

„Kannst du mir wirklich gar nichts über den Fall sagen?" Er lächelte so charmant wie möglich.

Marks Gesicht blieb ungewöhnlich ernst. „Deine Informationen sind hilfreich, so viel kann ich dir schon verraten. Aber darüber hinaus kann ich nicht über einen laufenden Fall reden, auch nicht mit einem

Informanten.“ Für einen Augenblick sah er Tristan direkt in die Augen und wirkte traurig? „Ich hoffe wirklich, wir können diese Sache bald aufklären. Dann bist du von diesen nächtlichen Touren befreit.“

Tristan zog die Luft scharf ein. Wie scharfe Messer bohrten sich die Worte und ihre Bedeutung in seinen Magen. Wenn der Fall gelöst war, würde es keinen Grund mehr geben, Mister Perfekt zu sehen, geschweige denn mit ihm Zeit zu verbringen. Dann waren sie wieder nur Polizist und Ex-Stricher mit Knasterfahrung. Zwei Menschen, die Welten trennten.

Etwas Dickes, Hartes saß plötzlich in seinem Hals und wollte sich nicht herunterschlucken lassen. Er atmete tief ein und aus. Mark durfte seine Aufregung nicht bemerken. *Ruhig! Tristan bleib ruhig!*

Mark schob beide Schuhpaare zur Seite, straffte sich mit einem Lächeln, das ihm sofort im Gesicht gefror, als sein Blick auf Tristan fiel. *Shit! Er hat es bemerkt.* Tristan war sich sicher, sein eigenes Lächeln glich gerade einer Fratze.

Mark blinzelte. „Wenn der Fall abgeschlossen ist, dann ...“ Er musste schlucken. *Oh nein. Bitte sag es nicht. Ich weiß es doch! Ich weiß, dass wir uns dann nicht mehr sehen werden. Sprich es nicht aus, bitte.* „Dann unterhalten wir uns mal, okay?“

Wie eine schwarze Wolke legten sich diese Worte um Tristans Hirn. Unwillkürlich schüttelte er den

Kopf. Er würde Mark vermissen! Wie sollte er das dauerhaft verbergen können?

„Das ist nicht notwendig." Er flüsterte mit brüchiger Stimme. „Mir ist schon klar, dass unser ... Deal, dann vorbei ist. „ Für einen Moment presste er die Lippen fest zusammen.

„Unser Deal? Mann! Später, okay! Wir reden, wenn der Fall abgeschlossen ist!"

Tristan blickte zu Boden. *Es gibt nichts zu reden! Du und ich sind eben bald Geschichte. Im Grunde haben wie doch nie existiert! Nur in meinem Kopf waren wir mehr als Sozialarbeiter und Ex-Knacki.* Er schwieg. Beschämt sah er auf und da war der tolle Mann, direkt vor ihm. Mit allen Gefühlen im Kopf und im Herzen, verlor er sich in diesen wunderschönen Augen. Tristan wollte wegsehen, aber sein Blick wanderte nur tiefer.

Ein weißes T-Shirt mit Aufdruck saß eng über Marks wohlgeformten Muskeln und betonte die schmale Hüfte. Die Jeans war ein Stück nach unten gerutscht und gab einen kleinen Ausschnitt auf Marks enge Boxershorts so weit frei, dass der Schriftzug gut zu lesen war. *Bleib doch einfach noch kurz hier stehen. Komm, rede irgendwas, erzähl mir wie blöd ich bin, aber bleib noch hier.*

Seine Hand entwickelte ein Eigenleben. Ganz leicht legte sie sich auf Marks braunen Ledergürtel. Tristan fühlte das kühle, glatte Material unter seinen Fingerspitzen, die wie von selbst, zu der metallenen Gürtelschnalle wanderten und darüberstrichen.

„Tristan? Hast du mir überhaupt zugehört?“

Hast du etwas gesagt? Tristan war sich nicht sicher. Schnell zog er seine Hand zurück.

„Ja. Ich weiß, was du meinst. Du bist freundlich zu mir, weil du etwas von mir willst und weil du eben ein gutes Herz hast. Und wenn der Fall abgeschlossen ist, könnte es ja auch mit der Lehrstelle klappen. Dann habe ich eine Zukunft und du deine Ruhe.“

Mark schüttelte den Kopf und schnaufte ungehalten. „Wow! Du überschätzt mich echt maßlos! Gemeinsam fernsehen, Inliner fahren, Essen, Wandern, Ausflüge, all das hat absolut nichts mit irgendeiner ehrenvollen Gefühlsregung zu tun. Ganz im Gegenteil! Wäre ich so fürsorglich, wie du glaubst, hätte ich dir längst einen richtigen Sozialarbeiter besorgt, oder? Wäre ich so ein Heiliger, würde ich nicht deine Wochenenden blockieren und dich zu allen meinen Aktivitäten mitschleppen, die dich am Ende von deinem eigenen Leben abhalten!“

Nebel hüllte Tristans Gedanken nun völlig ein. Kopfschüttelnd sah er zu Mark. Doch, ganz bestimmt waren sie in ein Loch gefallen und im Wunderland gelandet.

„Was?“ Er sah zur Seite. Wie ehrlich konnte er hier antworten? „So viel Spaß wie in den letzten Wochen mit dir und Tim hatte ich höchstens, wenn es im Knast Pfannkuchen gab.“ Ah sehr gut. Das war ein Scherz und Kumpels machten doch Scherze?

Eine ganze Weile sah Mark ihm in die Augen. Er blinzelte nicht einmal. Hör auf, flehte Tristan in Gedanken, aber er rührte sich nicht vom Fleck. Wenn dieser Kerl nicht gleich wegsah, dann würde er sich ihm in die Arme werfen und alles gestehen.

Mark räusperte sich. „Gut. Dann wäre das ja geklärt." Lässig schlenderte er zur Couch und setzte sich, die Beine ausgestreckt. Tristan kam langsam näher und nahm ebenfalls Platz. Er ließ eine große Lücke zwischen ihnen. „Ach so, heute fahren wir nicht noch mal raus. Sorry, habe ich vergessen, dir zu sagen. Tim kommt später mit Charlotte, dann feiern wir ein bisschen."

„Okay. Dann gehe ich gleich. Willst du den Einsatz auf morgen verlegen?" Tristan beeilte sich mit der Antwort. Er war vielleicht verwirrt und haute ab und zu diese Idiotensätze raus, die nie dazu gedacht waren laut ausgesprochen zu werden - aber er verstand einen Hinweis.

„Wie? Du willst gehen? Mann, heute machst du mich echt fertig!" Seufzend strich Mark sich mit einer Hand durch sein Haar. Dann zuckte er mit den Schultern. „Der Fall stresst mich ganz schön, ich kann auch nicht mehr geradeaus denken. Wie konnte ich planen, ohne dich zu fragen. Lass es uns einfach verschieben."

„Was ... planen?“ Tristan sah aus den Augenwinkeln zu seinem Couchnachbarn. Nein, oder? Das konnte nicht wahr sein? Das wollte dieser barmherzige Bulle jetzt nicht auch noch für ihn tun? Aber vielleicht irrte er sich? „Was wollt ihr denn feiern?“, fragte er vorsichtig.

„Deinen Geburtstag natürlich! Was denn sonst?“

Tristan senkte den Kopf. Natürlich! Mark kannte seine Akte und dort stand sein Geburtstag dick und fett auf der ersten Seite. Seit heute war er zwanzig. Er hatte das nicht vergessen. Eingehüllt von Marks Nähe hatte er sich einfach nicht daran erinnern wollen.

„Danke“, flüsterte er in die unangenehme Stille hinein. „Dann bleibe ich eben noch. Ich dachte nur ... egal!“

Mark nickte und lächelte. Zum ersten Mal war da etwas Schüchternes in seinem Blick und Tristan fand es hinreißend. Dieses Mal konnte er die Schranke in seinem Kopf fast hören, die aufklappte und die Wörter ungefiltert durchließ.

„Mann, das ist echt zu viel! Ich meine, klar, ich freue mich und ... nein, nichts und. Ich freue mich einfach. Aber ... hey, du weißt schon, dass du alles von mir haben kannst? Wirklich alles.“ Nervös strich Tristan mit den Händen über seine Oberschenkel. *Mist!* Er hatte doch nur etwas Nettes sagen wollen. Warum klang immer alles, was dankbar oder freundlich klingen sollte, bei ihm nach einem Fickangebot? Oder einer Liebeserklärung?

Mark atmete tief ein und verzog keine Miene. Schließlich schüttelte er den Kopf.

„Vergiss das einfach. Alles ist gut, wie es ist“, murmelte er, den Blick starr an Tristan vorbeigerichtet. Dann stand er auf und verschwand in Richtung Küche.

Tristan starrte ihm nach. *Vergiss das einfach?* Okay! Das konnte er - denn im Vergessen und Verdrängen war er der Meister aller Klassen! Und Mark hatte recht! So wie es jetzt war, war es wunderbar. Tristan stand auf und wollte Mark in die Küche folgen. Aber etwas hielt ihn zurück. Seine Füße schienen wie festgeklebt am Boden.

Einen Augenblick später kam sein Gastgeber zurück. Gekonnt balancierte er ein Tablett voller kleiner Sandwiches und zwei Salatschüsseln in Richtung Tisch. Wann hatte er das denn alles gemacht?

„Was ist, bist du da festgefroren? Im Kühlschrank ist noch mehr. Für Tim habe ich extra so ein Low Carb Zeug mit Mandelmus gemacht. Nicht, dass er wieder einen Kohlehydrat-Anfall bekommt.“ Mark klang locker, so als hätten sie nicht gerade diese sonderbare Unterhaltung geführt.

Wie ferngesteuert holte Tristan die restlichen Speisen aus dem Kühlschrank und stellte sie auf den Tisch.

„Willst du vorher duschen? Oben im Bad liegen Handtücher auf dem Regal. Nimm dir so viele du brauchst. Ich gehe in den Keller, dort ist ein zweites Bad." Mark zeigte auf die Treppe, die ins Obergeschoss führte, das Tristan völlig unbekannt war. Wenn Mark es schon so deutlich sagte, war die Dusche wohl notwendig, dachte er beschämt.

Tristan trottete die Treppe nach oben und sah sich neugierig um. Von einem dunklen Gang gingen zwei Türen jeweils in der Mitte und zwei weitere an den Enden des Ganges ab. Vorsichtig öffnete er eine davon und stand unvermittelte in einem altmodischen Schlafzimmer. Zwei Sporttaschen standen neben einem wuchtigen Eiche-Rustikal-Bett. Schnell schloss er die Tür.

„Das Bad ist rechts, am Ende des Gangs", rief Mark von unten.

Tristan schlurfte zu dem Badezimmer, das mit Sicherheit, seit vierzig Jahre nicht mehr renoviert worden war. Aber das warme Wasser, das ihn bald umhüllte, tat so gut. So ein knallgrünes Bad hatte etwas, zumindest etwas Auffälliges, dachte er und lachte leise, während er sich abtrocknete.

In diesem Augenblick fühlte er sich merkwürdig erleichtert. Marks Ausspruch hatte ihm, wieder einmal aufs Neue den Kopf zurechtgerückt. Er war hier willkommen und warum auch immer, hatte dieser Mann ihn vielleicht sogar ein bisschen gerne, so viel verstand Tristan. Alles andere fand nur in seiner Fantasie statt. Die Erkenntnis tat weh und doch fühlte sie sich zur gleichen Zeit gut an. Warum sollte er nach etwas suchen, das es gar nicht gab?

Nur ein Handtuch um die Hüfte geschlungen, trottete er zurück nach unten in die Küche, um in seiner Tasche nach einem frischen T-Shirt zu suchen. Schritte waren hinter ihm zu hören, aber Tristan drehte sich nicht um. Es konnte ja nur Mark sein.

„Oh….Wow“, hörte er dessen überraschte Stimme in seinem Rücken.

Verwundert wandte er nun doch den Kopf. Warum starrte Mark ihn so an? Unsicher sah Tristan an sich herunter. Er war nicht mehr so dünn wie vor zwei Monaten und er hatte sogar ein paar Muskeln aufgebaut. So unwohl hatte er sich mit seiner Spargelfigur zwischen dem durchtrainierten Mark und dem knackigen Tim gefühlt, dass er zuhause begonnen hatte Liegestütze und einige Übungen für die Brustmuskeln zu machen. Aber so „wow“, konnte sein Anblick gar nicht sein, dass er einen heterosexuellen Mann zum Augenaufreißen brachte. Ach so! Tristan verstand.

„Du meinst mein Tattoo? Ist dir das nicht schon aufgefallen, als du mich nackt auf dem Teppich erschießen wolltest?“

Mark betrachtete immer noch fasziniert seinen Körper. Er hatte sogar den Kopf zur Seite geneigt. „Nee, ist mir nicht aufgefallen. Damals war ich zu beschäftigt damit, einen gefährlichen Kriminellen dingfest zu machen.“ Er trat einen Schritt näher. „Kann ich es ganz sehen?“, fragte er leise.

Die Schmetterlinge in Tristans Magen schlugen wild mit den Flügeln. Das hier war nicht irgendein Kunde, das war Mark. Sie waren Kumpel, oder? Die konnten zusammen nackt sein? *Shit!* Er hatte absolut keine Ahnung, was angemessen war. Vorsichtig öffnete Tristan das Handtuch und ließ es von den Hüften, hielt es aber mit einer Hand fest. Hatte da gerade etwas in Marks Gesicht gezuckt? War das hier doch nicht angemessen?

Interessiert ließ sein Gastgeber den Blick über das weitläufige Tattoo wandern. Die Schmetterlinge, die von der Hüfte aus starteten und dann über seinen Bauch flogen, waren besonders gut gelungen, fand Tristan. Lars war der Einzige, der das fertige Kunstwerk bisher komplett gesehen hatte. Mark kam näher und wirkte irgendwie abwesend. Beeindruckt strich er mit zwei Fingerspitzen leicht über Tristans Hüftknochen.

Tristan zuckte zusammen. Erschrocken schlug er die fremde Hand weg, trat einen Schritt zur Seite und band sich das Handtuch schnell wieder um. Oh nein! Fünf Sekunden später und sein Schwanz hätte sich Mark ebenso stolz präsentiert wie sein Tattoo. Das musste unter allen Umständen verhindert werden.

Mark sah bestürzt aus. „Gott, Tristan. Es tut mir so leid. Ich wollte dich doch nicht ungefragt anfassen. Das Bild ... die Schmetterlinge sind wirklich toll gelungen. Ich wollte doch nur ...“

Na, so viel Glück sollte ich haben. Ja, so war das mit ihm. Gerade war er noch Tristan gewesen, mit dem Mark gerne Zeit verbrachte und schon war er wieder das Opfer, an das man nicht mal den kleinen Finger legen durfte. Nur böse Männer fassten Tristan an! Keine gut aussehenden, coolen und freundlichen Kerle. Keine normalen Männer! Die hatten zu viel Angst, eine Berührung würde sie zum Täter machen.

Tristan lächelte resigniert. „War nichts. Ich habe mich nur erschreckt. Na, jetzt hast du es ja gesehen. Es ist schön geworden, was? Hat mich eine Stange Geld gekostet.“

„Es ist spektakulär.“

„Ja?“, fragte Tristan unsicher. Sein Tattoo war gut gestochen und außergewöhnlich, das wusste er. Spektakulär war eines der großen Wörter, die Jan nutzen würde, wenn er einen klaren Kopf hatte.

„Ja, es ist wirklich wunderschön. Wessen Idee war das Design?“

„Meine. Im Knast habe ich etwas über Schmetterlinge gelesen, dass sie ein Symbol für Verwandlung, für Neubeginn sind. Na, wenn das mal nicht zu einem Ex-Häftling passt, dachte ich." Er zupfte das Handtuch zurecht. „Es ist auch ganz praktisch. Wenn ich eine kurze Hose anhabe, sieht man nur das schwarze Muster des Baumes. Ich müsste schon mein T-Shirt ausziehen, damit man die Schmetterlinge sieht. Ein Kumpel von mir fand es übrigens total schwul."

Mark schüttelte den Kopf. „Dein Kumpel hat keine Ahnung! Es ist einfach nur schön. Aber du hast recht. Zeig es nicht jedem! Es ist etwas ganz Besonderes."

Ja, genau wie du etwas ganz Besonderes bist, dachte Tristan und stieg umständlich in seine Unterhose. Seine Jeans folgte und schließlich zog er sich das T-Shirt über den Kopf.

Mark hantierte mit einer Flasche herum, die er in einen silbernen Kübel voller Eis steckte. *Du könntest jederzeit alles an mir sehen*, dachte Tristan betrübt. Dann atmete er durch und zog die Mundwinkel nach oben. Warum traurig sein? Seine Schmetterlinge hatten ihn nicht im Stich gelassen! Immerhin war dieser Job und die Zeit mit Mark sein persönliches Wunder, da war er sich ganz sicher. Fast konnte Tristan fühlen, wie ihm langsam Flügel wuchsen und bald war er bereit zu fliegen. Nur noch für einen kurzen Moment wollte er in der Nähe des sicheren Baumes, namens Mark, bleiben.

KAPITEL 10

Das Summen der Türklingel riss Tristan unsanft aus seinen Gedanken. Einen Augenblick später ertönte eine vertraute Stimme.

„Huhu ihr Lieben! Wo ist denn das Geburtstagskind?“, flötete Tim und Tristan eilte ins Wohnzimmer. Einmal noch atmete er tief ein und aus und dann schenkte er Tim sein bestes Lächeln. „Ah, da ist er ja. Wunderbar!“ Tim beugte sich vor und löste Charlottes Leine von ihrem Halsband. „Charlöttchen, lass mir bloß die Miezen in Ruhe“, mahnte er. Das Mopsmädchen sah zu ihm nach oben und schnaufte leise. Sie wirkte ohnehin nicht, als wäre sie in Jagdhund-Stimmung. „So Liebes, kommen wir gleich zum wichtigsten Teil, deinem Geschenk!“ Tim riss die Augen auf und wedelte aufgeregt mit einem gelben Umschlag.

Dann trat er einen Schritt nach vorne und umarmte Tristan stürmisch. Nicht ohne ihm vorher noch ein Küsschen auf die Wange zu hauchen, sagte er:

„Herzlichen Glückwunsch zum Geburtstag, Darling! Und keine Angst, ich lasse dich nicht alleine ins Paradies!“

Mit diesen Worten drückte er Tristan den Umschlag in die Hand, trat einen Schritt zurück und starrte ihn auffordernd an. *Wie?* Tristan schluckte trocken.

Langsam versuchte er, die Attacke zu verarbeiten. *Oh Mann, Tim ist wegen meines Geburtstags ganz durch den Wind.* Tristan schämte sich ein wenig. Aber Tim konnte ja nicht wissen, dass Geburtstage für ihn eine bittersüße Angelegenheit waren und wie sehr er Jonathan und Jan gerade heute vermisste.

„Vielen Dank", sagte er schließlich und bemühte sich, munter zu klingen. Neugierig öffnete er den Umschlag und zog einen bunten Gutschein heraus.

Dein Tag im Paradies

Der Satz stand in goldenen Buchstaben über dem Bild einer tempelartigen Anlage. Neugierig las er weiter.

„Was soll das denn bitte? Ein Gutschein für einen Wellness-Tag in der Paradies-Therme? Wie kommst du auf die Idee, dass er so etwas braucht?"

Tristan zuckte zusammen und drehte den Kopf. Mark stand direkt hinter ihm und späte über seine Schulter auf das Hochglanzpapier.

„Das ... das ist doch toll! Ist das dieses große Freizeitbad vor der Stadt? Ich habe Plakate gesehen. Das müssen sie gebaut haben, als ich im .... „*Im Knast war*, dachte Tristan und sprach es nicht aus. Aber Tim wusste es sicher. Bestimmt hatte Mark ihm haarklein erzählt, was für ein armer Junge Tristan doch war. Er räusperte sich. „In Haft war", sagte er mit fester Stimme. Mark schnaufte leise hinter ihm. Ob er es bereute, mit einem Knacki dessen Geburtstag zu feiern?

Tim wirkte mit einem Mal betrübt. „Ja ja, ihr beiden seid auf Verbrecherjagd, ich verstehe schon. Ganz wichtige Dinge! Aber Entspannung ist ebenfalls wichtig! Und wir werden ihn selbstverständlich begleiten“, stellte er mit Nachdruck fest.

Mit erhobenem Kopf schritt er in Richtung Tisch und zog den Mund beleidigt zu Seite, als er an Mark vorbeiging. Charlotte wich ihm nicht von der Seite. Elegant nahm er auf einem der gepolsterten Stühle Platz und sie legte sich darunter. Tristan setzte sich auf einen der leeren Stühle.

Tim ließ seinen Blick über den Tisch schweifen. Ja, Mark hatte sich wirklich bemüht, stellte Tristan erfreut fest. Der Schokoladenkuchen war zweistöckig und mit winzigen roten Rosen dekoriert. Eine einzige Kerze thronte in seiner Mitte. Mit einem feierlichen Gesichtsausdruck zündete Mark sie nun an.

Tristan war es, als würde die kleine Kerze so viel Hitze abgeben, dass sie seinen ganzen Körper wärmte. Und der Kuchen sah lecker aus, Tristan lief das Wasser im Mund zusammen. Endlich verteilte Mister Perfekt die Kuchenstücke. Tim öffnete seinen Mund und Mark hob sofort die Hand.

„Nein! Heute nicht! Wir feiern Tristans Geburtstag und ich will bei Tisch nicht die beiden „K“ Worte hören! Kalorien und Kohlehydrate!“

Tim winkte ab und steckte seine Gabel tief in das Kuchenstück auf seinem Teller.

„Biiitchyyy", murmelte er laut genug, dass es alle hören konnten und Tristan musste lachen. Ja, Mark benahm sich heute wirklich etwas ... verkrampft. Was war nur los? Erwartungsvoll steckte Tristan seine Gabel in den Mund und ... seine Geschmacksnerven explodierten förmlich. Nicht zu süß war der Kuchen, saftig und zwischen den Lagen quoll eine samtige Creme hervor, die einen leicht alkoholischen Geschmack hatte.

„Wirklich gut", sagte er kauend und schloss den Mund sofort. Jan hasste es, wenn man mit vollem Mund sprach. So oft hatte ihre Bude wie ein Saustall ausgesehen, aber wehe jemand hatte beim Essen gesprochen, ohne vorher zu kauen und zu schlucken. Da konnte er wirklich böse werden. Mark strahlte vor Freude über das Kompliment und Tristan steckte seine Gabel erneut in den Kuchen.

„Feiert man im Gefängnis eigentlich Geburtstage?" Tim fragte beiläufig und der nächste Blitz zuckte sogleich über den Tisch. Feurig blinzelte Mark ihn an. Aber Tim ignorierte es. Fast unmerklich schüttelte Tristan den Kopf. Wieso war Mark so anders als sonst?

„Zum Mittagessen gibt es ein Stück Kuchen und wenn dir jemand ein Paket geschickt hat, händigen sie es dir aus. Sonst passiert nichts. Wenn man Freunde dort hat, dann sitzt man mit denen beim Umschluss zusammen, das war's."

Tims Lächeln war verschwunden. Nachdenklich strich er Tristan einmal über den Rücken. Tristan seufzte tief. Die Menschen fühlten immer nur Mitleid für ihn! Verdammt. Das war nun mal sein Leben gewesen. Es gab Schlimmeres.

So gerne wollte er zu diesen Männern gehören, jemand sein, den man nicht mitfühlend tätschelte, sondern ernst nahm. „Früher, da haben wir schon Geburtstag gefeiert", beeilte er sich, zu sagen. „Jonathan, mein Bruder, Jan und ich. Ich habe ja praktisch bei den beiden gewohnt und Jonathan hat immer eine dieser Tiefkühl-Torten besorgt und von irgendwo her hatten sie jedes Mal ein Geschenk. Wer weiß, von welchem LKW die Handys oder Spiele gefallen sind, aber ich habe mich gefreut. Wisst ihr, Jonathan, hat immer dafür gesorgt, dass ich an solchen Tagen Spaß hatte."

Nachdenklich strich Mark sich über die Stoppeln und sah gedankenverloren zu Tristan. „Wie lange sitzt Jonathan denn noch?"

„Wenn er sich gut führt, darf er bald raus."

Mark nickte und verteilte die nächste Runde Kuchen. Unvermittelt sprang er auf. „Ah, hab was vergessen. Bin gleich zurück", rief er und hastete zur Treppe.

Polternd rannte er in den ersten Stock. Tim schüttelte den Kopf und legte die Gabel beiseite. Mit einem Finger strich er sich über die Lippen und schien zu überlegen. „Sonderbar. So kenne ich ihn gar nicht. Aufregung steht ihm nicht gut!“ Dann grinste er breit. „Es muss an dir liegen, Darling. Er möchte unbedingt, dass du einen schönen Geburtstag hast. Mir scheint, Marky-Baby hat eine genaue Vorstellung, wie der auszusehen hat. Nichts darf die Freude trüben!“

Tristan lachte leise und nickte „Der neigt eh zu Übertreibungen.“

„Er neigt zum ungesunden Perfektionismus, unser Mister Perfect! Und der verträgt sich nicht immer mit seiner zarten Seele. Hm? Es ist eine spannende Mischung.“ Tim neigte den Kopf zur Seite.

Tristans Blick fiel auf das Bild an Oma Birnes Wand. Mark mit einem glücklichen Lächeln, den Arm um die Schultern einer hübschen jungen Frau gelegt.

„Was ... was ist mit ihr? Ich meine ... jetzt ist er single, schon klar, aber warum ...“

Erstaunt drehte sich Tim um, zeigte mit dem Finger auf das Bild und öffnete den Mund. In diesem Moment erschien Mark wieder.

Er nahm gleich zwei Stufen auf einmal und hastete zurück ins Wohnzimmer. Atemlos hielt er einen kleinen Blumenstrauß in einer Hand und in der anderen einen Umschlag. Tristans Mund fiel offen. Mit zusammengekniffenen Lippen blieb Mark vor ihm stehen.

Dann räusperte er sich mehrmals. „Herzlichen Glückwunsch zum Geburtstag. Sorry, mit einem Tag im Paradies kann ich leider nicht dienen."

Umständlich reichte er Tristan den Umschlag und legte die Blumen vor ihm auf den Tisch. Hatte seine Hand etwa gerade gezittert? Tristan war sich nicht ganz sicher. „Warte, ich hole eine Vase." Mit diesen Worten war Mark in der Küche verschwunden.

Mit einem hintergründigen Lächeln lehnte sich Tim auf seinem Stuhl zurück. „Na, warte", murmelte er und Tristan verstand nicht. Alles, was er feststellte, war, dass Mark heute hektisch und aufgeregt schien. Fast konnte er spüren, wie sich ein Gedanke in seinem Kopf formen wollte, doch im nächsten Moment löste er sich auf.

Schon kam Mark zurück, eine niedrige mit Wasser befüllte Vase in der Hand. Er stellte sie auf den Tisch und arrangierte den Strauß bunter Rosen sorgfältig darin.

Gerade wollte er sich wieder setzen, da hielt Tim ihm am Arm fest. „Nicht so schnell, mein Lieber. Hast du in deinem Perfekten-Geburtstagswahn nicht noch etwas vergessen?"

Mark stutzte und Tristan sagte schnell: „Danke! Vielen Dank für alles. Ich ..." Aufregung kroch durch seine Glieder. Was hatte Mark ihm wohl geschenkt?

Voller Neugier öffnete er den Umschlag und zog einen weiteren Gutschein heraus.

Hundert Euro! Jetzt ist er völlig irre geworden! Er kann mir doch keinen Hundert-Euro-Gutschein schenken! Freude und Scham mischten sich in seinem Magen und ließen ihn erstarren. Fassungslos starrte er Mark an.

„Schon gut. Es ist ein exklusiver Laden, mehr als eine Jeans wirst du dafür nicht bekommen. Wenn du magst, kann Tim dich begleiten? Von Mode versteht er etwas!"

Tristan konnte nur schweigen und starren. Aber ... er wollte doch alleine fliegen! Wie sollte er das jemals tun, wenn es auf diesem Baum so schön und sicher war, so als würde er, der Schmetterling mit den zarten Flügeln, hierher gehören? *Nicht fair!* Seine Finger krampften sich um den Umschlag.

„Und von Manieren versteht Tim auch etwas!" Scharf zerschnitt Tims Stimme die Atmosphäre. „Mark, du hast etwas vergessen!"

Der sah aus den Augenwinkeln zu seinem Freund und seufzte. Fast unmerklich schüttelte er den Kopf. Tristan überlegte, über was die beiden in ihrem eigenen Code gerade sprachen.

„Oh doch mein Lieber!"

„Komm, lass gut sein", sagte Mark leise und wollte sich setzen.

„Frag ihn wenigstens!"

Tristan zog den Kopf zwischen die Schultern. Stritten sie etwa wegen ihm? Nervös leckte Mark über seine Lippen und dann schluckte er trocken.

„Er meint ... Ach, was. Tristan, diese Sitte, sich zum Geburtstag zu küssen, ich finde das etwas aufdringlich. Ich meine, wenn du willst ... aber ...“

„Ich finde es schön“, flüsterte Tristan kaum hörbar.

Ein Kuss? Von Mark? Und wenn es nur ein Geburtstagskuss war, er wollte ihn! Wie lange saß er noch an diesem Tisch und verbrachte Zeit mit diesem umwerfenden Kerl? Niemand konnte das wissen! Das war vielleicht die einzige Gelegenheit jemals, einen Kuss von ihm zu bekommen.

„Okay“, sagte der geschlagen. Bevor er seine Hand zu einer Faust ballte, sah Tristan es! Ja, dieses Mal zitterte seine Hand wirklich!

Langsam beugte Mark sich zu ihm und für einen winzigen Augenblick hielt er inne. Sein warmer Atem strömte gegen Tristans Wange. Alle Schmetterlinge auf seiner Seele schienen mit einem Mal gleichzeitig mit den Flügel zu schlagen und Tristans Arm zuckte unkontrolliert.

Aus den Augenwinkeln sah er Marks Gesicht ganz nah an seinem. *Ich darf es nicht tun! Aufpassen! Auf keinen Fall darf ich ihn umarmen.* Die Gedanken hämmerten in seinem Kopf, quälten ihn und dann ... sanft berührten Marks Lippen seine Wange. Sie zitterten und schmiegten sich warm und weich auf seine Haut.

Tristan musste sich zwingen, den Kopf nicht wie ein Welpe, der Nähe suchte, zur Seite zu neigen. *Oh Gott, fass mich doch an! Bitte! Geh nicht weg. Ich zerbreche nicht, wenn du mich berührst, bestimmt nicht!*

Und dann war es vorbei. Mark richtete sich auf und schwang sich zurück auf seinen Stuhl. Verlegen fuhr Tristan mit dem Finger über die Stelle auf seiner Wange und er wusste, in dieser Nacht würde er sich nicht vorstellen müssen, wie sich Marks Lippen auf seiner Haut anfühlten. Er lächelte schmal, griff nach seiner Gabel und schob sich schnell ein weiteres Stück des köstlichen Kuchens in den Mund.

„So, ich glaube, Tim möchte uns nun mit einer seiner Geschichten unterhalten, nicht wahr“, sagte Mark, die Anspannung in seinem Tonfall war nicht zu überhören. „Wie wäre es mit der, wo du den Fünfzigeuroschein im Darkroom verloren hast?“

„Pah, verloren! Geklaut! Eine dieser fiesen Schwestern hat ihn mir gestohlen!“ Tim rollte mit den Augen. „Aber das ist so eine langweilige Geschichte. Nach diesem dreisten Diebstahl war mir nicht mehr nach Spaß. Warte. Ich erzähle euch von diesem umwerfenden Model, das offiziell mit einer bekannten Schauspielerin zusammen ist, und was er *mir* nach dem letzten Shooting ins Ohr geflüstert hat ... in meinem Bett!“

Tristan lachte. Nein, es war ihm nicht nach Klatsch und Tratsch und wer in wessen Bett, was trieb, interessierte ihn auch nicht. Aber Tim erzählte seine Geschichten mit Händen und Füßen und machte dabei unglaubliche Grimassen, alleine das war schon lustig. Unter einem Augenaufschlag sah er verstohlen zu Mark. Für einen Moment trafen sich ihre Blicke.

Wo waren nur die Stunden geblieben? Mit geschlossenen Augen zog Tristan die kühle Nachtluft in seine Lungen und blickte in der schwach beleuchteten Nachbarschaft umher.

„Du musst nicht gehen, das weißt du. Bleib noch. Übernachte hier, wenn du willst.“ Mit einem bedauernden Gesichtsausdruck lehnte Mark im Türrahmen.

Tristan nickte. Ja, ich weiß doch, dass du ein liebevoller Mensch bist und mich an meinem Geburtstag nicht alleine lassen willst. Deshalb falle ich dir besser nicht noch weiter auf die Nerven. Am Ende kannst du mich gar nicht mehr ertragen.

„Schon gut. Ich muss mal nach Hause und nach den Wollmäusen schauen. Wir ... „

„Wir sehen uns übermorgen!“, fiel Mark ihm ins Wort. „Oh, fast vergessen - können wir uns Montag vor dem Laden meiner Mutter treffen? Kinderbuchhandlung Birnert, in der Goethestraße.“

Tristan stutzte. Aber sie trafen sich doch immer bei Mark, wieso die Änderung? Dann nickte er langsam. „Okay. Aber warum? Wenn du noch etwas zu erledigen hast, können wir uns doch auch später treffen oder an einem anderen Tag?"

„Es geht nicht um mich, sondern um dich. Es ist eine Überraschung."

Tristan seufzte. Was hatte Mark denn jetzt schon wieder vor? „Ja, ist gut. Ich komme zu diesem Laden."

„Hast du genug Geld für den Bus?"

„Du hast mir neulich erst 50 Euro gegeben. Lohn für die Spitzeltätigkeit. Weißt du noch?"

„Das war vor einer Woche!", bemerkte Mark und verengte die Augen zu Schlitzen.

Tristan seufzte erneut, dieses Mal tief. Verdammt! Ich bin zwanzig! Behandele mich nicht wie einen kleinen Jungen, dem das Taschengeld ausgehen könnte! Ich will nicht dein Pflegefall sein!

„Und seither hast du mich durchgefüttert. Mann, ich komme schon zurecht! Danke noch mal, danke für den Tag und den Kuchen, die Geschenke und ... für alles."

Er straffte seinen Oberkörper, zog den Reisverschluss seiner Jacke zu und lief los. Die halbe Auffahrt hatte er schon hinter sich gelassen, da sah er noch einmal über seine Schulter. Mark stand da, die Arme vor der Brust verschränkt und blickte ihm sorgenvoll hinterher.

Du wirst schon sehen! Bald fliege ich ganz alleine, fort von dir, und dann ... ich werde dich niemals vergessen! Tristan spürte, wie Tränen in seinen Augen aufstiegen und beschleunigte seine Schritte. Noch war es nicht soweit. Er würde Mark am Montag wiedersehen! Unwillkürlich musste er lächeln..

KAPITEL 11

Warme Lippen streiften seine Wange und wanderten behutsam weiter. Sanfte Küsse fielen auf sein Ohr. Unter einem Seufzen legte Tristan den Kopf in den Nacken, tiefer in das Kissen. In seiner Körpermitte schwelte die Glut wunderbar warm. Jetzt breitete sie sich als Hitze in seinem ganzen Körper aus. Er stöhnte leise. Selbst seine Fingerspitzen schienen zu brennen. Marks Atem an seinem Ohr, seine Lippen, die über seinen Körper wanderten.

Tristan wand sich unter einem Lustlaut auf dem Bett. Fast konnte er Marks muskulösen Körper über seinem spüren, schwer und heiß. Willig öffnete Tristan seine Schenkel. Langsam schob er seine Hand über den Oberkörper, strich behutsam über seine Hoden und umfasste schließlich seinen pochenden Schwanz.

Mark. Über ihm ... in ihm, erregt stöhnend. Glühend vor Verlangen nach ihm! Mark, der ihn einmal nicht beschützen, sondern besitzen wollte. *Zu viel!* Sein Höhepunkt kam viel zu schnell, zu heftig. Tristan stöhnte laut auf und krallte eine Hand in das Laken. *Nein*! Er wollte diese Illusion noch nicht verlassen. Aber die Welle riss ihn unweigerlich mit. Für einen Moment ließ er sich weitertreiben, entspannte seine

Glieder und genoss den Traum, Mark würde jetzt neben ihm liegen und einen Arm um ihn schieben.

Stattdessen streifte ihn etwas Weiches. Tristan drehte den Kopf und blinzelte Hansi an.

„Schau nicht so! Ist doch nichts dabei. Die Therapeutin sagt auch, Fantasien sind normal.“ Der Bär starrte ihn weiter aus einem einzigen Knopfauge an. Tristan schnaufte leise. „Hast ja recht. Irgendwie ist es Betrug. Er will einen Welpen, den er versorgen kann, und ich will etwas ganz Anderes.“ Er seufzte und setzte sich auf.

Huch? Wo kam das Geräusch her? Aus seinem Magen! Ach ja, er hatte gestern nur diesen Döner gegessen, sonst nichts. Hunger lag über dem gesamten gestrigen Tag. Hunger nach Essen und nach Mark. *Nur weil ich zu feige bin, ehrlich mit ihm zu sein, habe ich den Tag ohne ihn verbringen müssen.* Mindestens zehnmal hatte er gestern den Bus zu Mark nehmen wollen und sich jedes Mal daran erinnert - er durfte dessen Freundlichkeit nicht ausnutzen. *Bus? Scheiße!*

Hastig zog Tristan seine Jeans und die Sneakers an. Im Vorbeigehen riss er seine Jeansjacke an sich und stürmte aus dem Haus. Wegen einer geilen Fantasie hätte er fast ein wirkliches Treffen verpasst!

Der Bus rollte gerade an, als er die Haltestelle erreichte. Schnell sprang er hinein.

Zum Glück hielt der Bus gegenüber der Buchhandlung. Tristan schob die Hände in die Hosentaschen und schlenderte über die Straße. Wo war Mark? Neugierig betrachtete er die Insassen der Auslage des Ladens. Unzählige Stofftiere saßen dort, Bären, Katzen, Hunde und sie alle hielten Bücher in ihren plüschigen Tatzen und schienen zu lesen. Eine hölzerne Eisenbahn fuhr durch die Landschaft der Lesetiere. Unwillkürlich musste er lächeln. Sein Blick wanderte zu der Tür, die ebenso bunt beschriftet war.

Kinderbücher & Holzspielzeug Birnert

Das stand in allen Farben des Regenbogens auf der Tür. Ohne sich vorzubeugen versuchte er, ins Innere zu spähen.

„Geh doch einfach rein."

Tristan schreckte zusammen. Langsam drehte er sich um und musste die Lippen fest aufeinanderpressen, um nicht blöd zu grinsen. Mark stand direkt vor ihm, ihre Fußspitzen berührten sich und er sah einfach umwerfend aus.

Die dunkelblaue Jeans saß eng an seinem trainierten Körper und er trug kein T-Shirt, sondern ein Hemd. Ein hellblaues Freizeithemd, aber es sah nicht nach einem der Discounter aus, in denen Tristan Kleidung kaufte. Er schluckte.

Der dunkelblaue Trenchcoat schmiegte sich eng an Marks Figur und er hatte etwas mit seinem Haar gemacht. Sonst stand es wild in alle Richtungen und Tristan mochte das. Aber heute war es ordentlich nach hinten gekämmt. Tristan fühlte die Röte, die ihm heiß ins Gesicht stieg. Wahnsinn. Mark sah heute wie ein Laufstegmodel für Männermode aus. Ein mildes Lächeln zeigte sich auf seinem Gesicht. Schnell sah Tristan zu Boden. Er war sich sicher, wenn er Mark noch einen Moment in die blauen Augen starrte, würde er etwas völlig Unpassendes von sich geben.

„Hey“, sagte der und selbst seine Stimme wirkte anders. Tiefer und irgendwie sexy.

Tristan hörte lautes Johlen und Lachen hinter sich. „Hey“

„Alles gut bei dir? Ich habe einen freien Tag und dachte, nach dem Gespräch mit meiner Mutter, könnten wir zusammen etwas unternehmen?“ Mark drehte sich um, um auszumachen, woher der Lärm kam. Schulterzuckend wandte er sich wieder zu ihm.

Tristan nickte, ohne nachzudenken. *Ja!* „Klingt gut“, erwiderte er so lässig wie möglich.

„Wie wär’s, wenn wir rausfahren, zur Burg? Sie haben ein gutes Restaurant dort oben.“ Jetzt wirkte Mark doch etwas nervös. Kurz sah er über seine Schulter.

Tristan nagte an seiner Unterlippe und nickte stumm. *Ein Date!* Das war doch ein verdammtes Date, oder bildete er sich das wieder nur ein? Um zur Burg zu kommen, musste man durch den Wald laufen und ein Essen im Restaurant? Dann schüttelte er den Kopf. „Ich ... hab Pläne, sorry. Ein Kumpel! Den muss ich heute noch treffen."

Marks Lächeln verschwand. „Tristan, ich will dir deine Zeit nicht stehlen, aber wenn es wieder ums Bezahlen geht ... es ist ein Geburtstagsgeschenk."

„Nein!" Entschieden hielt Tristan eine Hand vor seine Brust. „Es reicht echt mal. Mann! Wenn dir dieser Ausflug so wichtig ist, dann sage ich dem Kumpel eben ab. Ich hab noch ein bisschen was, geht schon. „

„Wunderbar. Und für deinen Kumpel ist das wirklich okay?" Mark neigte den Kopf zur Seite und sah skeptisch zu ihm.

„Mark! Verflucht!" Tristan ballte beide Hände zu Fäusten. Sein ganzer Körper verkrampfte sich. *Du weißt doch, dass es eine kleine Lüge war! Warum fragst du so blöd?* Verdammt, er würde den ganzen Weg zu Fuß laufen, nur um mit diesem Mann Zeit zu verbringen, und der fragte nach der blöden Verlegenheitslüge!

Unter einem langsamen Augenaufschlag streckte Mark seine Hand aus. Sanft strich sie über Tristans Hinterkopf. Er wollte sich wegducken und ... rieb doch nur seinen Kopf an der Hand, die ihn so liebevoll berührte.

„Schhhhh. Trissi ... alles gut, okay. Ich weiß ja. Aber ... schau ... das ist alles nicht so einfach." Tristan verstand kein Wort und doch, etwas in ihm fühlte sich angesprochen, hörte genau hin. Wie durch Watte drangen Marks Worte zu ihm. „Job“ und „Polizei“ kamen an. Skeptisch verengte Tristan die Augen. Der Sinn wollte sich gerade in ihm zusammensetzen, da kam das Lachen und Grölen näher. Marks Hand strich immer noch über sein Haar. Aber seine Augen wanderten aufmerksam umher.

„Hey, sieh dir die verfickten Homos an!“

Aus den Augenwinkeln konnte Tristan drei Jugendliche erkennen. Jungs, vielleicht 17 oder 18. Jetzt streckte einer den Kopf wie eine Schildkröte nach ihnen aus.

„Reißt euch mal zusammen, ihr Schwuchteln. Hier sind Kinder!“

Eiskalt zuckte die Panik durch Tristans Adern. Rennen oder Kämpfen? Marks Gesichtsausdruck verfinsterte sich. Er straffte seinen Oberkörper und drehte langsam den Kopf. Beschwichtigend hob er die Hände.

„Jungs. Was ist los?“, fragte er in einem gezwungen milden Ton.

„Was treibt ihr Tucken vor der Kinderbuchhandlung?“, rief einer der Kerle provozierend.

„Sekunde“, sagte Mark, immer noch um Fassung bemüht. Er trat einen Schritt vor Tristan. Dann griff er in seine Manteltasche. *Sein Dienstausweis. Gleich ist es vorbei.*

Die Typen lachten laut. „Schwuchteln, Homos!“ Die Schimpfworte flogen nur so um Tristans Ohren. Endlich hatte Mark sein Portemonnaie herausgezogen. Immer wilder hüpften die Idioten um sie herum. Tristan zog die Schultern fast bis zu den Ohren.

Plötzlich sprang einer nach oben. Einmal. Zweimal. Mark wollte ihn packen, aber ... Der Kerl sprang mit voller Wucht gegen ihn. Mark taumelte und wollte sich aufrichten, als ein Anderer nach ihm trat. Er erwischte Mark im Rücken und kickte ihn von den Füßen.

Erschrocken griff Tristan mit beiden Händen nach ihm, aber Mark stürzte zu schnell und fiel krachend mit dem Kopf gegen die Glasscheibe der Buchhandlung. Das Geräusch, das seine Schädelknochen auf dem harten Glas verursachten, hallte in Tristans Kopf. Es war, als könne er den dumpfen Schmerz selbst fühlen. Wut flammte in ihm auf. Schnaubend wollte er den Typen nachrennen, aber die waren längst hinter der nächsten Ecke verschwunden.

„Ahhhh“ Marks schmerzhaftes Stöhnen hielt ihn zurück. Mit verzerrtem Gesicht kniete er auf dem Boden und hielt sich den Kopf. Blut war an seiner Hand zu sehen. Tristan hastete zu ihm. Im Laufen griff er nach seinem Handy.

„Ich rufe einen Krankenwagen“, schnaufte er.

„Was ist denn hier los? Mark? Oh Gott, was ist passiert?“ Eine kleine Frau, um die fünfzig, kam aus dem Laden gestürmt. Entsetzt schlug sie ihre Hand vor den Mund.

„Schon gut. Nicht! Keinen Krankenwagen! Es geht schon“, stöhnte Mark und versuchte sich aufzurichten. Tristan schob eine Hand unter seine Schultern und hievte ihn nach oben. Zitternd lehnte Mark sich gegen die Scheibe.

„Rettungsleitstelle“, tönte es aus dem Handy, aber Mark schüttelte heftig den Kopf, nur um gleich darauf einen Schmerzlaut von sich zu geben.

„Er braucht einen Arzt“, sagte Tristan aufgeregt, in Richtung der Frau, die sicher Marks Mutter war.

„Absolut! Ich fahre den sturen Kerl ins Krankenhaus!“, erwiderte sie entschlossen und zog ihre Autoschlüssel aus der Hosentasche. Gleich darauf war ein Plopp zu hören, und die Lichter an einem Lieferwagen, nur wenige Schritte entfernt, leuchteten auf. „Sie sind Tristan?“ Sie war schon am Wagen.

Tristan nickte. Den Arm immer noch um Marks Oberkörper geschoben, half er ihm, ein paar Schritte zu gehen. Schuldgefühle krochen in ihm nach oben. Hätte er sich nicht so angestellt wegen dieses Ausflugs, sie wären längst im Laden gewesen.

„Gut, können Sie mir helfen, meinen Sohn ins Auto zu schaffen und ... was zur Hölle ist hier eigentlich passiert?“

Mit sanftem Druck schob Tristan den stöhnenden Mark zum Wagen und auf den Beifahrersitz. Der war zum Glück breit genug, um drei Menschen Platz zu bieten. Tristan saß schon im Auto, als ihm einfiel, dass Frau Birnert sich das sicher nicht so vorgestellt hatte. Er sollte doch nur Mark in den Wagen verfrachten. Peinlich berührt wollte er sich abschnallen.

„Nein, nein. Bleiben Sie bloß hier! Ich will wissen, was vorgefallen ist." Frau Birnert hatte den gleichen, entschlossenen Ausdruck im Gesicht, den Tristan schon so oft bei Mark gesehen hatte.

Sie startete den Wagen und er begann das Wenige, das er wahrgenommen hatte, zu erzählen. Mark hatte den Kopf gegen die Stütze gelegt und die Augen geschlossen. Besorgt griff Tristan nach seiner Hand. Kalt und klamm war die. *Aufpassen.* Oh ja, er wusste, was die warnende Stimme in seinem Kopf wollte. Marks Mutter saß im Wagen und ihr Sohn war hilflos. Der konnte sich gegen Homo - Attacken nicht wehren. Aber Tristans Finger schlossen sich noch enger um die Hand, die er so gerne wärmen wollte.

„Mistkerle!", brummte Frau Birnert und fuhr in die Auffahrt der Notaufnahme des städtischen Krankenhauses. „Wir werden Anzeige erstatten! Solche Idioten dürfen nicht davonkommen!" Mit diesen Worten rannte sie durch das große Tor und war verschwunden.

„Ah. Was ... ist ...“ Mark murmelte unverständliche Worte und Tristan erschrak. Ein kleines Rinnsal Blut rann über seine Schläfe hinunter bis zur Wange. Schnell wischte Tristan es weg. Doch nun war dort eine gruselige Blutspur, schlimmer noch als der dünne Storm zuvor. Er drückte Marks Hand ganz fest. „Gleich. Sie helfen dir gleich.“

Mark ließ seinen Kopf gegen Tristans sinken. „Trissi“, flüsterte er kaum hörbar.

„Gleich“, wiederholte Tristan mit brüchiger Stimme und wünschte sich so sehr, dass es nicht nur eine Hoffnung war.

Einen Augenblick später kam ein bulliger Kerl mit einem Rollstuhl angerannt, ein Arzt folgte, das Stethoskop noch umgehängt. Sie halfen Mark aus dem Wagen und setzten ihn in den Rollstuhl. Tristan schluckte schwer, als sie ihn im Laufschritt die Auffahrt hinauf und durch das Tor in die Notaufnahme schoben.

Tristan atmete mehrmals tief ein und aus und lehnte sich gegen das Heck des Lieferwagens. Die Bilder der letzten Stunde sprangen wild in seinem Kopf umher und die Sorge um Mark ließ ihn unbeweglich in Richtung Krankenhaus starren. Wie schwer hatte der sich bei dem Sturz wirklich verletzt? Das schreckliche Geräusch des Aufpralls schallte erneut in seinem Kopf wieder und ließ Tristans Glieder krampfen.

Bitte nicht! Bitte, lass ihn schnell gesund werden. Still betete er, zu einem Gott, den er nicht wirklich kannte. Die Angst um Mark legte sich schwer auf seine Brust. Aber er gehörte doch nicht zu dessen Familie. *Wer bin ich schon für ihn? Doch nur sein Sozialprojekt.* Hatte er überhaupt ein Recht, hier zu sein? Tristan war sich nicht sicher. Schließlich bohrte er seine Hände tief in die Taschen seiner Jacke und ging mit langsam Schritten auf den Eingang des Krankenhauses zu..

KAPITEL 12

Desinfektionsmittel, Krankheit und ein Hauch von Tod. Alle Krankenhäuser der Welt riechen gleich. Der Signalton erklang und der Aufzug stoppte. Tristan atmete tief durch und schob sich an den anderen Menschen vorbei, hinaus aus der stickigen Kabine. Der breite Gang schien niemals enden zu wollen. Schließlich erreichte er die Nummer 24. Marks Krankenzimmer. Die Tür stand einen Spalt breit offen. Tristan neigte den Kopf etwas und versuchte, hinein zu spähen. Aber er konnte nur das untere Ende des Bettes erkennen. Mehrmals musste er trocken schlucken, bevor er endlich durch die Tür ins Krankenzimmer schlüpfte.

„Ah, Tristan. Wo waren Sie denn so lange?“ Frau Birnert saß auf einem der breiten Krankenhausstühle, den sie nah ans Bett geschoben hatte.

„Ich ... ich habe unten gewartet. In der Eingangshalle“, stotterte er und sah nicht einmal auf.

„Sie haben zwei Stunden auf mich gewartet?“, fragte sie verwundert.

Tristan nickte schüchtern und kam ein paar Schritte näher. Er hob den Kopf und da war Mark. In seiner Straßenkleidung lag er auf dem Krankenbett und hatte die Augen geschlossen. Etwas blass war er, aber ansonsten sah er gut aus. Tristan lächelte schmal.

Erleichterung machte sich in seinem Körper und seinem Herzen breit und ließ ihn aufatmen.

„Ja.“ Er kam noch einen Schritt näher. „Sorry, ich will nur wissen, wie es ihm geht, dann bin ich wieder weg.“

„Bestens! Es geht ... mir hervorragend!“ Mark sprach, ohne die Augen zu öffnen. Tristan seufzte leise. Es tat so gut, seine Stimme zu hören.

„Sie hören es.“ Frau Birnert und schüttelte den Kopf. „Er hat eine Gehirnerschütterung ersten Grades, sagt das MRT. Sein Sturkopf kann wohl einiges aushalten, die Ärzte meinen, er hatte großes Glück. Sie werden ihn für 24 Stunden zur Überwachung behalten.“

„Er ist ... anwesend!“, bemerkte Mark leise. Er sprach klar, aber seltsam verlangsamt.

„Sie haben ihm etwas gegen die Kopfschmerzen gegeben und eine leichte Verwirrung ist möglich sagen die Ärzte.“

„Als ob“, brummte Mark und blinzelte. Unter halbgeöffneten Augen sah er zu Tristan. Ein zartes Lächeln bildete sich auf seinem Mund.

Tristan konnte den Augenkontakt einfach nicht unterbrechen. „Gut. Das ist gut! Dann gehe ich jetzt wieder. Gute Besserung“, flüsterte er.

Erschöpft hob Mark einen Arm und streckte die Hand nach ihm aus. „Bleib noch!“ Es klang so flehend, dass Tristan zustimmend nicken musste.

„Ja, bitte. Bleiben Sie noch etwas. Ich muss demnächst zurück in den Laden." Sie wandte sich zu Mark. „Schätzchen, heute Abend bringe ich dir ein paar Sachen. Leihst du mir Tristan für ein paar Minuten aus?"

„Ungern", brummte Mark und Tristan wunderte sich.

Eilig stand Frau Birnert auf. Jetzt erst betrachtete Tristan sie wirklich. Sie war klein, zierlich und hatte halblanges, schwarzes Haar. Modische Kleidung. Jeans, eine schicke Bluse. Mit ihrem großen, muskulösen Sohn verband sie im Grunde nur die Augenfarbe.

„Tristan, könnte ich noch kurz mit Ihnen sprechen? Im Aufenthaltsraum, falls er leer ist?" Mit einem Augenzwinkern meinte sie zu Mark. „Ich liefere ihn bald wieder ab. Ruh du dich mal aus!" Mark murmelte etwas Unverständliches und schloss erneut die Augen.

Was will sie von mir? Stumm trottete Tristan hinter ihr her bis zu einem Raum, den eine Glaswand vom Rest der Station trennte. Sie nahmen an dem großen Tisch Platz und Frau Birnert faltete die Hände in den Schoß.

„Nun, zuerst einmal - ich bin Susanne."

Tristan nickte bestätigend, aber er war sich nicht sicher, ob er sie so ansprechen konnte. Mütter waren ihm ein Rätsel. Seine und Jonathans hatte während seiner gesamten Kindheit tablettenvernebelt auf der

Couch oder im Bett gelegen ... und Jans? Tristan schluckte trocken und unterbrach den Gedanken. Und jetzt saß hier ausgerechnet die Mutter von Mark und wollte mit ihm sprechen? Vielleicht sollte er sich von ihrem Sohn fernhalten?

„Ich wollte kurz mit Ihnen über den Aushilfsjob sprechen."

Tristan riss die Augen auf. „Wie?", fragte er verwirrt. „Welchen Aushilfsjob?"

„Ach? Davon wissen Sie noch nichts? Typisch, mein Sohn! Immer will er alles alleine planen und organisieren." Missbilligend schüttelte sie den Kopf und atmete tief ein. „Also - neulich habe ich mit Mark darüber gesprochen, dass ich langsam etwas kürzer treten will in der Buchhandlung. Wissen Sie ... „ Sie räusperte sich, als wäre ihr etwas peinlich. „Ich schreibe ja selbst Kinderbücher. Nun, ich brauche dafür etwas mehr Zeit und daher wollte ich eine Aushilfe suchen. Es ist ja so schwierig, Fachpersonal zu finden." Sie neigte den Kopf etwas zur Seite. „Ah, ich langweile Sie! Jedenfalls meinte Mark, er kenne diesen jungen Mann und der würde einen Job suchen."

„Mich? Er meinte mich?" Tristan konnte nicht fassen, was er gerade hörte. Unruhig knetete er seine Finger. Wie kam Mark nur auf so eine absurde Idee? „Aber ... ich habe doch keine Ahnung, wie man Bücher verkauft." Im Grunde hatte er von recht wenig eine Ahnung. Er wusste, wie man Terrassentüren aufhebelte und war ein begabter Taschendieb und dann ... na ja, er beherrschte jedenfalls nichts, was Marks Mutter gebrauchen konnte, da war er sich sicher.

„Ja, er hat mir gesagt, dass Sie keine Erfahrung im Buchhandel haben und ... „ Sie seufzte leise. „Ach Tristan, ich will ehrlich sein, Mark war es auch. Er hat mir natürlich von ihrer Haft erzählt und ich gebe zu ... ich bin verunsichert. Auf der anderen Seite hat er in den höchsten Tönen von ihnen geschwärmt. Wie zuverlässig Sie sind und ich könnte Ihnen absolut vertrauen."

Tristan konnte gerade noch verhindern, in schallendes Gelächter auszubrechen. Zuverlässig? Und man könnte ihm vertrauen? Das behauptete der Mann, bei dessen Oma er vor wenigen Monaten erst eingebrochen war? Na, das hatte der seiner Mutter natürlich nicht erzählt. Ein Hauch von Zärtlichkeit für den unglaublichen Mark überkam Tristan. Still lächelte er, dann nickte er langsam. „Okay. Was wollen sie wissen?"

„Ehrlich gesagt, alles." Sie sah ihn mit offenem Blick an.

„Na ja, Sie haben mich jedenfalls nicht wegen eines Einbruchs gefangen ... ich meine, verhaftet."

„Sondern?"

Tristans Hände wurden klamm und zitterten unkontrolliert. „Drogendelikt. Wir ... ich habe gedealt, im größeren Stil und bin aufgeflogen. Aber es war das erste Mal! Ehrlich!" *Lächerlich! Tristan, für diese Frau aus einer ganz anderen Welt bist du doch nur ein schwätzender Krimineller. Sie kann nicht wissen, dass es die Wahrheit ist und du wirklich nie zuvor gedealt hattest!* Geschlagen sah er zu Boden.

Frau Birnert presste angestrengt die Lippen zusammen. Dann nickte sie, wozu auch immer. „Ich fürchte ... Tristan, das reicht mir nicht. Mark wollte, dass Sie mir Ihre Geschichte selbst erzählen. So viel Zeit werde ich mir nehmen!"

Raus aus diesem Raum, aus diesem Verhör! Das war alles, was Tristan wollte. Sein Oberarm zuckte wild. *Zurück zu Mark.* Jetzt erst fiel ihm auf, dass der ihn niemals nach seiner Vergangenheit ausfragte. Die Zuneigung zu Mark fühlte sich warm in Tristans Bauch an.

„Aber ich bin für den Job doch gar nicht ausgebildet. Ich weiß nicht, was Mark sich dabei gedacht hat."

Schon wollte er aufstehen. Da schlossen sich Frau Birnerts Finger um sein Handgelenk.

„Mein Junge, beruhig dich und setz dich wieder. Ich vertraue meinem Sohn und bin bereit, dir eine Chance zu geben! Aber ich will wissen, wer diese Chance erhält. Also, bitte."

Wenigstens hat sie mich geduzt, dachte Tristan überrumpelt und setzte sich wieder. So konnten Mütter sein? Beharrlich auf eine ... liebevolle Weise?

„Wollen Sie die kurze oder die lange Version hören?" Tristan hoffte inständig, sie würde sich für die Kurze entscheiden. Sein früherer Alltag war der Albtraum der Menschen in der normalen Welt, das war ihm bewusst. Nervös rutschte er auf dem Stuhl nach vorne.

„Erzähl mir, was du erzählen magst. Genug, damit ich mir ein Bild von dir machen kann."

Leise seufzte er und begann zu erzählen. Von Jan, der etwas mehr Licht in sein und das Leben seines Bruders gebracht hatte. Und wie sie alle zusammen gelebt hatten, was die Erwachsenen die meiste Zeit nicht interessiert hatte.

Susanne Birnerts Blick verfinsterte sich zusehens. Ab und zu schüttelte sie den Kopf. „Was ... was habt ihr denn eigentlich den ganzen Tag gemacht, wenn keiner von euch regelmäßig zur Schule gegangen ist?"

Gute Frage. Tristan überlegte. Ja, was hatten sie eigentlich getrieben? Sein Blick schweifte ab, hinaus aus dem Fenster und aus der Gegenwart. Hinein in sein altes Leben.

Die Bilder kamen angeflogen und setzten sich zu einer Geschichte zusammen, in der er selbst mitgespielt hatte. Als wäre er dort, damals in dieser kleinen Wohnung, zusammen mit Jan und Jonathan. Vergangenheit und Gegenwart verschmolzen.

Er sah sich, wie er Tag für Tag mit den großen Jungs durch die Stadt zog, ziellos, zeitlos. Dabei erzählte Jan immer neue großartige Geschichten, von längst vergangenen Urlauben, aus einer Zeit vor der Straße und den Heimen. Vom Tauchen, von großen Schildkröten, die am Strand ihre Eier legten, und von bunten Fischen, die zu Tausenden vor der Küste schwammen. Wo genau waren sie da gewesen? Vielleicht am Baggersee? Ja, er sah es genau vor sich.

Rauchend, trinkend und lachend hatten sie dort im Gras gesessen. Vollkommen normal war ihm das damals vorgekommen. Das war eben seine Familie. Heute wusste er es besser.

Andere Jungs in ihrem Alter saßen nicht mit Bierdosen und rauchend am See. Sie lagen auch nicht im Gras. Ihre Mütter gaben ihnen nämlich Decken und Badetücher mit. Die Anderen warteten nicht bis spät am Abend, um nackt schwimmen zu können, weil sie keine Badehosen hatten.

Und Jan und Jonathan? Waren sie ungewöhnlich gewesen, weil sie zwei verliebte Jungs waren? Unwillkürlich schüttelte Tristan den Kopf. Nein, das war es nicht gewesen. Normale Jungs mit 16 mussten ihren fünfzehnjährigen Freund nicht auf dem Rücken nach Hause schleppen, weil er zu bekifft zum Laufen war. Und andere Jungs verkauften auf dem Nachhauseweg vom See keine Drogen an Junkies, damit sie ihre kleine Wahlfamilie ernähren konnten. Frau Birnert musste nichts von all dem wissen. Die anderen, die Menschen aus der normalen Welt, wo man in schönen Häusern wohnte und arbeiten ging, machte das nur betroffen und mit dem Job hatte es nichts zu tun.

„Ich war einfach dabei“, sagte Tristan knapp.

„Wie konntest du mit zwei drogensüchtigen Jungs leben und selbst keine Drogen nehmen?“

Tristan erinnerte sich an das Bett, auf dem er eines Tages mit Jan gelegen hatte. Jonathan war unterwegs gewesen. Irgendeinen Deal machen, was auch immer. Jan lag neben ihm und kam langsam von einem schlechten Trip runter.

„Trissi, du musst mir etwas versprechen“, hatte er mit brüchiger Stimme gesagt. „Etwas ganz Wichtiges. Für mich und für deinen Bruder! Rühr das Zeug niemals an! Niemals! Hörst du? Nicht wenn du es hier siehst, nicht wenn dir jemand etwas anbietet! Scheiße, nicht mal, wenn ich oder Johnny etwas nehmen. Nimm es niemals! Versprichst du mir das?“

Tristan war damals nicht klar gewesen, warum er so etwas versprechen sollte. Er fand es doch ohnehin nicht spannend, wenn die großen Jungs drauf waren. Jan schlief dann die ganze Zeit und Jonathan hing wie eine Klette an seinem Freund. Tristan hatte an seine Mutter gedacht, die sich nur noch vom Bett zur Couch und zurück schleppte. Aber Jan hatte seine Bitte so lange wiederholt, bis Tristan endlich zugestimmt hatte.

„Für deinen Bruder! Sag es Trissi! Versprich es für Jonathan!“ Jan hatte so eindringlich gesprochen, dass Tristan fast Angst bekommen hatte.

„Ich verspreche es ja schon! Für Jonathan!“ Hatte er schließlich geschworen.

Und das Versprechen hatte er wirklich niemals gebrochen. Nicht mal, wenn ein Freier ihm etwas aufzwingen wollte. Aber jetzt war er sich sicher - Marks Mutter würde ihn nicht verstehen, ihm womöglich nicht einmal glauben.

„Mein Bruder und sein Freund ... die sind fast vor meinen Augen krepiert. Meine Mutter und ihre Tabletten, die haben mir die Kindheit gestohlen und ... „ Er sah für einen Moment zu Boden. „Ich habe es jemandem versprochen.“

Für einen Augenblick kniff sie die Augen zusammen, als hätte sie Schmerzen. *Wir haben im Krieg gelebt, Frau Birnert, so war das eben. Wenn man aus dem Frieden kommt, kann man es nicht verstehen.*

Sie straffte ihren Oberkörper und klärte ihre Stimme. „Und wie kam es schließlich zu der Haft? Das war ihre Erste, oder?“

Tristan nickte. „Ja, die erste richtige Jugendhaft. Ich hab mal ein paar Sozialstunden ableisten müssen und Jonathan war im Jugendarrest, genau wie Jan. Na ja. Wir dachten, es geht immer so weiter.“

Ja, das hatten sie damals wirklich gedacht. Alle drei hatten sie das Gefühl gehabt, sie würden für immer zusammen bleiben und dieses Leben führen können. Und dann war alles ganz anders gekommen.

Tristan fühlte den Schmerz körperlich in seiner Brust. Er wollte sich nicht an diese Zeit erinnern, aber er sah den fragenden Blick der Frau, die einen Job für ihn hatte ... vielleicht. Okay, er würde es kurz machen. „Vor dreieinhalb Jahren wurde Jan bei einem Drogendeal verhaftet."

„Dieser Jan war wohl ein schlechter Einfluss für euch?" Die Missbilligung war deutlich aus ihren Worten zu hören. Schnell schüttelte Tristan den Kopf.

„Nein! Nein, wirklich nicht. Wir haben alle Mist gebaut. Wir ... wir waren, nein, wir sind eine Familie. Jan ist ... er ist nicht nur ein Freund. Er ist Jonathans fester Freund." Tristan wartete auf eine ablehnende Reaktion. Aber Frau Birnert wirkte nur für einen Moment verwundert. Dann nickte sie, als hätte er etwas völlig Normales erzählt. Mit ihrer Zustimmung kam mehr Mut in Tristan auf.

„Danach ist es wirklich heftig geworden", erzählte er weiter. „Mein Bruder ist vollkommen ausgerastet, als sie Jan gefangen haben. Drogen hat Jonathan ja vorher schon genommen. Aber Heroin war selten dabei und wenn haben sie es nie gespritzt. Aber nach Jans Verhaftung war er innerhalb eines Monats richtig auf H. Irgendwann war dann unser Geld aufgebraucht. Die Wohnung gehörte einem, an den Jan Drogen verkauft hatte. Der ließ uns weiter dortbleiben, aber natürlich nicht umsonst. Ich ... ich hatte schon vorher ab und zu angeschafft und ab dann regelmäßig."

Oh ja, er sah ihren Blick und er wusste, was sie fragen wollte. Warum hatte er Jonathan Geld gegeben, wenn doch klar war, dass die Drogen seinen Bruder zerstörten. Aber er war so jung gewesen. Und sie würde es doch nicht verstehen, wie er es nicht aushalten konnte, wenn Jonathan nachts im Drogenrausch nach Jan weinte und Tristan konnte nichts für ihn tun. Es war sein Job, für Jonathan zu sorgen, so wie der es geschafft hatte, dass Tristan seine Kindheit überlebt hatte. Daher hatte er seinem Bruder das Geld gegeben, das er von den Freiern bekommen hatte. Jonathan hatte nie gefragt, woher es stammte. Wie sollte er erklären, dass er sich einfach an dieses Leben gewöhnt hatte? *Irgendwann ist dir nicht einmal mehr im Höllenfeuer heiß.*

„Und dann?" Sie klang, als wäre sie nicht sicher, ob sie die Antwort wissen wollte.

„Als uns das Geld ausgegangen ist, haben wir angefangen Jans Drogen-Reserven zu verkaufen. Jonathan hatte Zugriff auf die Kundenliste auf Jans Laptop und einer davon war ein ganz großer Fisch. Wir hätten den kompletten Rest des Stoffes auf einmal verkaufen können. So war jedenfalls unser Plan." Das Ende! Zum Glück war er am Ende seiner Jugend und Freiheit angekommen. „Na ja, wir sind aufgeflogen.

Plötzlich hatten wir sehr viel Zeit. Jan, Jonathan und ich. In jeweils einer anderen Haftanstalt."

„Und jetzt sind Sie frei." Sie klang erschöpft.

Tristan zuckte mit den Schultern. „Jonathan sitzt noch ein paar Monate."

Bilder schwebten immer noch durch seinen Kopf. Sein Körper schmerzte überall und er vermisste seine Familie. Gedanklich machte er sich eine Notiz, Jan öfter zu texten. Am Ende war es ihm egal, ob sein Bewährungshelfer wollte, dass er sich von ihm fernhielt!

So vieles hatte er nicht einmal erwähnt, aber Jan, der würde es verstehen. Tristan hatte ihr nicht erzählt, warum Jonathan überhaupt überlebt hatte. Aber sie wusste ja auch nicht, was für ein großes Glück es war, dass er überhaupt noch einen Bruder hatte.

Das war noch vor ihrer Verhaftung gewesen. An einem grauen Novembertag hatte Tristan es geschafft, seinen depressiven und dauerbreiten Bruder wie einen Menschen aussehen zu lassen und ihn am Besuchertag in die Haftanstalt geschleppt. Jan war ausgeflippt, als er Jonathan sah. Hatte ihm Schläge angedroht. Und dann hatte er das Einzige gesagt, das seit Wochen zu Jonathan durchgedrungen war: „In dem Moment, in dem ich höre, dass du dich totgespritzt hast, beschaffe ich mir hier einen Strick!" Danach gab sich Jonathan wenigstens ab und zu Mühe, nicht zu sterben.

„Er, mein Bruder, ist heute clean und Jan auch ... glaube ich." Tristan war sich nicht sicher, ob das stimmte. Nun, Jonathan war wirklich clean. Der war in Haft in ein Methadonprogramm gekommen und später hatte er komplett entzogen. Aber Jan? Der hatte schon gesund ausgesehen, aber war er clean?

„Wissen Sie jetzt genug über mich?", fragte Tristan vorsichtig.

Sie nickte erschöpft. Eine Weile sah sie aus dem Fenster. Natürlich wird sie mir diesen Job nicht geben! Und das mit Recht! Tristan wollte schon aufstehen und endlich zurück zu Mark. Da sprach sie wieder, unter einem leisen Seufzen.

„Okay, Tristan. Es ist eine Chance und es ist eine sozialversicherungsfreie Beschäftigung. Reicht dir das überhaupt?"

Ungläubig blinzelte er. „Ja ... ja, das reicht mir. Danke! Ich weiß nicht, was ich sagen soll."

Sie stand auf und strich ihre Bluse glatt. An der Tür drehte sie sich noch einmal um. „Vielen Dank für dein Vertrauen und du kannst nächste Woche anfangen. Montag, zehn Uhr." Mit diesen Worten verschwand sie durch die Tür und hastete den Gang entlang.

Tristan schüttelte den Kopf noch, als er zurück in Marks Zimmer kam. Der lag ganz ruhig da und bewegte sich nicht. Nur sein Brustkorb hob und senkte sich im gleichmäßigen Rhythmus. Ganz friedlich sah er aus. Aber im nächsten Moment überkam Tristan Sorge. Mit einer Fingerkuppe berührter er Mark vorsichtig an der Wange. Nichts. Dann streichelte er ihm mit dem Handrücken über die Stoppeln. Endlich regte er sich und schlug die Augen auf. Ganz dicht kam Tristan mit seinen Lippen an Marks Ohr und flüsterte.

„Wie soll ich das jemals wieder gut machen?"

KAPITEL 13

„Hi. Ich dachte schon, du bist mit meiner Mutter durchgebrannt. Hat sie dich sehr gelöchert?"

Schwerfällig griff Mark nach der Fernbedienung für das Krankenbett. Auf Knopfdruck hob sich das Oberteil surrend an.

Tristan verzog den Mund zur Seite. „Jetzt weiß ich jedenfalls, wie sich ein Schweizer Käse fühlt. Wie bist du eigentlich auf diese irre Idee gekommen? Habe ich etwas von einem Bücherwurm?"

Mark legte den Kopf zurück auf sein Kissen, schob seine Decke zur Seite und zeigte auf das Bett. „Eher etwas von einem Schmetterling. Aber setzt dich erst mal."

Tristan atmete tief ein und aus. *Zu nah.* Er wollte ablehnen, aber Marks erschöpftes Lächeln wirkte wie eine Einladung. Vorsichtig setzte er sich auf den Rand des Bettes. Für einen endlosen Moment sah Mark ihm direkt in die Augen. Unvermittelt griff er nach Tristans Hand und nahm sie in seine. Hitze flammte in seiner Brust auf, breitete sich blitzschnell in seinem Körper aus. Warm war die Hand, die seine hielt, aber das war sicher nur ein Irrtum. Ob sie Mark etwas besonders Starkes gegen die Schmerzen gegeben hatten, Tristan war sich nicht sicher. *Der ist doch drauf!* Na, mit Männern auf Drogen hatte er genug Erfahrung.

„Verdammt. Die haben mir den Kopf total vernebelt mit den Pillen, aber weh tut er immer noch“, stöhnte Mark. In Zeitlupe zog er ihre verschränkten Hände vor seine Brust. *Selbst durch den Stoff seines T-Shirts kann ich seine Hitze fühlen.*

Und noch etwas konnte Tristan spüren: Schmetterlinge, die von seinem Magen aus starteten und durch seinen Körper flogen. Sein Herz klopfte schnell in seiner Brust. Mark schloss die Augen und atmete flach. Dann begann er sanft mit dem Daumen über Tristans Handrücken zu streicheln.

„Trissi ... wir müssen wirklich bald reden. Gleich, wenn der Fall abgeschlossen ist.“

Tristan schluckte trocken und schob seine Hand ein kleines Stück über Marks breite Brust. Wie ein zufälliges Streicheln fühlte es sich an. Er verzog das Gesicht und Tristan wollte seine Hand augenblicklich wegziehen. Aber Mark hielt sie fest umklammert.

„Es sind nur die Schmerzen, sie kommen in Wellen. Die Ärzte meinen, morgen hätte ich es geschafft.“

Mitleid mischte sich unter dieses andere, dieses warme Gefühl, das in ihm glühte. Ohne nachzudenken, beugte Tristan seinen Oberkörper vor und schmiegte sich ganz leicht gegen Marks Schulter. *Nur für einen Moment.* Das Kissen roch ebenso wie der Flur nach Desinfektionsmittel. Aber da war auch Marks herber Geruch. Tristans Schmetterlinge schlugen aufgeregt mit ihren zarten Flügeln.

„Ja, später. Rede jetzt nicht so viel! Solche Idioten. Die haben uns grundlos angemacht. Fuck! Steht vielleicht *schwul* auf meiner Stirn?“

Mark lachte leise und stöhnte einen Augenblick später auf. „Ah, ja, verflucht. Ausgerechnet heute. Ich hatte so einen super Tag für uns geplant.“

Jetzt musste Tristan lachen. „Was ist schon ein Burgrestaurant, gegen schmackhaftes Klinikessen.“

Mark nickte schwach und rückte noch ein Stück näher. Er öffnete seine Augenlider etwas und sah Tristan eindringlich an.

„Du bist so schlau, warum verstehst du einfach nicht?“, brummte er abwesend.

Tausend Gedanken huschten durch Tristans Hirn, schlugen Purzelbäume, schrien ihm Vermutungen zu.

„Ich will einfach nicht darüber nachdenken, dann tut mir nämlich auch der Kopf weh.“

Er sprach gegen Marks Haar, das an seiner Nase kitzelte. *Lass uns einfach nie mehr aufstehen. Wir bleiben hier in diesem Krankenzimmer, weit weg von der Welt da draußen und es muss gar nichts geschehen.* Leise lachte er auf. Dieser Gedanke war so idiotisch, wie er wunderschön war.

Unter einem schwerfälligen Ächzen drehte Mark sich auf die Seite. Jetzt war sein Gesicht so nah, Tristan musste den Kopf etwas zurücknehmen, um ihn nicht sofort zu küssen.

Mark seufzte leise. „Was machen wir hier eigentlich? Es sieht doch niemand zu?“

Der schrille Klingelton eines Handys ließ sie beide zusammenschrecken.

Umständlich zog Tristan das Telefon aus der Hosentasche und stutzte. *Jan!* Der Name leuchtete ihm entgegen. Schnell nahm er das Gespräch an.

„Hi. Was gibt's?"

„Hi Kleiner. Nichts. Warum soll's was geben? Ich wollte nur mal wieder deine Stimme hören."

Skeptisch verengte Tristan die Augen und kletterte aus dem Bett, aus dem er eigentlich nie mehr aufstehen wollte. Schon vermisste er Marks Nähe schmerzlich. Aber hier stimmte etwas nicht! Seit den ersten Tagen seiner Entlassung hatte sich Jan nur selten gemeldet, und wenn, dann nur auf Tristans Bitte hin.

„Was ist passiert?", fragte er besorgt.

Für einen Moment atmete Jan schwer in den Hörer. „Gar nichts ... es ist nur ... Fuck, Trissi, er hat mir geschrieben. Drei verdammte Sätze! *Alles ist gut. Schreib nicht mehr! Wir reden, wenn ich draußen bin.* Was soll das? Verfluchte Scheiße, das Erste, was ich von ihm nach drei Monaten lese ist - schreib nicht mehr!"

Tristan atmete aus und bewegte sich in Richtung Fenster. Über den Hörer hinweg flüsterte er: „Familiensache" in Marks Richtung. Der nickte und schloss erneut die Augen.

„Mann, beruhig dich! Er war doch noch nie der große Briefeschreiber. Bei mir kommen auch nur diese Fünf-Satz-Nachrichten an. Er kommt in ein paar Wochen raus! Nur noch ein Monat, Jan! Dann hast du ihn wieder."

Für einen Moment herrschte Schweigen. „Mensch, Trissi, wann bist du denn so erwachsen geworden?" Jan klang überrascht.

Tristan konnte die ehrliche Anerkennung unter dem Spot heraushören. „In der Zelle, auf einer dünnen Matratze, während ich nachts ein kleines Stück vom Mond gesehen habe", sagte er ernst.

„Ach Kleiner ... „Mehr erwiderte Jan nicht.

„Jan? Kommst du? Ich habe noch hunderte Topf-Sonnenblumen, die eingepflanzt werden wollen!" Irritiert hörte Tristan die Stimme im Hintergrund. Topf-Sonnenblumen? Wo zur Hölle trieb der sich denn rum?

„Sorry Tris, ich muss los.", sagte Jan hastig.

„Dann lass uns morgen treffen! Um drei bei mir? Es gibt ein paar Neuigkeiten. Und bring den Roman mit, den dir mein Bruder geschrieben hat."

„Nee, drei klappt nicht. Geht auch fünf?"

Tristan überlegte. Der Job begann erst in einer Woche und für morgen hatte er nichts geplant. Fünf war sogar besser! Dann könnte er Mark noch besuchen.

„Bestens. Bis dann und ... er liebt dich! Du musst es einfach wissen!"

Jan schnaufte leise. „Jetzt bist du mir zu erwachsen! Bis morgen.“ Mit diesen Worten beendete er das Gespräch.

Langsam drehte Tristan sich um. War Mark schon wieder eingeschlafen? Sein gleichmäßiger Atem deutete es an.

„Schrankdrama?“, fragte er grinsend, ohne die Augen zu öffnen.

Tristan winkte ab. „Missverständnisse“, sagte er knapp und setzte sich auf den Stuhl am Bett. „Du wolltest mir eben etwas sagen?“, versuchte er, das Gespräch wieder aufzunehmen.

Mark seufzte tief. „Wollte ich. Muss an den Medikamenten ...“

„Haaallooo ihr Lieben!“ Es war der fabelhafte Tim, der jetzt das Zimmer betrat und Tristan war es, als würden tausend flimmernde Glühwürmchen mit ihm einschweben und das düstere Krankenzimmer erhellen.

„Na, Mister Eisenkopf. Was haben wir gelernt? Wir legen uns niemals mit homophoben Idioten an! Bis wir auf deren Niveau herabgesunken sind, haben sie längst das Interesse verloren!“

Er kam zum Bett und beugte sich zu Mark. Mit einem besorgten Blick küsste er ihn, heute nur auf eine Wange und zärtlicher als sonst, fiel Tristan auf. Dann strich er ihm mit der Hand eine Strähne aus der Stirn. „Baby, bist du okay?"

„Es geht mir gut! Was habt ihr nur alle? Und ich habe mich mit niemandem angelegt! Mein Dienstausweis hätte die Situation schon deeskaliert, wenn mich nicht einer von denen mit einer Hüpfburg verwechselt hätte."

Missbilligend schüttelte Tim den Kopf und beugte sich zu Tristan. „Hallo Liebes, ich nehme an, du warst dabei und hast ihn gerettet?" Er zog sich den zweiten Stuhl ans Bett und setzte sich.

„Ja klar. Ich stand heldenhaft daneben," erwiderte Tristan und schluckte schwer. Wenn er Mark wirklich retten könnte, würde der ihn dann nicht mehr wie ein Opfer behandeln?

„Musst es dir gar nicht erst bequem machen! Mit welchem Auto bist du hier?" Mark sah Tim auffordernd an.

„Bei diesem Wetter? Mit dem Cabrio natürlich."

„Hm, egal. Die Karre hat einen Notsitz, oder?"

Tim verengte die Augen zu engen Schlitzen, dann neigte er den Kopf zur Seite. „Oh nein, mein Lieber! Kommt nicht in Frage!", brach es schließlich aus ihm heraus.

Mark beachtete ihn gar nicht und hatte schon den Knopf gedrückt, mit dem man Hilfe anfordern konnte. Eine junge Schwester kam mit wippendem Pferdeschwanz angelaufen.

„Ich brauche meine Entlassungspapiere. Jetzt! Meine Freunde werden mich nach Hause fahren.“ Mark sprach freundlich, aber bestimmt.

„Da muss ich die Oberschwester holen“, sagte das Mädchen und war schon wieder aus dem Zimmer gestürmt. Noch ehe Tristan fragen konnte, was das sollte, kam eine stämmige Frau angeschnauft und schüttelte den Kopf schon beim Eintreten.

„Wir möchten Sie gerne noch eine Nacht zur Beobachtung behalten, Herr Birnert. Es ist zu ihrer eigenen Sicherheit!“

„Mein Bett wird die Heilung um einiges schneller vorantreiben. Meine Papiere! Bitte.“ Sie gab ein abschätziges „Hm“ von sich und stapfte davon.

„Mark, ich weiß nicht, ob das so eine gute Idee ist.“ Tristan war sich fast sicher - der Sturkopf war nicht von seiner Entlassung abzubringen.

„Ja, sag du es ihm, Darling!“, stimmte ihm Tim zu.

„Mädels, beruhigt euch!“ Unter einem leisen Stöhnen setzte Mark sich auf die Bettkante. „Mein Vater ist monatelang in einem solchen Krankenbett gestorben und ich habe es miterlebt. Tag für Tag. So lange ich noch selbst gehen kann, bleibe ich nicht in diesem rollenden Sarg! Aber meine Mutter muss das nicht erfahren! Der sagen wir, sie hätten mich entlassen. Verstanden?“ Er sah von Tristan zu Tim. Tristan nickte, während Tim augenrollend den Kopf zur Seite drehte. Schon kam ein Pfleger mit den Papieren. Mark unterschrieb und Tristan staunte, als Tim ihm, ohne nachzufragen, die Schuhe anzog.

Während der gesamten Rückfahrt musste Tristan sich ducken, so eng war es auf dem Not-Sitz in Tims Cabrio. Endlich hatten sie das Haus von Oma Birne erreicht. Tim eilte auf die Beifahrerseite und half Mark aus dem Wagen. Der schüttelte seinen Arm schnell ab.

„Es reicht! Timmi, du bist der Beste, aber ich bin nicht so schwer verletzt, dass ich eine Krankenschwester brauche.“ Langsam trottete er zur Haustür, schloss auf und wankte zur Couch.

An der Tür hielt Tim Tristan an Arm fest. „Ich fliege heute Abend noch nach Paris und komme erst am Freitag zurück. Aber jemand sollte bei Ritter Holzschädel übernachten.“

„Ist kein Problem. Ich hab doch meine Tasche hier“, sagte Tristan schnell. „Ich kann auch morgen noch bleiben?“ *Hey, ich habe nichts Besseres vor - im Grunde könnte ich mein ganzes Leben hier mit ihm verbringen!* Tristan musste über den bescheuerten Gedanken grinsen. Es war nicht mal Marks Haus. In ein paar Wochen würden sie beide nicht mehr hier sein. Immerhin hatten sie eigene Wohnungen und ein getrenntes Leben.

„Sehr gut!“ Tim strich ihm freundschaftlich über den Rücken und wandte sich zu Mark. „Liebes, ich muss los. Ich hatte gerade Charlotte bei meiner Mutter abgeliefert und war schon fast auf dem Weg zum Flughafen, als Susanne getextet hat. Freitag bin ich wieder hier. Wenn du bis dahin etwas küssen willst … nun, es sollte auf keinen Fall ein weiteres Schaufenster sein!“

„Bye. Viel Spaß mit den pretty boys.“ Mark winkte ihm von der Couch.

Dann schnappte er sich Minna und setzte sie auf seinen Schoß. Mit einem ungewöhnlich ernsten Gesichtsausdruck betrachtete Tim ihn für einen Augenblick. Dann war er durch die Tür verschwunden.

„Und wir beide? Fliegen wir auch nach Paris? Wir könnten die Katzen mitnehmen und eine wilde Party feiern?“ Mark lehnte sich soweit zurück, wie es die hohe Lehne erlaubte. Tristan setzte sich zu ihm. *Mir egal. Hauptsache, du bist dabei.*

„Hm. Paris. Bestimmt riecht es dort ganz anders? Und die Häuser sehen französisch aus? Und wenn es regnet, können wir uns einen Schirm teilen.“ Sofort bereute er den letzten Satz. Verdammt! Den hatte er nur denken wollen. Aber Mark lächelte sanft und nickte. Dann beugte er sich zur Seite und kam ganz nah mit seinen Lippen an Tristans Ohr.

„Hoffentlich regnet es in Paris.“

Tristan konnte ein breites Strahlen nicht verhindern. „Aber bevor wir abheben, braucht dieser Passagier Schlaf. Du kommst zurecht?“

„Immer den Katzenhaaren nach! Was ist mit dir? Vielleicht ... lässt du die Tür heute Nacht offen, damit du nach mir rufen kannst, wenn etwas ist?"

„Okay, Schwester Tristan. Aber komm nicht morgens um fünf und versuch meinen Blutdruck zu messen! Gefährlich!"

Tristan lachte und Mark zwinkerte ihm mit einem Auge zu. Immer noch wackelig auf den Beinen schlich er nach oben. Nachdenklich sah Tristan ihm nach. *Hoffentlich wird es eine ruhige Nacht für ihn.* Schließlich griff er sich die Decke, die zusammengefaltet am Ende der Couch lag und streckte sich auf dem schmalen Sitzteil aus. *So viel besser als alleine zuhause. Nur Hansi fehlt. Und Jan und Jonathan.* Unter einem leisen Lachen schüttelte er den Kopf. Mark würde sich bedanken, seine ganze verdrehte Familie unter seinem Dach zu beherbergen. Wirre Gedanken wanderten durch seinen Kopf, nach und nach wurden seine Glieder bleischwer und endlich fühlte er, wie der Schlaf nach ihm griff.

„Nein! Nein, Nein! Ich will das nicht mehr! Keine ... Stammkunden. Niemand! Haut alle ab!" Tristan wollte schreien - doch seine Worte blieben stumm. Er wollte treten, wegrennen - aber seine Glieder waren wie erstarrt. Gefangen, ausgeliefert, er konnte nicht entkommen. Er kauerte auf der kalten Straße, fremde Hände griffen nach ihm. Fassten ihn an, zerrten an ihm. Stimmen schwirrten um seinen Kopf.

„50, wenn du es ohne Gummi machst“

„So ein hübscher Junge“

„Sei lieb“

„Nein! Verzieht euch!“ Er schrie es, so laut er konnte, aber seine Stimme war einfach nicht zu hören. Wild schlug er nach den Händen, die ihn anfassten. Plötzlich wurde er gepackt und an eine fremde Brust gezogen. Panik! Eiskalter Schweiß trat ihm aus allen Poren. Sein Oberarm zuckte wild.

„Schhhhhh. Trissi? Hörst du mich?“

„Nein! Hau ab!“

„Baby, wach auf. Du bist sicher. Sie sind nicht hier!“

„Doch!“ Brüllte es in Tristan. „Doch“, ganz leise und brüchig kam es jetzt aus seiner Kehle. Er wurde immer noch festgehalten. Nein - gehalten. Und wie ein Kind hin- und her gewiegt. Sicher? Baby? Was?

Nur langsam entfernten sich die Schatten und mit ihnen die grapschenden Hände, die lockenden Stimmen. Tristan blinzelte in das Halbdunkel des Wohnzimmers. Von seinem Albtraum schwamm er hinüber, direkt in die starken Arme, die ihn festhielten, zu der schönen dunklen Stimme, die ihn beruhigte. Mark hatte Tristans Oberkörper auf seine Beine gezogen und hielt ihn fest. Ganz sanft wiegte er ihn in seinen Armen.

„Bist du wieder da?“, fragte er ruhig.

Tristan nickte. Sein Atem überschlug sich und der Schock saß tief in seinen Gliedern. Er war hier, bei Mark.

„Warum bist du überhaupt auf?“, fragte Tristan verwirrt.

Mark zeigte auf das Wasserglas, das er auf den Tisch gestellt hatte. „Du hast so laut geschrien.“ Hatte er? Aber im Traum war es Tristan vorgekommen, als wäre er stumm. Mark fuhr mit gespreizten Fingern durch Tristans Haar. „Magst du oben bei mir schlafen?“

„Ist dort noch ein Schlafzimmer?“

„Immer noch kein Benutzbares, aber meine Oma hat eines dieser riesigen Betten, man kann darin wohnen, ich schwöre es dir.“ Mit Mark zusammen in einem Bett schlafen? Unwillkürlich schüttelte Tristan den Kopf und schmiegte sich noch etwas näher an die breite Brust in seinem Rücken. „Okay“, sagte Mark, schob ihn zur Seite und stand auf.

Für ihn bleibe ich das ewige Opfer mit den schlimmen Albträumen - mich darf man nicht zwei mal bitten. Tristan seufzte leise. „Schon gut. Jemand sollte deinen Schlaf überwachen. Du bist hier der Patient, nicht ich.“

In Zeitlupe bildete sich ein Lächeln auf Marks Gesicht. Langsam streckte er Tristan die Hand hin. „Komm.“.

KAPITEL 14

Er ist so müde, dass er meine Hand nicht loslässt. Stumm trottete Tristan zur Treppe. Aus den Augenwinkeln konnte er das Bild an der Wand sehen, das Mark mit einer unbekannten Frau zeigte. Etwas ergab keinen Sinn mehr. Nachdenklich stieg Tristan die Stufen hinauf und ließ sich ins Schlafzimmer führen. Im nächsten Augenblick nahm er den Kopf zurück und gab ein erschrecktes „Wow“ von sich.

Massig thronte ein lackierter Holzschrank vor dem riesigen Bett, das bestimmt zwei auf zwei Meter maß. An jeder Seite standen ebenso klobige Nachttische und über allem thronte ein Ölgemälde. Ein junger Mann steuerte eine Gondel über einen Fluss. Tristan hatte ein wenig Angst, das Bild mit dem breiten Rahmen könnte ihm in der Nacht auf dem Kopf fallen. Auf einem einsamen Stuhl am Fenster stand eine Sporttasche, eine zweite auf dem Boden daneben. Mit Sicherheit befanden sich Marks Sachen darin. Eine Polizei-Uniform war sorgfältig über der Stuhllehne drapiert.

„Willkommen im Fünfziger-Jahre-Museum meiner Oma Lotti“, sagte Mark erschöpft und ließ sich ins Bett fallen. „Aber diese Matratze ist wunderbar, ehrlich. Die Schnurrer könnten es schon mal eine Nacht ohne mich aushalten, aber ich liebe dieses Bett!“

„Da ist ein Kerl, direkt über dir! Der fällt dir gleich auf den Kopf.“ Tristan zeigte mit dem Kinn auf das Gemälde und kam einen Schritt näher. Jetzt stand er vor dem monströsen Möbelstück, in dem er die Nacht verbringen sollte.

Mark blinzelte nach oben. „Ach der bleibt schon in seiner Gondel. Na komm, leg dich schlafen. Dann bin ich eingerahmt von Männern. Ist schon eine Weile her, dass das passiert ist.“

Tristans Herz setzte einen Schlag aus, nur um seine Arbeit mit der doppelten Geschwindigkeit wieder aufzunehmen. Das war doch gerade ein Scherz gewesen, oder?

„Wie lange hast du deine Nächte denn schon nicht mehr mit der hübschen Frau auf dem Bild verbracht?“

Plötzlich kam mehr Leben in Mark. Skeptisch starrte er ins Leere und schien angestrengt nachzudenken. Nachdem er nach einer gefühlten Ewigkeit noch nicht antwortete, ergänzte Tristan: „Das Mädel auf dem Foto an der Wand über der Couch.“

Mark kniff die Lider zusammen und gab einen tiefen Seufzer von sich. Schließlich streckte er seinen Arm aus und winkte Tristan heran.

„Komm ins Bett. Märchenstunde.“

Tristan schluckte schwer. Dann stieg er, mit einem Knie voran, auf die Matratze und ließ sich in gebührendem Abstand neben Mark fallen. *So weich.* Dieses Bett war wunderbar warm und es roch nach

Mark, fast wollte Tristan nichts mehr über die geheimnisvolle Frau hören. Doch dann drehte er seinen Kopf und verlor sich in Marks Augen. *Bitte sag, dass sie deine Schwester ist*, hoffte er. Auch wenn Mark gar keine Geschwister hatte.

„Corinna ist ... meine Cousine! Das Bild ist vier Jahre alt und am Achtzigsten meiner Oma entstanden."

Etwas in Tristan hüpfte vor Freude, aber im nächsten Moment ermahnte er sich - es gab keinen Grund zur Hoffnung. Dann zog er die schwere Daunendecke nach oben. *Himmlisch.* Wie auf einer Wolke lag er in diesem Bett.

„Konnte ich ja nicht wissen. Ihr seht euch gar nicht ähnlich." Er sagte es so beiläufig wie möglich.

Mark schaltete die Blumenkelch-Nachttischlampe aus und nestelte ebenfalls an seiner Decke. „Siehst du all deinen Verwandten ähnlich?" Er klang so müde, während in Tristan ein Sturm aufbrauste.

„Mein Bruder und ich werden oft verwechselt, sogar unsere Stimmen ähneln sich und wir sind die männlichen Klone meiner Mutter. Nur deutlich größer sind wir zum Glück geworden."

„Alles Bambis", brummte Mark. Bevor Tristan nachfragen konnte, erklärte er: „Blond mit braunen Augen."

Bambi - genau wie Jan. Tristan lächelte. *Mein Bambi,* das hatte Jan gelegentlich zu Jonathan gesagt, und es war seine Art, *ich liebe dich* zu sagen. *Sie ist nur seine Cousine!*

Mark atmete eine Weile nur und Tristan begann sich in dem Gefühl treiben zu lassen, das dessen Anwesenheit in ihm verursachte. *Berühren.* So gerne wollte er Mark anfassen, nur ein paar Haarsträhnen unter seiner Hand fühlen.

„Tim sieht auch aus wie die männliche Ausgabe seiner Mutter. Mechthild ist ein Original, die musst du mal kennenlernen", erzählte Mark unter einem Gähnen.

„Meinst du, Tim findet es okay, wenn ich deine Gehirnerschütterung so nah überwache?", fragte Tristan unsicher und wusste nicht einmal, was ihn zu der Frage trieb. Er konnte es selbst kaum glauben, dass er in diesem Augenblick wirklich zusammen mit Mark in einem Bett lag.

„Tim" Mark gab einen Seufzer von sich, der aus seiner tiefsten Seele zu kommen schien. Er bewegte sich, kam auf die Seite. „Tim findet nichts normaler als einen Mann in meinem Bett. Tim ... ist mein Ex!"

Der Schock traf Tristan wie ein Blitz. Sogar seine Zehen zuckten. Dann raste die Information durch seinen Körper und plötzlich schien sich die Tür zu einer dunkeln Kammer in seinem Inneren zu öffnen. Und darin waren alle Puzzelteile der letzten Wochen. Mit einem Mal setzten sie sich zusammen, ergaben alle Sinn.

„Ich ... ich verstehe nicht“, flüsterte er und wusste, es war eine Lüge. In dieser Kammer, tief in ihm verborgen, da war immer schon eine Ahnung gewesen. Aber es war viel einfacher, so zu tun, als wäre Mark hetero und unerreichbar, als von einem schwulen Mann abgelehnt zu werden.

Mark schnaufte leise und kam näher. Zwei dicke Daunendecken trennten sie, aber Marks Lippen fanden sein Ohr. Matt schob er seinen Arm über Tristans Kissen und strich ihm kaum merklich eine Strähne aus dem Gesicht.

„Da gibt’s nichts groß zu verstehen. Es ist so, wie ich es gesagt habe.“

„Aber ... Scheiße. Warum hast du mir das nicht früher gesagt? Oder er?“

Etwas in Tristan war verletzt. Selbst wenn er Mark zu gerne auf eine ferne Hetero-Wolke geträumt hatte, das war etwas Anderes, als angelogen zu werden.

Mark schwieg eine Weile. „Ich wollte es dir ja sagen, aber irgendwie schien es nie der richtige Moment zu sein. Es ist nur ... es hat einfach keine Rolle gespielt und das sollte es auch nicht. Tris, können wir jetzt schlafen? Ich bin müde, mein Kopf ist müde, mein Geist ist müde und ... meine Willenskraft ist erschöpft.“

Unvermittelt spürte Tristan zarte Lippen an seiner Schläfe. Der Kuss war so sanft, fast konnte er ihn nur erahnen. Seine Gedanken schlugen Purzelbäume, während Marks Körper sich schwer gegen seinen lehnte und bald gab er ein leises Schnarchgeräusch von sich.

Nein, er hat mich nicht angelogen, aber er hat es bewusst nicht erwähnt. Natürlich! Weil er mir keine Hoffnung machen will. „Es sollte keine Rolle spielen", das war doch eindeutig! Abwesend schob Tristan seine Hand unter die Decke und strich mit den Fingerspitzen über sein Schmetterlings-Tattoo. Er wickelte sich noch mehr ein. Wehmut flammte in ihm auf und ließ ihn frösteln. Jetzt wo Mark so nah war, greifbar, direkt neben ihm, jetzt vermisste Tristan seine heißen Träume. In diesem Moment wollte er nur zu ihm unter die Decke kriechen, Marks warme Haut fühlen, und ihn bis zum Morgen küssen. Langsam und sanft.

Keine Sorge, ich kann auch ohne dich fliegen, dachte er entschlossen und strich ein letztes Mal über sein Tattoo. *Ich will nur noch nicht.*

Mark rollte sich unruhig auf der Matratze hin und her und dann war da diese warme, große Hand, die sich zu Tristan schob und seine umfasste. „Mein Kopf", flüsterte er mit brüchiger Stimme. „Ich kann nicht mehr denken, sonst platzt er gleich."

„Soll ich dir eine Schmerztablette von unten holen?", fragte Tristan besorgt und drückte Marks Hand leicht.

„Nur, wenn die auch gegen Gedankenschmerzen helfen.", brummte der.

Tristan schnaufte leise. „Ich kann dir mein Hirn ausleihen, das ist nämlich gerade total leer."

„Mist. Ich kann so nicht schlafen. Entweder gehe ich jetzt runter und übernachte auf der Couch. Oder ..." Mark ruckte unruhig auf der Matratze.

„Oder?" Etwas mehr Licht erhellte die vormals dunkle Kammer. Da war diese Ahnung in Tristan, ein verschwommener Gedanke, den er zum ersten Mal wirklich zuließ.

„Was tun wir, wenn niemand hinsieht?", fragte er leise..

KAPITEL 15

Keine Reaktion. Mark lag einfach da und atmete. Die Sekunden schienen mit jedem Atemzug zu verpuffen, und die Antwort war nichts weiter als beharrliches Schweigen.

„14“ Tristan durchbrach die Stille, die mit Erwartungen aufgeladen war.

„Hm?“ Endlich regte sich Mark.

„In Haft habe ich gelogen und gesagt, ich hätte mit 15 zum ersten Mal angeschafft, aber das stimmt nicht. Ich war erst 14.“

Mark schnaufte leise und Tristan versuchte seine Mimik im Halbdunkel zu erkennen und konnte doch nichts sehen.

„Warum erzählst du mir das jetzt?“, fragte Mark gequält.

„Ich wollte nur wissen, ob du noch mit mir redest. Bist du sauer?“

Mark schluckte so laut, dass Tristan es hören konnte. Langsam schob er einen Arm um ihn und während er ihn zu sich drehte, wickelte er Tristan noch mehr in die Decke ein. Eingerollt wie eine Mumie, fand Tristan sich schließlich in Marks Armen wieder. Was geht nur in ihm vor? Warum redet er nicht einfach mit mir?

Warme Lippen streiften seine Stirn. Freude, Panik und das Gefühl zu träumen - all das vermischte sich in ihm, mit einer Million Gedanken. Und dann war es schon wieder vorbei. Mark hielt ihn immer noch im Klammergriff. Tristan konnte sich einfach nicht befreien.

„Kann ich zu dir kommen? Bitte?“, flehte er um das Mehr an Nähe, das er jetzt dringend brauchte.

Marks Kopfschütteln konnte er eher spüren als sehen. „Du wolltest wissen, was wir tun, wenn niemand hinsieht? Das tun wir! Und jetzt ... Trissi, bitte lass uns schlafen! Wir reden morgen. Ich kann nicht mehr, diese Schmerzmittel machen mich fertig.“

Ein fetter Kloß schob sich in Tristans Hals. Angestrengt versuchte er zu begreifen, warum er in Marks Arm, wie eine Sushirolle eingewickelt sein musste. Es wollte einfach keinen Sinn ergeben. *Er ist angeschlagen! Du quälst ihn nur.* Die Gedanken schossen ihm in den Kopf und ließen ihn beschämt zurück.

„Gute Nacht“, flüsterte er.

„Gute Nacht“, erwiderte Mark leise und schmiegte seine Stirn an Tristans.

Ohne ein weiteres Wort schlief er schließlich ein. Sein warmer Atem strömte über Tristans Wange und beruhigte ihn. Endlich fielen seine Augen zu und sein Gedankensturm ebbte im Hinübergleiten in den Schlaf ab.

Sonnenstrahlen tanzten über Tristans Gesicht, weckten ihn sanft auf. Er blinzelte und schloss die Lider noch einmal. Nur noch einen Moment. Der herbe Duft von Kaffee strömte in seine Nase, darunter mischte sich der von frischen Croissants. Verstohlen blickte er zur anderen Seite des Bettes. Dort saß Mark, gegen einen Kissenberg gelehnt, und las Zeitung. Zwischen ihnen stand ein Tablett. Darauf befand sich eine Thermoskanne, zwei große Kaffeebecher, Teller und eine Tüte, aus der es wunderbar roch.

Tristan stemmte sich nach oben und lehnte sich gegen das hölzerne Oberteil des Bettes. Mark drehte seinen Kopf zu ihm.

„Willst du einen Kaffee?“, fragte er und klang so ruhig und gelassen wie immer. Keine Spur von Unsicherheit.

„Hm“ Tristan wollte nach der Thermoskanne greifen, aber Mark war schneller. Schon reichte er ihm den vollen Becher.

Vorsichtig nippte er daran und griff sich ein Croissant, nebst Teller. Mit jedem Bissen dachte er an die letzte Nacht - an die kleinen Küsse, die vielleicht nur brüderlich gemeint waren? Jonathan hatte ihn immer auf die Stirn geküsst. Schließlich stellte er Teller und Becher zurück auf das Tablett und betrachtete Mark eine Weile.

Dessen Haar stand in alle Richtungen und seine Bartstoppeln waren gut sichtbar. Unter dem T-Shirt zeichneten sich die Muskeln deutlich ab. *Er ist einfach großartig und er kommt aus dieser Welt - der Welt der normalen Menschen. Was soll er mit mir? Fuck! Wir sehen ihn doch beide, den verfluchten Elefanten in diesem Raum! Warum sagt niemand etwas?*

„Findest du mich widerlich?"

Sofort presste Tristan die Lippen fest aufeinander. Verdammt! Warum rutschten ihm diese Sätze, die er nur denken wollte, in Marks Gegenwart so leicht aus dem Mund?

Unter einem Ausatmen drehte Mark den Kopf langsam zu ihm.

„Jetzt gerade? Nein! Nicht widerlich, aber merkwürdig."

Er legte die Zeitung zur Seite und strich mit den Fingerspitzen sanft über Tristans Haar. *Fass mich doch richtig an! Mann!* Tristan war sich nicht sicher, wie lange er noch auf dieser Gefühlsachterbahn fahren konnte.

„Ich meine ... weil mich schon so viele Männer berührt haben?", hakte Tristan nach. Fast war er sich sicher, Mark fand seinen Körper schmutzig und benutzt. Ein dumpfes Gefühl breitete sich in seinem Magen aus, zusammen mit der Scham zwang es ihn zum Reden. „Weißt du, es waren wirklich viele. Ich weiß es nicht einmal mehr genau. Und dann habe ich dir diesen Blowjob für ein Dessert angeboten, damals.

Wie die Hure, die ich einmal war. Jemand wie du muss mich doch eklig finden?"

Mark schüttelte den Kopf, während er für einen Augenblick die Augen schloss. „Lieb ... Trissi, das ist es nicht, was ich in dir sehe. Nichts, absolut gar nichts an dir ist widerlich für mich." Mit schmerzverzerrtem Gesicht blickte er Tristan tief in die Augen. „Scheiße! Ich versuche, es einfach nur richtig zu machen!"

Tristan zog den Kopf zwischen die Schultern und ja, er versuchte doch auch seit gestern Nacht nichts anderes, als Mark zu verstehen. „Mann! Dann rede Klartext mit mir!", platzte es aus ihm heraus.

„Ich kann nicht! Was gibt es daran nicht zu verstehen?" Mark schnaufte und nahm den Kopf ein Stück zurück.

„Alles! Bisher war noch nicht einmal von *wollen* die Rede und jetzt sprechen wir über *können*?" Schützend zog Tristan beide Knie gegen seine Brust. „Und was willst du richtig machen?" Er blickte zu dem Schrankmonster.

Mit einem angestrengten Gesichtsausdruck presste Mark eine Hand gegen seine Stirn. Dann schob er sich aus dem Bett und bewegte sich zum Fenster. Stumm drehte er Tristan eine Weile den Rücken zu.

„Bisher konnte ich diese ... Sache als mein privates Sozialprojekt verbuchen. Nun, hätte ich gekonnt, wenn es rausgekommen wäre. Aber jetzt ..." Er atmete tief ein und aus. „Das muss aufhören! Ich bin dadurch erpressbar und das gefährdet meinen Job."

Aufgebracht sprang Tristan aus dem Bett und lief zum Fenster. Nur unter Aufbringung seiner ganzen Willenskraft konnte er verhindern, dass er Mark von hinten umarmte.

„Du glaubst doch nicht wirklich, dass ich dich erpressen würde? Jetzt bist du es, der gar nichts kapiert! Ich ... „

„Nein. Das glaube ich nicht!"

Mark drehte sich um und Tristan musste schwer schlucken. *Er sieht so angespannt aus.*

„Aber so einfach ist das nicht. Wir können hier nicht Versteck spielen und hoffen, dass es niemand erfährt. Du bist immer noch auf der Informanten-Liste und die kann jeder Kollege aus dem Dezernat einsehen. Wenn der Fall abgeschlossen ist und die Akten in den Keller wandern, versuche ich, deinen Namen zu löschen."

„Und dann wird alles gut?" Tristan glaubte nicht daran. Gestern Nacht - das war sein Happy End gewesen, er war sich fast sicher.

„Und dann sehen wir weiter. Ich kann jetzt nicht klar denken. Verdammt! Ich wollte das alles nicht. Nicht so. Verstehst du?"

„Nein", antwortete Tristan ehrlich. „Hab meine Glaskugel vergessen." Entmutigt setzte er sich aufs Bett.

Mark kam zu ihm, ließ aber einen großen Abstand. „Ein falsches Wort, ein Blick, den andere deuten können, und es werden mehr Mitwisser und plötzlich kann man nicht mehr kontrollieren, wohin die Information wandert.“

Tristan nickte stumm. Da war Marks Hand. Sanft strich er ihm über den Oberarm.

„Es ist meine Schuld, dass du dir so viele Gedanken machst. Aber von jetzt an werde ich mich bemühen, ich verspreche es dir. Ich will doch nur, dass es dir gut geht.“

Tristan lachte bitte auf. „Erzähl mir etwas Neues, Mann! Es geht doch immer nur um mich. Von Anfang an war ich es, auf den du aufgepasst hast, den du versorgt hast. Du vergisst oft genug dabei, dass ich erwachsen bin, und schon viel mehr Scheiß hinter mir habe als du! Die Frage ist: was willst du?“

Marks Blick wanderte zum Fenster und verlor sich in der Weite des Gartens.

„Den verdammten Fall abschließen und bis dahin die Ruhe bewahren, mich nicht noch einmal vergessen - das will ich.“

Seufzend stand Tristan auf und ging langsam zur Tür. „Und offensichtlich keine Fragen beantworten. Von mir aus. Ich muss eh los. Heute Mittag kommt Jan und ich will noch etwas einkaufen.“

Mark nickte und sah nicht auf. „Auf dem Kühlschrank steht noch ein ganzer Korb mit Blaubeer-

Muffins. Die waren eigentlich für gestern gedacht, sollten noch schmecken. Nimm sie mit."

Du bist so ein Idiot, du großartiger Mann. Warum dachte Mark nicht einmal so fürsorglich an sich, wie an ihn? Hatte er wirklich keine Wünsche? Alles sollte sich immer nur um ihn drehen, um Tristan, den verstoßenen Welpen?

„Danke", sagte er leise und verließ das Schlafzimmer.

Nebel lag über seinem Hirn und Herzen. Wie abgetrennt von seinen Gefühlen stolperte Tristan durch den Vormittag. Wie war er eigentlich nach Hause gekommen? Er sah sich um. Zum Glück halbwegs aufgeräumt. Natürlich - er verbrachte ja kaum noch Zeit in seiner Wohnung.

Das Orange an den Wänden schien ihn ebenso anzuschreien wie das krasse Blau. Mehr noch als die spärliche Einrichtung bedrückte ihn diese andere Leere - die Einsamkeit. Mit einem Mal überkam ihn die Vorstellung, er müsse hier wieder Tage, Wochen, Monate alleine verbringen. Ohne Gesellschaft, ohne ... Mark. Sein Herz krampfte sich zusammen und hinterließ eine schmerzende Enge in seiner Brust. Da war der brummende Ton zu hören, der einen Besucher ankündigte. Tristan beeilte sich, zu öffnen.

Und da stand er, ein Teil seiner kleinen Familie - Jan! Größer als er, auf eine erwachsenere Art gut aussehend, das dunkelbraune Haar war jetzt länger als damals im Park, die graugrünen Augen unverkennbar und vor allem - klar. Erleichtert ließ Tristan ihn eintreten. Wie immer streifte Jan seine Sneakers ab und hängte seine Lederjacke an den Haken. Dann drehte er sich langsam einmal im Kreis.

„Hm, ich mag, was du alles nicht mit dieser Wohnung gemacht hast."

Der vertraute Klang von Jans Stimme, der spöttische Unterton - Tristan kam auf ihn zu und umarmte ihn fest.

„Haben sie dich im Knast zum Einrichtungsberater umgeschult?", murmelte er gegen Jans Haar. Die verwirrende Nacht, der Kuss, Mark, für einen Augenblick fiel alles von Tristan ab.

Jan lachte, dunkel und kehlig. „Hey Kleiner, gut dich zu sehen." Liebevoll streichelte er Tristan über den Rücken.

„Komm erst mal richtig rein".

Tristan zeigte auf den Tisch, den er mit seinem wenigen, nicht zusammenpassenden Geschirr gedeckt hatte. In der Mitte thronte der Korb voller Muffins. Kaffee hatte er vorsorglich in To Go Bechern gekauft, anstatt das Pulver anzurühren, das einsam im Schrank stand.

„Respekt!“ Jan zeigte mit dem Kinn auf den Tisch und setzte sich. Schnell nahm Tristan auf dem anderen Stuhl Platz. Mit dem kleinen Finger strich Jan grinsend über einen der Teller. „Klassisches Blümchendekor. Passt zu unserem Trissi-Blümchen.“ Er grinste und kramte einen DIN A5 Umschlag aus seiner Messengertasche, legte ihn auf den Tisch und schob ihn dann zu Tristan. „Ehe ich es vergesse - Herzlichen Glückwunsch zum Geburtstag. Ist nicht viel, bin etwas knapp bei Kasse.“

Skeptisch betrachtete Tristan den Umschlag. Während er ihn öffnete, sagte er: „Das ist aber nicht das, was ich denke? Ich bin so clean wie immer und du wirst doch nicht ...“ Unvermittelt stoppte er mitten im Satz und spähte in das Kuvert. Wow! Mit einem breiten Grinsen ließ er den Inhalt auf den Tisch rutschen.

Auf einem blass-grün bemalten Stück Pappe, waren nebeneinander kleine und etwas größere Blumen mit weißen Blüten angebracht. Dazwischen und darüber hatte Jan vierblättrigen Klee geklebt. Die Pflanzen waren getrocknet. Alles war schlicht und geschmackvoll. Viel zu schön für meine Wohnung, dachte Tristan erfreut.

„Danke, Mann! Kommen die von da, wo es auch Topf-Sonnenblumen gibt?“

Jan stutzte, dann nickte er. „Das hast du gehört? Jep, ich arbeite jetzt in einer Gärtnerei. Hab sogar ein Zimmer bei den alten Leutchen, die sie betreiben.“

„Wow, genial. Wie bist du da dran gekommen? Hier nimm!“ Tristan hielt seinem Gast den Korb direkt vor die Nase und Jan griff zu.

Er nahm einen Bissen und streckte anerkennend den Daumen in die Höhe. Natürlich, Jan sprach nicht mit offenem Mund. Tristan biss ebenfalls in seinen Muffin und dann war er doch wieder in seinen Gedanken - Mark, der begabte Bäcker und begnadete Schweiger.

„Verdammt gut diese Teile! Wo hast du die denn her?“ Er blinzelte. „Ach, der Job. Mein Bewährungshelfer hat mir das Vorstellungsgespräch verschafft. Ist ein älteres Ehepaar, die nehmen ab und zu Ex-Knackis, für den Übergang. Eigentlich ist keine Unterkunft dabei, aber ... na ja, die haben wohl meinen Namen erkannt und weißt ja, wie es ist - die übliche Mitleidsnummer. Ist mir recht. Geräumiges Kellerzimmer mit eigenem Bad und die wissen auch, dass nie Mädelsbesuch kommen wird, und waren cool damit.“

„Hört sich richtig gut an“, sagte Tristan und biss schnell in seinen Muffin.

Jan musste nicht wissen, wie sehr er sich über diese Nachricht freute. Sie hatten so wenig Kontakt in den letzten Monaten gehabt, Tristan war fast sicher gewesen, dass Jan wieder dealte.

„Hast wohl gedacht, dass sich wieder was verticke?“ Tristan verschluckte sich fast. Konnte der Gedanken lesen? „Nee, Kleiner, das ist vorbei. Ich bin verdammt froh, dass er ... dass ihr beide noch am Leben seid und wenn ich für immer mit ihm in diesem Keller wohnen muss, aber noch einmal gefährde ich sein Leben nicht."

„Wir haben alle Scheiß gebaut. Es war nicht deine Schuld. Und wir haben alle überlebt, zum Glück", sagte Tristan leise.

Ja, das gehörte zu seiner Familiengeschichte - sie waren mehr als ihre Gegenwart und ihre Zukunftsträume, sie waren auch ihre Vergangenheit. Umso mehr Freude stieg ihn ihm auf - denn sie hatten es überstanden, nur Jonathan fehlte noch.

„Überlebt?" Nachdenklich lehnte Jan sich auf seinem Stuhl zurück. Plötzlich schien er weit weg zu sein. „Keine Sorge - ich bin der, der immer überlebt, was Kalli?"

Dieser Name! Tristan zuckte zusammen. Seine Brust wurde so eng, dass er für einen Moment keine Luft bekam. Sorgenvoll lehnte er sich zu Jan und strich ihm über den Handrücken. „Ich bin's, Trissi. Okay?"

Jan schreckte auf und sah ihn mit großen Augen an. „Jaaa? Wer solls du denn sonst sein? Ist etwas in den Muffins, oder was ist los?"

„Alles gut. Zeig mir lieber mal den Brief von meinem Bruder.", sagte Tristan schnell. Nur weg von diesem Thema!

Erneut kramte Jan in seiner Tasche und schließlich legte er ein zerknittertes Stück Papier auf den Tisch.

Tristan nahm es und las die wenigen Sätze. Er zuckte mit den Schultern.

„Er kommt in fünf Wochen raus, hat er geschrieben. Hab den Brief heute im Briefkasten gefunden. Und von mir will er auch keinen Besuch mehr bis dahin.“, erklärte Tristan.

„Vielleicht hat er einen anderen im Knast?“ Jan sprach, ohne aufzusehen.

„Spinner!“ Tristan musste laut auflachen. „Ja, bestimmt. Na, da bin ich ja mal auf meinen neuen Schwager gespannt.“

„Tris! Krieg dich ein! Das ist eine Möglichkeit.“

Tristan schüttelte den Kopf. „Ist es nicht, red keinen Unsinn. Es ist Jonathan! Der schreibt eben nicht gerne. Und wie ich dich kenne, hast du ihm nicht gerade einen Liebesbrief geschickt?“

Jetzt zuckte Jan mit den Schultern. „Fünf Seiten habe ich ihm geschrieben! Fünf verfickte Seiten!“

„Und dabei hätten drei Worte gereicht“, sagte Tristan und war sich sicher - Jan hatte es auch dieses Mal nicht geschrieben. Verdammt, er hatte es ja noch nicht *einmal* im Leben gesagt. Aber das war ein Thema, das niemals ein Ende finden würde, und er hatte keine Lust darauf. „Na ja, wir holen dein inhaftiertes Liebesleben in fünf Wochen gemeinsam ab! Dann sehen wir ja, was er zu sagen hat. Mir hat er jedenfalls etwas von Sport geschrieben und dass er immer fitter wird.“

„Ich nehm ihn auch unfit. Ich will nur mein Bambi zurück.“ Jan grinste schief und es kam zu einem seltenen Wechsel seiner Gesichtsfarbe. „Ich liebe ihn nämlich, den verdammten Schweiger.“ *Das Gefühl kenne ich,* dachte Tristan und verkniff sich eine Antwort. *Soll er es ihm doch endlich sagen, nicht mir!*

„Ich habe übrigens auch einen Job, na ja, einen Aushilfsjob“, sagte er und griff nach dem nächsten Muffin.

„Ich hoffe in dieser Bäckerei?“ Jan langte ebenfalls erneut in den Korb.

„Nee, in einer Kinderbuchhandlung. Die gehört der Mutter des Bäckers.“

Jan verengte die Augen zu Schlitzen. Er nippte an seinem Kaffee und atmete tief ein und aus. „Na, dann erzähl mal und mach’s länger als dein Bruder.“

„Was läuft denn da für ne komische Nummer zwischen dir und dem Bullen?“, fragte Jan skeptisch, nachdem Tristan seinen Bericht beendet hatte. Alles hatte er erzählt, nur das winzige Detail, dass Mark für ihn viel mehr als nur ein Kumpel war, das hatte er ausgelassen. Stumm zuckte er mit den Schultern. „Nicht wirklich, oder?“ Jan klang erstaunt.

„Was? Nein, da ist nichts“, bestätigte Tristan schnell.

Jan streckte seinen Kopf vor und sah ihm tief in die Augen. „Kleiner, lüg mich doch nicht an! Meinst du, weil wir drei die größte Schrankparty der Stadt waren, weiß ich nicht, dass du auf Kerle stehst?

„Tristan nahm den Kopf zurück. Was soll das jetzt? Nach dieser Nacht war ihm mit Sicherheit nicht nach noch einem Gespräch über seine Beziehung zu Mark, das zu nichts führte!

„Was hat denn das damit zu tun?“

„Eine ganze Menge. Du hast mir gerade alles über den Bullen erzählt, inklusive seiner Größe, dem Umfang seiner Muskeln und dem Ausmaß seines guten Herzens, mir fehlt nur noch seine Schwanzgröße.“ Jan zeigte auf seine Brust. „Ich hab’s vielleicht lange nicht ausgesprochen, das heißt nicht, dass ich es nicht immer schon gewusst habe! Du und ich sind schwul und dein Bruder ist es hoffentlich auch. Sonst hätte ich echt ein Problem. Und du hast mir gerade keine Story von einem Kumpel erzählt, Tris! Du bist doch in diesen Kerl verknallt!“

Tristan seufzte tief. „Ich weiß nicht ... und wenn schon. Es ist egal.“

Ungehalten trommelte Jan mit den Fingern auf dem Tisch. „Ist es nicht! Was treibt der Kerl mit dir?“

Er küsst mich, wenn niemand hinsieht, ganz sanft auf die Stirn, dachte Tristan und sagte laut: „Nichts! Gar nichts! Es ist auch kein Problem, ehrlich. Reg dich mal ab. Vor Mark muss mich niemand beschützen - ich bin höchstens eine Gefahr für mich selbst!“

„Kleiner, ich durchschaue diese Sache nicht und das macht mich eben nervös. Was will der tolle Hengst von dir? Und warum?"

Tristan nickte. „Eben! Nichts will er von einem wie mir." Oh ja, Jan hatte recht!

„Sag mal, setzt bei dir etwas aus, wenn es um diesen Typen geht? Natürlich will der dich, wenn er schwul ist! Johnny und du, ihr seid zwei verdammt hübsche Jungs, viel zu hübsch, um sich mit einem geilen Bullen einzulassen."

„Hör auf! Du kennst ihn gar nicht. Und er will nichts von mir. Fuck! Ich bin heiß auf ihn, nicht umgekehrt."

Jan nickte verständnisvoll und legte Tristan eine Hand in den Nacken. „Gut", sagte er mit sanfter Stimme. „Schlag es dir einfach aus dem Kopf. Der wird dir doch nur wehtun und wer unseren Trissi verletzt, dem tue ich richtig weh! Kleiner, wir träumen später wieder! Jetzt bauen wir uns etwas auf. Nimm ruhig seine Hilfe an, aber lass dich nicht in etwas rein ziehen - der kann dir das nicht geben, was du willst. Der setzt erst seinen Job und dann seinen Ruf aufs Spiel."

Tristan schluckte schwer an dieser Antwort. Aber es war die Wahrheit. Selbst wenn Mark ihn wollte - für was denn? Für Sex? Für so eine heimliche Freundschaft mit Vorteilen? Das würde ihm das Herz brechen, da war Tristan sich sicher. Wenn du in deinem Leben so oft Sex hattest, der gar nichts bedeutet, dann muss er einfach deine Seele berühren, damit du etwas fühlen kannst! Und er fühlte etwas bei Mark - das würde sich in Schmerz verwandeln, das war ihm jetzt bewusst. Langsam nickte er.

Plötzlich brummte sein Handy in der Tasche. Er zog es hervor und las die Nachricht, sie war von Mark. Was war sein letzter Gedanke gewesen? Egal. Das breite Lächeln stahl sich einfach auf seine Lippen.

Wann kommst du zurück? Der Spaghetti-Auflauf ist fertig und wartet auf den Ofen.

Tristan starrte noch auf die Nachricht, da kam die Nächste:

Und ich auf dich.

Seine Finger flogen über die Tasten.

Ich bin in zwei Stunden da..

KAPITEL 16

„Royal Flash! Schon wieder gewonnen!“ Tristan schlug vor Freude mit der Hand auf die Tischkante und blickte grinsend in die Runde.

„Verflucht! Ich hatte einen Straight Flash!“, murmelte Mark und schob einen zwanzig Euro Schein über den Tisch.

„Und du hattest vier Zehner und eine Pike Dame.“ Tristan strahlte zu Tim.

Der beugte sich kopfschüttelnd nach unten. „Charlöttchen, diese bösen Männer wollen deinen Papa bis auf den Schlübbi ausziehen. Verteidige mich gefälligst!“ Charlotte sah nach oben und hechelte erwartungsvoll. Als kein Leckerchen folgte, legte sie sich wieder unter den Tisch und döste weiter.

Tristan lachte. Die beiden hielten sich ja für so clever, aber er hatte Poker von Jan gelernt, der in Kneipen um Geld gespielt hatte!

Fröhlich zählte er seinen Gewinn. Gut! Das war mehr als genug. Mark war die ganze Woche krank geschrieben und hatte schon angedeutet, dass es keinen Einsatz mehr für Tristan geben würde. Mit dem Pokergeld in der Tasche müsste er Frau Birnert nicht gleich um einen Vorschuss bitten. Sehr gut!

Verstohlen sah Tristan zur Couch, auf der er seit der seltsamen Nacht wieder übernachtete. Zum Glück hatte ihn Mark auch nie mehr ins Schlafzimmer eingeladen. Überhaupt war es entspannt zwischen ihnen und den Elefanten, der weiterhin im Haus umher trabte, den erwähnte niemand.

„Sagt mal, ihr Verbrecherjäger, wann habt ihr euch das letzte Mal so richtig amüsiert?“, fragte Tim, während er sein Portemonnaie einsteckte.

Tristan zuckte mit den Schultern. Im Grunde amüsierte er sich doch jeden Tag, seit er Mark kannte. Vielleicht nicht jeden Augenblick, aber durchaus jeden Tag.

„Heute! Ein milder Frühsommerabend, gutes Essen, der passende Wein und dazu zwei gut aussehende Männer - ich habe mich bisher bestens amüsiert!“

Mark lächelte zufrieden und lehnte sich auf seinem Stuhl zurück. Die Terrassentür stand offen, milde wehte der Abendwind zu ihnen herein.

„Gott Mark, manchmal nervt deine Bescheidenheit!“, schnaufte Tim und Tristan musste sich zurückhalten, dem nicht zuzustimmen. „Wie wäre es, wenn wir gut aussehenden Männer uns mal wieder vor diese Trutzburg wagen und tanzen gehen? Immerhin ist Freitag.“

Mark verengte die Augen zu Schlitzen. „Ich weiß nicht. Ich war schon ewig nicht mehr im Club.“

„Ah, Baby, sie lassen dich schon noch rein. Tristan Darling, wie lange warst du schon nicht mehr tanzen?“

„Auf einer Party?“, wollte Tristan wissen.

„In einem Club! Da, wo all die anderen hübschen Kerle sind!“ Tim schien ganz angetan von seiner Idee.

Tristan gab ein nachdenkliches Geräusch von sich. Ein Ex-Stricher, der noch nie in einem Schwulenclub war, ziemlich lächerlich. Aber so lief das nun mal nicht. Seine Kunden waren in den billigen Kneipen am Bahnhof zu finden gewesen. Jan und Jonathan hatten ihn zu vielen Partys mitgeschleppt. Drogenpartys - dort tanzten die Gäste erst, wenn sie richtig drauf waren. Schweigend sah er von Mark zu Tim. *Während ihr Spaß mit Männern in Clubs hattet ... hatten Kerle Spaß mit mir.*

„Noch nie“, sagte er ehrlich.

Überrascht riss Tim die Augen auf. „Wirklich? Das müssen wir unbedingt ändern und am besten heute noch!“

„Ich habe keine passenden Klamotten“ gestand Tristan beschämt.

Tim lächelte freundlich. „Das macht doch nichts. Wir fahren zuerst bei mir vorbei, bringen Charlöttchen ins Körbchen und du suchst dir etwas von meinen Sachen aus. Sie sollten dir passen.“

„Mark, ich fürchte, über deine breiten Schultern passen meine schmalen Hemden nicht. Also zieh dich um, so nehmen wir dich nicht mit. Siehst ja aus wie ein Höhlenmensch.“

„Ich erinnere mich nicht daran, dass wir diesen Club-Besuch schon beschlossen hätten“, erwiderte Mark und räumte die letzten Karten zusammen.

„Weil *du* noch nicht zugestimmt hast! Aber du kannst Tris nicht für alle Zeiten unter Verschluss halten. Also - husch husch.“ Tim machte eine Handbewegung und der verdutzte Mark setzte sich gehorsam in Bewegung. Augenrollend stand er auf und trabte die Treppe hinauf. „Ach und Baby, dusch dich, du riechst etwas streng“, rief Tim ihm hinterher.

„Ich muss mich auch waschen, wir haben heute im Garten gearbeitet.“ So unauffällig wie möglich versuchte Tristan, an seinem T-Shirt zu schnüffeln.

„Ich besitze eine Nasszelle, die kannst du nutzen. Wir wollen doch genug Zeit haben, um dein Outfit auszuwählen.“

„Hast ihn ganz schön im Griff.“ Anerkennend blickte Tristan in Richtung Treppe.

„Jahrelanges Training“, erwiderte Tim augenzwinkernd.

„War er früher auch schon so wachsam? Ich glaube, der denkt, das ganze Haus ist verwanzt“, sagte Tristan in einer Anspielung auf Marks Angst vor Entdeckung, die ihm seit dieser Nacht nicht aus dem Kopf ging.

„Absolut!“, stöhnte Tim und winkte ab. „Wenn es um seinen Job geht, ist er regelrecht paranoid. Nicht einen Euro zu wenig würde er bei seiner

Steuererklärung angeben, aus Angst vor einer unehrenhaften Entlassung oder etwas in der Art." Tim verrenkt den Kopf, als wollte er in den ersten Stock blicken. „Und ... Mark ist ein Ritter! Charmant, hilfsbereit und seinen weichen Kern verdeckt eine harte Rüstung, durch die bisher noch niemand wirklich gedrungen ist."

„Du schon, oder?" Tristan neigte den Kopf zur Seite.

Tim seufzte leise. „Nur als Freund. Er ... nun, wenn es um Lover geht, klappt er das Visier schnell herunter. Aber im Grunde will er einfach nur die ganze Welt retten."

„Und vergisst dabei sich selbst", murmelte Tristan nachdenklich.

Aufmunternd lächelte Tim ihn an und plötzlich strich er ihm über den Rücken. „Glaub an ihn! Früher oder später haben alle aufgegeben, diesem Prinz Eisenherz in die Seele zu schauen. Ich glaube, du siehst jetzt schon mehr davon als wir alle zusammen. Gib ihn nicht auf!"

Tristan schluckte und versuchte sich einen Reim auf Tims Bitte zu machen.

„Na Mädels, was tratscht ihr denn schon wieder?" Mark erschien gut gelaunt im Wohnzimmer.

„Über dich, den Fixstern, um den unser aller Leben kreist. Kommt jetzt - der Beat ruft", sagte Tim in seiner Spottstimme und schwang sich vom Stuhl.

Mit offenem Mund trabte Tristan hinter den beiden aus dem Haus. Er konnte seinen Blick einfach nicht von Marks Hintern nehmen. Der steckte, zusammen mit dem Rest seines Unterkörpers, in einer engen, schwarzen Hose, die aus einem glänzenden Material bestand. Dazu trug er ein weißes T-Shirt, das so tief geschnitten war, dass seine trainierte Brust sichtbar wurde. Er hatte sein Haar schon wieder zurückgegelt und um ein Handgelenk war ein hellbraunes Lederarmband befestigt.

Zumindest ist er die strahlende Version eines schwulen Prinz Eisenherzes, dachte Tristan anerkennend, während er neben Mark auf die Beifahrerseite des Autos kletterte. Mark und Tim hatten sich zum Glück gegen den engen Sportwagen entschieden.

Aufregung kochte in seinem Magen über, schwappte durch seine Adern. Für einen Augenblick blitzte ein Bild aus seinem alten Leben auf.

Da war er, an einem anderen Freitagabend auf der Straße, lehnte an einer Hauswand, nicht einmal mehr bemüht, lasziv auszusehen - irgendjemand würde ihn ohnehin ansprechen. Hoffentlich war es schnell vorbei! Je mehr Kunden er in einer Nacht hatte, desto höher sein Verdienst. Und sie brauchten das Geld so dringend.

Das Bild verschwamm mit einer Berührung, die Tristan plötzlich an seinem Bein fühlte. Zufällig hatte

Mark ihm beim Schalten über den Oberschenkel gestrichen. Das war doch zufällig gewesen, oder?

Als der Wagen endlich vor dem schicken Mehrfamilienhaus hielt, in dem Tim wohnte, konnte Tristan es endlich fassen. Auf ihn wartete ein Freitagabend, wie ihn gewöhnliche junge Menschen erlebten. Voller Vorfreude sprang er hinter Tim und Mark in den Aufzug..

KAPITEL 17

Der laute Beat hämmerte im Gleichklang mit seinem Herzen. Hart und schnell. Eine kleine Schlange hatte sich vor dem Club gebildet. Aufgeregt versuchte Tristan, möglichst angepasst in der Menge der Feierfreudigen auszusehen, und bemerkte einen neuen Tick. Männer schoben sich an ihm vorbei und er hatte das Gefühl, sie wüssten alle, was er früher getan hatte. Gerade so als würde das Wort *Stricher* in lodernden Flammen über seinem Kopf aufleuchten.

„Hey, Tim", rief ihnen der schrankbreite Türsteher zu und kam näher.

„Hey Chris. Du kennst Mark." Tim küsste den Schrank auf die Wange. „Und das hier ist unser Adoptivsohn, Tristan". Er lächelte breit und schon winkte sie der Türsteher mit einem Augenzwinkern durch.

Nur einige Stufen waren es, dann standen sie im düsteren Eingangsbereich und hier dröhnte die Musik so laut, dass man sich nur noch schreiend unterhalten konnte. Tristan spürte, wie Tim nach seiner Hand griff, dann zog er ihn mit in den Innenraum.

Bunte Blitze trafen seine Augen, der Beat brummte unaufhörlich - Tristan wusste nicht, wohin er zuerst schauen sollte. Eine breite Bar zog sich über die komplette Länge des Clubs. Männer, junge, ältere, standen und saßen davor.

Einige wagten den Versuch einer Unterhaltung, andere ließen ihren Blick umherschweifen, oder starrten in ihr Glas. Die Tanzfläche war groß und voll mit Kerlen, die entweder alleine, zu zweit oder in Gruppen tanzten. Einige von ihnen schienen wirklich die Musik zu genießen, andere rieben sich gegeneinander, knutschten wild, tanzten sich aufreizend an. Leiber zuckten im wechselnden Licht. Hoffnungsvoll blickende Jungs standen an Rand der Tanzfläche, warteten entweder darauf, angesprochen zu werden, oder ließen ihre Blicke auf der Suche nach dem nächsten Flirtopfer schweifen. In jeder Ecke standen Paare, küssten sich, fummelten und zwei Männer waren mit etwas zugange, das verdammt nach Sex aussah.

Überwältigt drückte Tristan Tims Hand fester. Etwas an der Atmosphäre erinnerte ihn an die Drogenpartys, die er kannte. Oh ja, einige dieser Jungs waren eindeutig drauf, da war er sich ganz sicher.

Die aufgeregten Schmetterlinge in seinem Magen wollten sich einfach nicht beruhigen. Vielleicht lag es an den vielen gut aussehenden Männern, der sexuell aufgeheizten Umgebung? Tristan konnte es nicht greifen. Womöglich lag es auch daran, dass er bemerkt wurde! Hier ein freundlicher Blick, da eine anerkennende Geste, er konnte es kaum fassen. Dabei sah er doch im Vergleich zu vielen anderen total brav aus.

Tims übervoller Kleiderschrank war eine Herausforderung gewesen. Am Ende hatte der sogar die Auswahl für ihn übernehmen müssen. Eine enge Jeans, ein breiter Gürtel und das weit ausgeschnittene T-Shirt, das nur vorne nur im Gürtel steckte - er fühlte sich wohl und unauffällig genug.

„Übernimm du mal", hörte er Tim plötzlich sagen und fühlte, wie seine Hand in eine andere wanderte. In Marks! *Bloß nicht!* Wenn Tim so etwas tat, war es niedlich - aber Mark? Wie zwei Schulmädchen, die auf den Bus warteten, standen sie da, bis Mark seine Hand endlich zurückzog.

„Hey" Ein großer Kerl schob sich an ihnen vorbei und lächelte Tristan einladend an. Riesig und breit war der Typ, mit einem freundlichen Lächeln auf den Lippen. Sein schwarzes Hemd stand fast bis zu den Nippeln offen. Nun beugte er sich zu Tristan und schrien ihm ins Ohr. „Willst du tanzen?"

Unsicher drehte Tristan den Kopf, aber Mark war verschwunden. „Ja", brüllte er dem Kerl trotzig entgegen.

Atemlos schob er sich hinter dem großen Mann auf die Tanzfläche, vorbei an den Feiernden und schnappte nach Luft. Unentwegt wurde er gegen einen der Kerle gedrückt. Endlich hatten sie eine Stelle erreicht, an der man zumindest für einen Augenblick stehen konnte.

Vorsichtig bewegte Tristan sich zur Musik, schwang die Arme, soweit es der Platz erlaubte, und wippte leicht auf den Zehenspitzen. Schließlich ließ er zu, dass der Beat seinen Körper erfasste, schwankte im Takt von einem Bein aufs andere, bis er bemerkte, dass ihn die anderen Körper ohnehin in ihren Rhythmus zwangen.

Ah, wenn Mark ihn jetzt sehen könnte, dachte Tristan und grinste, was sein neuer Begleiter offensichtlich auf sich bezog. Er zwinkerte ihm mit einem Auge zu und lächelte breit.

Ohne Vorwarnung schob er Tristan plötzlich eine Hand an den Hintern und zog ihn näher. Hart pressten sich ihre Oberkörper gegeneinander. *Stopp!* Tristan schnappte nach Luft und versuchte die Panik zu unterdrücken, die sich in ihm zusammenbraute.

Die zweite Hand packte ihn unvermittelt im Schritt. *Nein! Lass mich los! A*ber er war gefangen zwischen all den Körpern, die sich an ihn, gegen ihn drückten. Der Typ war so groß. Tristans Arm begann zu zucken. *Raus! Ich will hier raus!* Gedanken blitzten durch seinen Kopf. Er hob eine Hand, ballte sie zur Faust. Plötzlich legte sich ein weiterer Arm von hinten um seine Brust. Tristan schrak zusammen. *Zu spät! Aushalten, raus aus dem Körper und aushalten.*

„Lass ihn los!“, hörte er eine vertraute Stimme an seinem Ohr vorbei brüllen und entspannte sich augenblicklich. Er kannte diesen nackten Arm! Es war ihm, als erkenne er sogar jeden Leberfleck darauf. Sofort zog der Fremde seine Hände zurück.

„Was soll das werden?“, brüllte der nun über den Beat.

Marks Arm war immer noch fest um Tristans Brust geschlungen. „Schhhhh, alles gut, Baby“, schrie er ihm ins Ohr.

„Pass gefälligst besser auf deinen Kerl auf, wenn ihn niemand anfassen darf! *Er* wollte doch tanzen“, rief der große Mann aufgebracht. Er wurde so laut, dass man es zumindest in unmittelbarer Nähe verstehen konnte.

Mit sanftem Druck schob Mark Tristan von der Tanzfläche und in eine freie Ecke. Behutsam drehte er ihn um und zog ihn in eine Umarmung. Schließlich begann er, ihm beruhigend über den Rücken zu streichen.

„Geht es dir gut? Tut mir leid, es war eine blöde Idee herzukommen. Tanzen heißt hier anfassen, aber er wollte dir sicher nichts tun.“

Benommen erwiderte Tristan die Umarmung. *Ja, es ist okay.* Der Fremde hatte doch nicht wissen können, dass es unter all diesen Männern nur einen gab, von dem er berührt werden wollte. Er nickte gegen Marks Brust, der ihm gerade übers Haar strich. „Alles gut.“

Tristan begann in Marks Armen zu schmelzen. *Baby? Hatte er das wirklich gesagt*. Aber Mark löste seine Arme schon von ihm und drehte sich ab. „Lass uns Tim suchen“, riefe er über den Lärmteppich hinweg und stampfte davon.

Kopfschüttelnd beeilte sich Tristan, zu folgen. Für den Moment hatte er wenig Lust, allein zu bleiben. Erst vor der Tür holte er Mark ein.

Und tatsächlich - Tim lehnt an der Außenwand und schlürfte etwas Blaues aus einem hohen Stilglas mit Strohhalm.

„Hallo, Freunde der Nacht, was treibt euch nach draußen?“, rief er erfreut.

Ein smarter Mann, Mitte dreißig vielleicht, in einer ähnlichen Aufmachung wie Mark, lehnte neben ihm. Sie tauschten zwei Sätze, dann zuckte der Fremde mit den Schultern und trottete zurück. Offensichtlich hatten sie gerade ein Gespräch unterbrochen.

„Nimm nicht schon wieder dein Getränk mit nach draußen!“ Mark klang gereizt.

Tim lachte. „Oh, dann verhafte mich doch schnell, Mister Cop. Unerlaubte Entfernung von Getränken aus Schwulenclubs, hm? Wie lange muss man dafür ins Gefängnis?“

„Wenn du lieb schaust, bekommst du nur ein paar Sozialstunden“, sagte Tristan und trat zu den Beiden.

„Ah, da ist ja auch mein Anwalt. Fabelhaft." Tim zwinkerte ihm mit einem Auge zu. Dann lehnte er sich zu Tristan und flüsterte ihm ins Ohr:

„Was ist dem Polizisten denn über die gut erhaltende Leber gelaufen?"

Tristan zuckte mit den Schultern. Wie so oft, hätte er viel Geld, das er nicht besaß, für einen von Marks Gedanken gezahlt.

„Ein Typ hat Tristan auf der Tanzfläche angefasst!", brummte Mark und verschränkte die Arme vor der Brust.

„Ah, dann verstehe ich deine schlechte Laune natürlich, Darling. Du musst eben besser auf ihn aufpassen." Tim grinste vielsagend in sein Glas.

„Unsinn! Er war zufällig da. Ich kann meine Angelegenheiten selbst regeln."

Tristan warf strafende Blicke in die Runde. *So ein Schwachsinn! Die haben doch keine Ahnung, was ich alles aushalten kann.*

„Nun, wie wäre es, wenn wir alle zusammen die Tanzfläche entern? Dann passen wir eben aufeinander auf. Nicht, dass mir einer der bösen Jungs an die teure Jeans greift. Gottchen, Gleitgelflecken fehlen mir gerade!"

Mark schüttelte abwehrend den Kopf und Tristan schwieg. Unter einem kleinen Seufzer zuckte Tim mit den Schultern und stolzierte zurück in Richtung Eingang. Dabei hielt er das Cocktail-Glas siegessicher vor der Brust, als wäre es der Heilige Gral. Einmal noch drehte er sich um, sein Gesichtsausdruck hatte sich verändert. Jetzt sah er ernst aus, seine Stimme klang tief und besorgt.

„Ihr beiden solltet wirklich nicht tanzen - ihr solltet reden!“ Dann war er durch den Eingang verschwunden.

Mark schnaufte verächtlich. „Er wollte doch unbedingt feiern. Lässt uns einfach hier stehen.“

Und mit einem Mal begriff Tristan - Mark wollte nicht mit ihm alleine sein! Deshalb war er vor ihm weggelaufen! „Lass uns auch reingehen“, sagte er leise und zeigte auf den Eingang.

Stumm neigte Mark den Kopf zur Seite und betrachtete ihn eine Weile mit einem undurchdringlichen Gesichtsausdruck. Dann bildete sich ein Lächeln auf seinen Lippen, doch es wirkte verzweifelt. Er trat einen Schritt näher und noch einen. Jetzt berührten sich ihre Schuhspitzen. Tristan wollte ausweichen, aber Mark hielt ihn am Arm fest. Plötzlich zog er ihn ein paar Schritte vom Eingang weg, um die Ecke, hinein in eine dunkle Seitengasse.

Dort streckte er unvermittelt seine Hand aus. Tristan zuckte, mehr aus Gewohnheit als aus Angst vor einem Schlag. Aber Mark ließ seinen Handrücken unbeirrt über Tristans Wange gleiten, weiter durch sein Haar und plötzlich - verzweifelt krampften sich seine Finger um ein Büschel Haare.

Marks Lächeln entglitt, wurde zu einer Mischung aus Begierde und Bedauern. Fest presste er seine Lippen zusammen. Tristan wartete auf den Schmerz, aber er konnte ihn nicht spüren. Stattdessen konnte er die Tür, die sich in seinem Inneren gerade öffnete, fast knarren hören. Der dunkle Raum voller Ahnungen, Vermutungen und Halbwissen, der dahinter lag, wurde schwach beleuchtet.

Marks Hand umklammerte immer noch das Büschel Haare an seinem Hinterkopf. Sie zitterte, ebenso wie die Finger, die er nun in Tristans Nacken schob. Nichts Zärtliches lag in seinen Berührungen, jede Fürsorge war aus seinem Blick gewichen. Dort wo einst Mitgefühl gelegen hatte, funkelte nur noch verzweifelter Hunger.

Endlich! Die Aufregung kochte heiß in ihm und gleichzeitig konnte Tristan seine Erleichterung fühlen. Mit einem Lächeln legte er seinen Kopf, gegen Marks Hand, in den Nacken und breitete seine Arme leicht aus.

„Ja!“, hauchte er ihm seine Zustimmung entgegen.

Mark ließ ihn los und schob ihn mit Nachdruck gegen die Hauswand. Sein breiter Oberschenkel zwängte sich zwischen Tristans Beine. Plötzlich waren seine Lippen so nah, sie berührten seine Wange. Erregt atmete Mark an seinem Ohr. Inzwischen brannte

Tristan lichterloh. Das Feuer schien sich unter seiner Haut über seinen ganzen Körper auszubreiten. Sein Schwanz war schmerzhaft hart, seine Hüften drängten sich gegen Marks Oberschenkel, rieben gierig darüber. Wie ein Ertrinkender an das letzte Stück Holz im Ozean, krallte er seine Finger in Marks T-Shirt.

„Wenn du jetzt abhaust - verprügele ich dich!", keuchte er und war sich sicher, wenn Mark ihm noch einmal Schwachsinn erzählte, würde er genug Kraft entwickeln!

Mit einem gierigen Blitzen in den Augen drückte der ihn fester gegen die Backsteinmauer und presste seinen Körper fast schmerzhaft eng an Tristans. Seine Lippen waren feucht und schienen zu glühen.

Hart und verzweifelt begann der Kuss. Ihre Zungen tanzten einen wilden Tango umeinander, tief drang Mark in ihn ein, so tief, als wollte er Tristan verschlingen. Immer wieder biss er ihn in die Unterlippe, doch es war ein wunderbarer Schmerz.

Die Erregung bohrte sich scharf wie ein Messer in Tristans Mitte. Sein Herzschlag raste davon, überschlug sich. Marks raue Zunge leckte über seine Lippen, bevor sie wieder in seinen Mund eindrang. Tristan schob seine Hände über Marks Hintern. Endlich konnte er diesen wunderbaren Arsch anfassen. Ihre Erektionen streiften gegeneinander. Unkontrolliert stöhnte Tristan und war sich sicher, gleich würde er zum ersten Mal in seinem Leben von einem Kuss kommen. Immer weiter knetete er Marks Hintern und rieb sich an seinem Oberschenkel.

Mit einem geschickten Griff begann er, Marks pralle Erektion mit zwei Fingern durch seine Stoffhose zu massieren. Der gab einen knurrenden Laut von sich und biss Tristan gierig in den Hals.

Er stöhnte auf und wand sich, aufgebracht und erregt bis in die Zehenspitzen, unter Marks Körper. Schließlich griff er fester zu, massierte den Schwanz, der eine herrliche Größe versprach, durch den Stoff mit der ganzen Hand.

Mark brummte erregt, bevor er Tristans Mund erneut mit seinen Lippen verschloss. Fester und schneller rieb er seinen Oberschenkel gegen Tristans Erektion. Mit einem letzten klaren Gedanken öffnete er Marks Hose und umfasste ihn fest. Kaum drei mal musste er den langen, dicken Schwanz massieren, da kam Mark, stöhnend und heiß.

Schnell umschloss er die geschwollene Eichel. Kaum hatte er seine Hand aus Marks Hose gezogen, begann der, ihn durch seine Jeans zu massieren.

Er wollte etwas sagen - eine Warnung, aber er hatte sein Limit erreicht. Es gab kein Zurück mehr. Stöhnend zerfloss Tristan vor Lust unter den geschickten Fingern und kam in einer Explosion, in der sich alle angestauten Gefühle der letzten Monate entluden. Wellen der Lust schwappten über ihn hinweg und ließen ihn minutenlang zucken.

Erschöpft sank Mark in die Hocke. Tristan streichelte ihm übers Haar, bevor er ihn zärtlich in den Nacken küsste.

„Warte“, sagte er leise und kramte ein halb volles Paket Papiertaschentücher aus der Jeans. Für die verräterischen Rückstände seines eigenen Höhepunktes brauchte er zwei davon. Dann sank er ebenfalls in die Knie, hielt sich mit einer Hand an Marks Oberarm fest und begann ihn zu säubern. Viel war nicht zu sehen, dafür hatte er gesorgt.

„Das üben wir aber noch mal“, sagte er liebevoll. „Das sind Tims Klamotten. Aber wir hätten sie ja eh waschen müssen.“ Er lehnte sich vor und küsste Mark auf die Wange. Doch der sah ihn nur an, sein Gesichtsausdruck war wie versteinert.

Aufmunternd strich Tristan ihm über den Arm. „Ach komm, der wird schon nicht sauer sein, muss er ja nicht erfahren.“ Aber Mark zeigte keine Reaktion. Wo gerade noch Schmetterlinge fröhlich getanzt hatten, flammte Unsicherheit auf.

„Alles okay?“, fragte er leise und musste sich räuspern.

Unter einem Ächzen stemmte sich Mark auf die Beine und richtete seine Hose. Dann strich er über sein T-Shirt, reichte Tristan eine Hand und zog ihn nach oben.

„Es tut mir so leid“, flüsterte er kaum hörbar. „Du warst aufgeregt und ich habe es ausgenutzt. Das ist .. „

„Das ist absoluter Schwachsinn!“, brach es aus Tristan heraus. Vorbei war es mit der Unsicherheit! Wut überlagerte jedes andere Gefühl. „Ich, ich und wieder ich! Verfluchte Scheiße, Mark! Ich bin kein kleines Kind, sondern ein erwachsener Mann! Du willst wissen, was ich will? Dich, du Idiot! Ich will einen Freund und keinen Pfleger! Für den Rest habe ich eine Therapeutin, die wird von der Kasse besser bezahlt als du!“

Mark schüttelte den Kopf. Tristans Zorn schwoll weiter an und brodelte durch seine Adern. Ganz nah trat er heran, wollte Mark schütteln ... wollte ihn umarmen. Wie von selbst krallte sich seine Hand in das fremde T-Shirt.

„Was willst *du*?“

Auch dieses Mal folgte keine Antwort - aus Sekunden wurden Minuten - Ewigkeiten kamen und gingen, aber Mark schwieg beharrlich. Die Lippen aufeinandergepresst, starrte er ins Leere. Langsam löste Tristan seine Finger vom glatten Stoff des Shirts und trat einen Schritt zurück.

„Dann sind wir jetzt fertig miteinander!“

Die Worte klangen hohl und Tristan war, als würde er sie nicht selbst aussprechen. Bevor Mark die Tränen in seinen Augen bemerken konnte, wandte er sich ab, lief los, wurde immer schneller und begann schließlich zu rennen..

KAPITEL 18

Die kalte Nachtluft füllte seine Lunge, sein Herz raste, doch Tristan konnte es kaum spüren. Sein ganzer Körper war taub geworden. Kein Schmerz, kein Gefühl erreichte ihn mehr. Immer weiter hetzte er durch die Nacht, das Keuchen schien nicht zu ihm zu gehören. Vorbei an den Menschentrauben, die vor den Restaurants und Clubs der Innenstadt standen, immer weiter. *Egal! Weg hier!* Fort von Mark, von Tim, von diesem Ort, an dem er einen traumhaften Wimpernschlag lang geglaubt hatte, Mark würde seine Rüstung für ihn ablegen.

Die Straßen wurden schmaler, der Verkehr weniger, das Partyvolk wich alten Damen, die kleine Hunde mit Blasenschwäche Gassi führten und Pennern, die sich in Hauseingängen zusammengerollt hatten. Einer der Wohnungslosen hatte seine Füße so unglücklich ausgestreckt, dass Tristan fast darüber fiel. In letzter Sekunde balancierte er sich aus und wurde langsamer, hastete mit schnellem Schritt weiter, rannte aber nicht mehr.

Ich könnte dieser Penner sein! Der Gedanke verdrängte die Leere in seinem Inneren für einen Moment. Er war kurz davor gewesen, kein Zweifel. Die schweren Wochen nach seiner Entlassung aus der Haft fielen ihm ein, der Einbruch und wie der ihn schließlich mit

Wucht in ein normales Leben geschleudert hatte. Die Sehnsucht nach Mark brannte heiß in ihm.

Endlich - zuhause! Er hastete die Treppen nach oben, öffnete und stolperte in den dunkeln Flur. Mit letzter Kraft kickte er die Wohnungstür zu, dann sank er erschöpft auf die Knie. Für einen Moment konnte er Marks Lippen auf seinen spüren, die gierigen Zähne, die ihn blutig gebissen hatten, Hände, die ihn so sehr wollten, dass sie zitterten. Und dann tauchte Marks versteinerter Gesichtsausdruck in seinen Gedanken auf, die Antwort, die er ihm schuldig geblieben war. Tristan schluckte mehrmals, aber der schmerzende Kloß in seinem Hals wollte sich nicht lösen. Drohend köchelte die Übelkeit in seinem Magen. Er presste seine Fäuste verzweifelt in den Bauch.

„Du verdammter Idiot! Scheiß-Mitleidsnummer! Ich kann nicht dein Pflegefall sein, wenn ich doch nur der Mann sein will, den du liebst." Mit heiserer Stimme flüsterte er die Worte in den leeren Flur.

Die ersten heißen Tränen rannen über Tristans Wange, tropften auf die ausgeliehene Hose. Weitere folgten, fielen auf seine Hände und erinnerten ihn daran, dass er für immer anders sein würde. Nicht nur für Mark, für die ganze Welt, würde er ein Opfer bleiben. Der arme Junge, dem schlimme Dinge widerfahren waren. *Wie lernt man fliegen, wenn sie dir erst die Flügel mit Gewalt und dann mit ihrem Mitleid brechen?*

Plötzlich bemerkte er auch das unentwegte Brummen seines Handys. Unter stummen Tränen zog er es aus der Hosentasche und starrte darauf.

Mark, Mark, Mark ... die Nachrichten wollten kein Ende nehmen. Wahllos tippte er eine davon an. Sein Finger zitterte, als er die glatte Oberfläche berührte.

„WO BIST DU?“

Weg! Tristan atmete flach und öffnete eine weitere Textnachricht.

„Bitte, geh ran!“

Warum? Anstatt seine Inbox zu checken, öffnete er sein Adressbuch. *Blockiert! Du hattest deine Chancen!* Eine dicke Träne tropfte auf das Display und verwischte seine Sicht. Tristan rieb sie mit dem Ärmel fort und scrollte weiter. Jan! Der Name las sich wie: Zuhause. Er tippte ihn an. Erst nach fünf Tönen erklang die vertraute Stimme.

„Tris? Was is'n?“, nuschelte Jan verschlafen. Ohne zu antworten, legte Tristan auf.

„Sorry, schlaf weiter“, murmelte er, obwohl Jan ihn nicht mehr hören konnte. Ausgelaut von den Ereignissen und seinen Gefühlen, beugte sich Tristan weit nach vorne und fühlte den kalten, staubigen Fußboden an seiner Stirn. Was, wenn die quälenden Gedanken einfach aus ihm herauslaufen könnten? Eine lange Weile verharrte er in der unbequemen Position. Selbst als der Schmerz endlich zunahm, bewegte er sich nicht. Es tat so gut, etwas anderes, als das Loch in seiner Seele zu fühlen, das Mark hinterlassen hatte.

Erst das leise Klopfen an der Tür riss ihn aus seiner seltsamen Trance. Noch einmal klopfte es, dieses Mal lauter.

„Hau ab!“, flüsterte Tristan tonlos.

Schon wieder das Klopfen. „Tris! Bist du da? Mach auf!“

Das ist nicht Mark! Erleichtert richtete sich Tristan auf, nur um festzustellen, dass sein Rücken ihm erst jetzt die Position übelnahm. Ächzend kam er auf die Füße und öffnete die Tür. Erschöpft lehnte er sich in den Rahmen und, noch ehe er etwas sagen konnte, wurde er in eine feste Umarmung gezogen.

„Alter, wieso gehst du nicht an dein Handy?“ Jans Stimme überschlug sich.

„Hab den Ton ausgestellt.“

Jan ließ ihn los und trat an ihm vorbei in die Wohnung. Unter einem Seufzen der Erleichterung schloss Tristan die Tür und trabte hinter seinem Gast in den Wohn- und Schlafraum. Nicht einmal das Licht schaltete er an. Im fahlen Schein des Mondes drehte Jan sich zu ihm.

„Der Bulle?“, fragte er leise.

Tristan nickte und presste die Lippen fest zusammen, um nicht wieder weinen zu müssen.

„Scheiße. Ich hab’s dir ... „

„Nein! Es ist viel komplizierter.“ War es das wirklich? Tristan war sich nicht sicher.

„Hat er dir weh getan?“, wollte Jan wissen.

„Hat er. Weil er denkt, einen wie mich darf man nicht lieben - sonst macht man sich schuldig.“

Jans Augen verengten sich zu Schlitzen. Langsam kam er einen Schritt näher. „Er liebt dich?“

Tristan schüttelte den Kopf. „Er könnte vielleicht, aber er lässt es nicht zu.“

Eine Weile wurde es still, selbst Jan schien nichts mehr einzufallen. Dann ging Tristan noch einen Schritt auf ihn zu und legte sanft einen Arm um seine Schulter.

„Sorry, dass ich dich aufgeweckt habe. Aber ... gut, dass du da bist. Eigentlich ist es ganz einfach: wir kommen aus dem Krieg und Mark hat schon immer im Frieden gelebt. Das passt nicht zusammen.“

Jans Gesichtsausdruck verriet, dass er versuchte zu verstehen. Schließlich half er Tristan erst aus dem T-Shirt, dann aus der Hose und schob ihn ins Bett. Er selbst trug ohnehin eine Jogginghose und ein verwaschenes Sweat-Shirt. Tristan war sich sicher, er war erst aus dem Bett, dann aufs Fahrrad gefallen und zu ihm gekommen.

Jan stieg über ihn und zog Tristan mit den Rücken gegen seine Brust. Die Wärme, der vertraute Geruch, alles war gut und doch fehlte etwas. Mark fehlte! Tristan konnte die Tränen nicht mehr zurückhalten. Über sein Gesicht rannen sie auf Jans Arm.

„Ein erwachsener Mann, der heult - bescheuert!“, schnaufte Tristan verächtlich.

„Ich heule fast jede Nacht“, flüsterte Jan so leise, dass Tristan Mühe hatte, es zu verstehen.

Mit einem Mal wurde seine Brust etwas leichter. Er war nicht alleine! Natürlich litt Jan, und der hatte keinen Mark, der ihn unentwegt bemitleidete und versorgte.

„Wegen Jonathan? Der kann dich nicht nur lieben, er tut es auch. Weil ihr gleich seid“, murmelte Tristan gegen sein Kissen.

„Das ist es nicht nur. Vielleicht waren wir im Krieg, aber im Frieden kenne ich mich nicht mehr aus. Es ist verdammt schwer. Und manchmal kommen diese Bilder ... Fuck! Ich bin wegen dir hier - heul, so viel du willst!“

„Muss es so weh tun?“

„Weiß nicht. Ich habe Jonathan so oft weh getan, aber wenn er weinte, hatte ich Schmerzen. Ja, vielleicht gehört das dazu?“

Plötzlich zuckte Tristan zusammen. „Scheiße, ich kann doch nicht mehr im Laden seiner Mutter arbeiten!“ Jan schnaufte leise hinter ihm.

„Oh doch! Du wirst am Montag dort erscheinen und diesen Job antreten! Die Liebe tut manchmal weh, das ganze verdammten Leben schmerzt schon mal - aber wir sind viel zu lange davor weggelaufen. Sieh nur, wohin uns das gebracht hat!“.

KAPITEL 19

Nur noch wenige Schritte trennten Tristan von der bunten Eingangstür der Buchhandlung. *Mein allererster Job!* Jetzt hatte er den Laden erreicht. Gut, dass Jan ihn das ganze Wochenende bearbeitet hatte, diese Aushilfstätigkeit doch anzunehmen. Zumindest für die Miete würde der Lohn reichen und mit ein paar Besuchen bei der Gratis-Tafel, sogar fürs Essen.

Er atmete einmal tief durch und umfasste den breiten Türgriff, entschlossen seine erste ehrliche Arbeit zu beginnen. Die Vibration seines Handys hielt ihn vom Öffnen ab. Mensch Jan, ich bin fast schon im Laden! Mit einem leisen Schnaufen zog er das Telefon aus der Hosentasche und stutzte. Die Nachricht war nicht von Jan. Tims Name leuchtete auf dem Display.

Liebes, ich weiß, dass du in deiner Wohnung bist! Ich bin am Samstag vorbei gefahren und habe Licht gesehen. Keine Angst, Mark war nicht dabei. Wie wütend du auch immer bist, aber bitte geh heute zu Susi!

Tristan trat einen Schritt von der Tür zurück und starrte auf die Nachricht. Tim hatte Mark sogar nach seiner Adresse gefragt? Er schluckte und tippte: *Ich bin schon fast in der Buchhandlung.*

Tims Antwort kam postwendend. *Wunderbar! Wann hast du Mittagspause?*

Unwillkürlich schüttelte Tristan den Kopf. *Weiß nicht.*

Okay. Viel Spaß und bis später.

Bis später? Schließlich öffnete er die Tür, trat in den Laden und sah sich um. Die Einrichtung war hell und freundlich, aber ein wenig altbacken für eine Kinderbuchhandlung, fand er. Die Regale waren niedrig und mitten im Raum platziert. Eine Spielecke, die schon bessere Tage gesehen hatte, war im hinteren Bereich aufgebaut und über zwei Treppenstufen kam man in die Holzspielzeugabteilung. Die dunkelgrüne Auslegeware wirkte nicht sehr einladend.

Frau Birnert saß hinter einer breiten Theke und lächelte erfreut, als sie ihn bemerkte. Hastig kam sie auf ihn zu und reichte ihm ihre Hand. „Hallo Tristan, legt deinen Rucksack doch ins Büro, dort brauche ich dich auch gleich."

Tristan nickte und folgte ihr durch eine Tür, die zwischen zwei Regalen hindurch führte. Ein kurzer Gang schloss sich an und er gelangte in einen Raum, der wie eine Kombination aus Lager und Büro wirkte. Überall standen Kisten, Kartons, kleine Pakete. Ein altmodischer Aktenschrank war am Rand platziert und in der Mitte ein hölzerner Schreibtisch voller Akten und Papiere. Was für ein Chaos, dachte Tristan erstaunt. Frau Birnert stemmte die Hände in die Seiten.

„Hm, du siehst, ich brauche wirklich Hilfe.“ Ächzend schob sie drei große Kisten näher an den Schreibtisch. „Das ist eine neue Lieferung, die noch erfasst werden muss. Warte, ich zeige dir, wie du sie ins System einpflegst.“ Sie schwang sich auf den Stuhl und erklärte Tristan, ihr Bestandsprogramm. Es schien einfach genug. Schon war sie wieder an der Tür.

„Wann soll ich denn damit fertig sein, Frau Birnert?“, fragte Tristan unsicher.

Jetzt breitete sich ein Grinsen auf ihrem Gesicht aus. „Ach, die Kisten stehen seit fünf Tagen hier. Ich würde sagen, wenn du bis Donnerstag fertig bist, warst du immer noch schneller als ich. Ich bin übrigens Susanne, immer noch. Gott, ich komme mir wie 80 vor, wenn du mich Frau Birnert nennst. Nun, du machst das schon!“ Mit diesen Worten des Vertrauens verschwand sie in Richtung Verkaufsraum.

Tristan legte seinen Rucksack ab und packte den ersten Bücherstapel auf den Schreibtisch. Schnell war er mit dem Paket fertig und begann mit dem Zweiten. Er hatte auch das dritte Bücherpaket schon zur Hälfte eingegeben, da gab sein Magen ein lautes Protestgrummeln von sich. Da half immer ein Glas Wasser. Gut gelaunt sprang er auf und eilte zurück in den Verkaufsraum.

Unglaublich, wie schnell die letzte Stunde vergangen war. Nicht einmal hatte er an Mark gedacht, na ja, bis jetzt zumindest. Fast hatte er den kleinen Flur durchquert, da hörte er Susannes Stimme und hielt inne. War sie am Telefon? Eine zweite Person befand sich jedenfalls nicht im Laden. Jetzt hörte Tristan seinen Namen. Neugierig lehnte er sich gegen die Wand und lauschte.

„Ja, Mark ich weiß“, sagte sie und klang angespannter als noch vor einer Stunde. „Ja ja, ich weiß das alles. Er ist schlau und er wird den Job locker bewältigen. Er sitzt schon am Computer, kein Problem.“

Tristan trat einen Schritt näher, um besser zu hören.

„Schon gut. Natürlich ist er ein lieber Junge - die Kunden werden ihn mögen!“

Sie schwieg eine Weile. Was erzählte Mark nur so lange?

„Liebling ... jetzt ist es aber wirklich gut! Verkauf mich nicht für dumm! Natürlich hast du Tristan empfohlen, weil er eine gute Auffassungsgabe besitzt und freundlich ist! Aber auch weil er ein auffällig hübscher und liebenswürdiger junger Mann ist!“

Wieder herrschte Stille. Tristans Magen rebellierte, doch jetzt war es nicht der Hunger, da war er sich sicher.

„Vorurteile? Ich bitte dich! Hier geht es doch nicht darum, wen Tristan küsst! Es geht um dich!“, sagte sie eindringlich. „Ich möchte einfach nicht, dass du wieder verletzt wirst!“ Sie schien weiterreden zu wollen aber, ihr Sohn hatte sie wieder unterbrochen.

Verletzt? Susanne glaubte, er hätte die Absicht, Mark zu verletzen? Tristan wollte zu ihr springen, ihr erzählen, dass es ihr Sohn war, der ihn mit seinen Halbwahrheiten und seinem Schweigen verletzte. Mit seiner übertriebenen Fürsorge. Da sprach sie weiter.

„Nein Mark, er hat dich nicht erwähnt und er fragt auch nicht nach dir. Schätzchen, tu mir einen Gefallen, komm jetzt nicht her! Noch nicht! Was auch immer zwischen euch vorgefallen ist, kühl erst mal ab!“

Erneutes Schweigen und dann räusperte sie sich. „Gut, wie du willst. Geh Lotti besuchen, nerv Tim oder einen anderen Freund, oder mach Überstunden. Lenk dich ab. Aber lass ihn erst mal richtig ankommen.“ Offensichtlich willigte Mark ein, denn Susanne beendete das Gespräch in einem entspannteren Tonfall. „Fein. Bis bald.“

Erleichtert atmete Tristan aus. Der Gedanke, Mark könnte im Laden erscheinen, lastete schwer auf seiner Brust. Umso dankbarer war er Susanne, dass sie das verhinderte. Noch war er nicht bereit, Mark in die Augen zu sehen.

Schon nach der kurzen Zeit war dieser Laden mit all seinen Büchern und dem Spielzeug ein sicherer, verwunschener Raum für ihn. Ein Platz, an dem die Zeit schneller verging als im Rest der Welt. Ein Ort, an dem es Abenteuer, Freundschaften und allerlei merkwürdige Kreaturen in bunten Büchern gab. Kinder, denen ihre Eltern eine Freude machen wollten. An diesem Ort wollte er nicht an die verlorenen Hoffnungen erinnert werden. Er atmete durch und trat so locker wie möglich in den Verkaufsraum. Susanne grüßte ihn mit einem nachdenklichen Lächeln.

„Kann ich ein Glas Wasser haben?“, fragte er und sah das Handy, das auf der Theke lag. So ein kleines Ding und doch löste es Sehnsucht in ihm aus, Marks Stimme zu hören. War er auf der Arbeit oder zuhause? Wieso musste Mark überhaupt mit seiner Mutter über ihn reden? Mit einem Mal wünschte er sich, Susanne hätte ihren Sohn nicht davon abgehalten, zu kommen. Plötzlich war der überwältigende Wunsch in Tristan, mit ihm zu reden, zu lachen - einfach mit ihm zusammen zu sein. I*ch bin so scheiß verliebt in ihn. Kann das mal aufhören!*

„Tristan? Wolltest du nicht etwas trinken?“

Sie riss ihn aus seinen Gedanken und drückte ihm eine Wasserflasche in die Hand. Tristan bedankte sich und trottete zurück ins Büro, wo er sich wieder in seine Arbeit vertiefte. *Nur nicht nachdenken.*

Zwischen den wenigen Kindern, die den Laden mit ihrem Kinderzimmer zu verwechseln schienen, Lieferscheinen eingeben und ein bisschen Plaudern mit Susanne verging der Vormittag, so schnell, dass Tristan es kaum fassen konnte. Gerade räumte er einen Stapel Bücher in eines der Regale, da kündigte die Ladenglocke einen Kunden an. Neugierig sah er zur Tür und sein Blick fiel auf einen schnaufenden Hund. Oh, er kannte diese liebenswürdige Kreatur und ihr fabelhaftes Herrchen. Lächelnd traten Tim und Charlotte ein.

Tim eilte zu Susanne und küsste sie überschwänglich links und rechts auf die Wange. „Hallo Liebes, wie geht es dir? Vielen Dank, dass du mich so rasch über den Unfall deines sturen Sohnes informiert hast."

„Hallo Tim", sagte sie erfreut und streichelte ihm mütterlich über den Arm. „Schön dich zu sehen. Es geht mir blendend, vor allem, weil meine neue Aushilfe die ganze Büroarbeit wegschafft."

Sie zeigte auf das Regal, vor dem Tristan immer noch kniete. Langsam kam er in den Stand und freute sich, dass Tim ihn anstrahlte.

„Wunderbar. Ich bin mir sicher, Tristan wird dir eine große Hilfe sein." Tim blinzelte ihm zu und seine Worte klangen so ehrlich, dass sie Tristans leeren Magen erwärmten. Doch dann gab er trotzdem ein verräterisches Grummeln von sich. „Vorher müssen wir allerdings dringend lebenserhaltende Maßnahmen einleiten! Kannst du ihn für ein Stündchen entbehren?"

Susanne winkte ab. „Nimm ihn mit, auch länger als eine Stunde. Tristan hat am Vormittag die Arbeit für die ganze Woche erledigt."

Schon war Tim bei ihm und schob Tristan in Richtung Eingang.

„Warte!“, protestierte er. „Ich bin auf jeden Fall in einer Stunde zurück. Bis gleich.“ Er rief die Worte Susanne über seine Schulter zu. Nein, er wollte nicht schon wieder eine Sonderbehandlung!

Ehe er widersprechen konnte, befand Tristan sich auf der Straße und blickte in das ernste Gesicht, das Tim so selten zeigte. Unwillkürlich trat er einen Schritt zurück.

„Du hast seine Nummer geblockt?“ Tristan nickte und fühlte sich augenblicklich schuldig. „Tris, du hast wirklich Glück gehabt, dass ich ihn aufhalten konnte. Der war kurz davor, eine Hundertschaft seiner Kollegen auf dich anzusetzen. Mark war außer sich vor Sorge, als du weggelaufen bist ... und ich auch.“

„Was an - ich bin ein erwachsener Mann - ist denn nicht verständlich? Warum sorgt ihr euch, wenn ich einfach nur meinen Abend anders beende als vorgesehen?“

Es klang so bitter und jedes Wort tat Tristan leid, sobald es seinen Mund verlassen hatte. Betroffen starrte er zu Boden und wartete auf die nächste Anschuldigung.

Aber Tim schob einen Arm um seine Schulter und zog ihn in eine sanfte Umarmung.

„Warum ich mich um dich sorge, wenn du plötzlich verschwindest und nicht erreichbar bist? Weil du mein Freund bist!“

Für einen Moment ließ Tristan sich festhalten, dann schob er Tim von sich weg und nickte. „Danke. Hoffentlich habt ihr beiden jetzt keinen Streit?“

Tim lachte leise. „Liebes, Mark und ich sind seit fast zehn Jahren befreundet, dreizehn Monate davon waren wir ein Paar, aber meine Freunde suche ich mir immer noch selbst aus.“

Die Rührung wärmte ihn von innen, doch da war noch etwas anderes und es nagte an ihm. „Können wir nicht mehr darüber reden?“

Tristan fand einfach keine Worte mehr für die Gefühle, die Marks hungrige Attacke in ihm ausgelöst hatten, die Hoffnung, die so schnell aufgeblüht war, nur um gleich darauf einzugehen.

Tim schüttelte den Kopf und zeigte auf ein modernes Café auf der gegenüberliegenden Straßenseite. „Lass uns erst mal etwas essen. Keine Sorge, du musst nicht reden, das übernehme ich. Ich möchte dir etwas über unseren Prinz Eisenherz erzählen. Es mag nicht meine Aufgabe sein, das zu tun - aber es reicht mir langsam! Wenn er es nicht kann - *ich* werde sein Visier öffnen.“.

KAPITEL 20

Insert chapter ten text here. Insert chapter ten text here. Die Aussicht, endlich hinter Marks eiserne Maske der Liebenswürdigkeit zu blicken, kribbelte in Tristans Körper. Gespannt betrat er an Tims Seite das Café. Charlotte schlug postwendend den Weg zum Wassernapf ein, den sie eigens für Hunde aufgestellt hatten. Tim wartete geduldig und Tristan sah sich neugierig um. Freundlich und hell war hier alles. Zielsicher steuerte Tim schließlich einen Tisch am Fenster an und ließ Tristan zuerst Platz nehmen. Das Mopsmädchen kroch unter den Tisch, bald war nur noch ein leises Schnarchen zu hören. Schon kam ein Kellner herbeigeeilt. Tim blinzelte zu Tristan, aber Essen war plötzlich zur Nebensache geworden.

„Hm. Den Burger mit Pommes und eine Cola“, murmelte er. Trotz aller Neugier rumorte der Hunger laut in seinem Magen.

„Und für mich ein Wasser und den Salat mit Garnelen, Dressing extra, bitte.“ Tim ergänzte die Bestellung und der Kellner verschwand zwischen den Tischen in Richtung Bar.

Angespannt starrte Tristan aus dem großen Fenster, hinaus auf die Straße. Endlich räusperte sich Tim. Der saß aufrecht, die Beine übereinandergeschlagen, gerade so, als wäre er ein Märchenonkel. Aber Tristan wollte jetzt kein Märchen hören! Er wollte die Wahrheit.

„Was ich dir erzähle, bleibt unter uns!“, begann Tim endlich.

„Natürlich!“ Tristan nickte schnell und da - sein Arm zuckte. Nervös begann er das Wachs, das an der Kerze auf dem Tisch heruntergeflossen war, abzukratzen.

Tim schluckte mehrmals. „Was ich hier tue, ist ein Vertrauensbruch. Aber ... seit fast drei Monaten schaue ich euch schrägen Vögeln bei diesem Tanz zu. Mir kommt es vor, als würdet ihr euch immer schneller um euch selbst drehen und den anderen dabei nicht mehr sehen.“

„Ich ...“ Tristan wollte protestieren, doch da fiel Tim ihm schon ins Wort.

„Du auch, Liebes! Wie lange bist du schon in ihn verliebt? Du kannst diese Heten-Nummer doch nicht wirklich geglaubt haben?“

Tristan zuckte mit den Schultern. Nun, er hatte es wohl glauben wollen. „Warum nicht? Manche Männer sind heterosexuell, das kommt in den besten Familien vor.“ Das kurze Grinsen sah verloren aus, er wusste es.

„Durchaus. Und hör mir auf mit den schwulen Orakeln, die immer wissen, wer wie tickt. Unsinn! Aber wenn ein Mann in mich verliebt ist, dann bemerke ich das. Und Mark ist in dich verliebt.“

Unwillkürlich schüttelte Tristan den Kopf. „Vielleicht könnte er es sein."

Tim seufzte und es schien aus der Tiefe seiner Seele zu kommen. Einen Moment zögerte er und blickte Tristan in die Augen. „Gut, dann höre die Geschichte vom verletzten Prinzen."

Aufmerksam presste Tristan seinen Rücken gegen den Stuhl. Gerade als Tim ansetzen wollte, kam der Kellner, servierte Essen und Getränke. Tristan schnaufte und griff doch nach dem Burger, um einen großen Bissen zu nehmen. Entschuldigend sah er zu Tim.

„Iss nur. Du kannst sicher zuhören und kauen." Er griff nach seinem Glas und nahm einen Schluck Wasser.

Tim begann zu erzählen, lebhaft und mit vielen Gesten, wie immer. Tristan sah einen sehr jungen Mark vor seinem inneren Auge. Gut gelaunt und selbstischer betrat er einen Club, sonnte sich in den anerkennenden Blicken, die um seine Aufmerksamkeit bettelten. Er sah ihn, wie er durch den Darkroom schlenderte, wo ihn schnell jemand stoppte, immer ein anderer, eine neue Eroberung. Ein junger Prinz in den Clubs und Bars, so berichtete es Tim überzeugend. Wie seltsam. Der ruhige Mark, der sich heute bei TV Shows entspannte und einen Abend mit Freunden zuhause genoss - war der gleiche Mann, der vor Jahren ein Partylöwe gewesen war?

„Wart ihr damals schon befreundet?“, fragte er und biss erneut in seinen Burger.

Tim nickte und stocherte abwesend mit der Gabel in seinem Salat. „Hm. Wir trafen uns immer wieder beim Feiern. Mark war nicht nur schön, er war auch freundlich und deutlich höflicher als die meisten Kerle, die damals unterwegs waren. Zuerst waren wir nicht eng befreundet. Es war einfach nett, mit ihm zu reden.“

„Und mehr war nicht?“ Jetzt wollte Tristan alles wissen.

„Nein, mehr war nicht. Na ja, wir waren alle ein wenig verliebt in Mark, aber ich hatte andere Lover, stand zu der Zeit auf Männer über 30. Mit der Zeit wurde er immer mehr zu einem Freund, für eine Beziehung schien er mir auch zu unstet. Er feierte gerne, turnte über alle Partys, aber es blieb niemand haften. Teflon-Mark nannten sie ihn.“ Tim blinzelte und schien zu überlegen. Mit leiserer Stimme fügte er an: „Heute weiß ich, es ging um seine Ausbildung bei der Polizei. Er hat nie gelogen, aber Mark war sehr jung und hatte Angst, dass er Nachteile bekommen könnte, wenn rauskommt, dass er lieber Männer küsst. Einen festen Freund hätte er wohl versteckt - und das wollte er niemandem antun.“

Geschockt riss Tristan die Augen auf. War das etwa schon der Grund für Marks Verhalten? „Er hat Angst vor seinen Kollegen?“, fragte er ungläubig.

„Heute? Oh nein! Mark ist längst geoutet. Kurz nach seiner Ausbildung hat er mit einem Vorgesetzten gesprochen und nun ja ... ich war schon mit auf einem dieser unsäglichen Polizeifeste. Ein Aushängeschild für Heterosexualität bin ich wohl nicht gerade.“ Tim lächelte schmal und Tristan wurde noch nervöser. Er war sich sicher - Tim erzählte ihm gerade alles Mögliche, aber nicht das, was wichtig war.

„Nun, es trifft die Besten - und irgendwann war auch unser Prinz dran. Franko betrat die Bühne! Zumindest betrat er den Tresen des Clubs, in dem wir neulich gefeiert haben. Wenn er nicht hinter der Bar stand, hat er dort getanzt. Das war er wirklich - ein Tänzer! Einer, der am Rand des Vulkans tanzt. Franko war auffällig hübsch, blond, dunkle Augen. Aber bei den Massen an gut aussehenden Jungs habe ich mich immer gefragt, warum er es sein musste. Vielleicht konnte Mark das Zerbrechliche fühlen, das Sonderbare und Gefährliche an ihm. Jedenfalls kamen sie zusammen und Mark war sehr verliebt.“

Tristan blickte auf die Maserung des Holztisches. Mark war sehr verliebt gewesen - in einen anderen Mann! Ein harmloser Satz und schon brannte das Feuer wieder lichterloh in ihm und jetzt schwelte die Eifersucht in seiner Brust. *Albern!*

„Und warum ist er single, wenn er so verliebt in diesen Franko gewesen ist?“ Ah, das hatte zu bitter geklungen. Mit einem kleinen Lächeln versuchte Tristan, von dem Gefühl abzulenken, das in seinen Worten schwang und ihn verriet.

Mit einem Mal verdunkelte sich Tims Gesichtsausdruck. „Ich wünschte, an dieser Stelle wäre die Geschichte zu Ende. Es war ein gutes Jahr, sie trennten sich und das war’s. Aber so ist es nicht gewesen. Für ein paar Monate ist Mark durch die Welt geschwebt, doch dann traf ich ihn immer öfter vor dem Club, betrunken, verärgert. Franko warf ihm ständig vor, dass er fremdgehen würde. Verdächtigte ihn, wurde ausfällig, ging dann selbst aus Trotz fremd. Innerhalb weniger Monate schaukelte es sich hoch und auf diesem Level blieb ihre Beziehung dann für ein ganzes Jahr.“

Nachdenklich nickte Tristan. Warum bleibt man in so einer Beziehung, wollte er fragen. Aber seine Gedanken wanderten zu Jonathan und Jan. Nun, nur zu Jan.

Immer und immer wieder hatte der auf Drogenpartys Mädels gevögelt. Manchmal war Jonathan im gleichen Raum gewesen und Tristan hatte ihn irgendwann weinend im Flur gefunden. Und das zu Zeiten, als niemand auch nur ein Wort darüber verlieren durfte, dass die beiden ein Paar waren. Irgendwann in den Tagen danach war Jan dann mit einem Geschenk angekommen, einmal sogar mit einem riesigen Rosenstrauß. Und Jonathan hatte gestrahlt und Tristan war sich sicher, in diesem Augenblick hatte er fest geglaubt, dass Jan den anderen Dealern nie mehr beweisen müsste, was er für ein cooler Hetero-Hengst war.

„Er hat wohl gehofft, dass es besser wird. Das ganze Jahr über, schätze ich“, flüsterte er und sah dabei aus dem Fenster.

„Ja, das hat er. Dabei ist er vor die Hunde gegangen. Mark wurde immer dünner, nervöser. In der Zeit haben wir viel geredet und im Grunde ist unsere Freundschaft so entstanden. Bald verging kaum ein Wochenende, an dem Franko nicht völlig ausgeflippt ist. Er war schmäler als Mark, aber einmal kam der tatsächlich mit einem blauen Auge an.“

Tristan schnaufte. Ja, er konnte sich das vorstellen. Selbst heute noch. Mark, muskelbepackt, durchtrainiert, aber der würde nicht zurückschlagen, da war Tristan sich sicher. Er nahm einen großen Schluck Cola und verschränkte die Arme vor der Brust, gerade so, als müsse er sich vor dem schützen, was Tim gleich erzählen würde.

„Mark hat mir irgendwann gestanden, dass Franko ritzt. Na, da war mir klar, warum der auch im Sommer lange Ärmel trug. Es gab eine Geschichte mit Gewalt im Elternhaus und das war der eigentliche Grund, warum Mark ritterlich alles hinnahm.“

Ein weiterer Pflegefall! Scheiße! Tristan hatte etwas Böses hören wollen, eine fiese Geschichte über den skrupellosen Franko. Aber der war nur eine weitere verlorene Seele gewesen, die Mark eingesammelt hatte, genau wie Tristan.

„Wie ging die Sache aus?“ Tristan ahnte es, fast wollte er es gar nicht mehr wissen.

Tim sah ihm in die Augen. „Schließlich ist es zu einem Streit in Susannes Haus gekommen. Franko hat Mark vorgeworfen, er wolle ihn zerstören, wäre ein Sadist, der ihn leiden sehen wolle, ihn sogar töten wolle. Er hat nach Mark gespuckt und getreten und ist komplett ausgerastet. Dann hat er sich in ein Zimmer eingesperrt und es wurde still. Wie auch immer Mark diese Tür aufgebrochen hat, was er sah, war schrecklich. Franko hatte zu tief geritzt, und saß völlig apathisch auf dem Fußboden, in mitten seiner eigenen Blutlache. Sie haben ihn ins Krankenhaus geschafft. Es gab eine Unmenge an Diagnosen, an die ich mich nicht mehr genau erinnere.“

„Was ist aus ihm geworden?“ Vor dem Fenster fuhren Autos vorbei, eine Frau schob einen Kinderwagen, ein Mann führte seinen Hund Gassi und keiner von ihnen ahnte, dass der Mann, in den Tristan so sehr verliebt war, gerade sein Vertrauen in die Liebe verlor. Auch wenn es Jahre zurücklag, Tristan hatte das Gefühl, er war live dabei, in diesem Raum, in dem etwas in Mark gestorben war.

„Franko hat das Krankenhaus nach Monaten verlassen - aber das psychiatrische Heim, in das sie ihn gebracht haben, nie mehr. Dort lebt er seither, keine Aussicht auf Besserung.“

„Besucht ihn Mark noch?“ Tristan wusste nicht einmal, warum er das fragte.

„Ich weiß es nicht. Er hat ihn im Krankenhaus besucht, täglich. Obwohl Franko nicht ansprechbar war. Schizophrenie? Ja, ich glaube, das war die Hauptdiagnose. Er hat Stimmen gehört, Dinge gesehen. Mark ... irgendwann hat er nicht mehr über Franko gesprochen. Aber ob er ihn immer noch besucht oder nicht, ich weiß es wirklich nicht.“ Tim starrte mit angestrengtem Gesichtsausdruck auf seine im Schoß gefalteten Hände.

Eine ganze Weile schwiegen sie. Endlich fand Tristan seine Stimme wieder, doch bevor er sprechen konnte, musste er sich räuspern. „Dann ... will Mark also wirklich nur der Ritter sein, der die armen Seelen rettet? Mist. Es muss ihm unangenehm gewesen sein, von mir so bedrängt zu werden.“

Tim seufzte. „Zuerst wollte er dich sicher nur retten. Mark gibt jedem Penner Geld, ich glaube, wenn niemand hinschaut, zerrt er auch alte Omis über die Straße, gegen ihren Willen! Ja, vielleicht wollte er an dir etwas gut machen. Aber er hat nicht mit seinen Gefühlen gerechnet. Er hat dich und seine Fähigkeit sich zu verlieben unterschätzt.“

„Aber in dich konnte er sich doch auch verlieben?“ Skeptisch zog Tristan die Augenbrauen zusammen.

„Sehr romantisch war es nicht, als wir vor zwei Jahren beschlossen haben, es miteinander zu versuchen. Ich war wirklich verliebt in ihn, ein bisschen war ich es wohl immer gewesen. Aber Mark? Nach Franko hatte er keine feste Beziehung mehr. Erst nahm er nahtlos sein altes Leben auf, vögelte sich durch noch mehr Betten als zuvor, aber das hörte vor ein paar Jahren abrupt auf. Er glaubte, er würde in einer Beziehung nur das Schlechte in einem Partner hervorbringen. Und ich? Er war nie in mich verliebt. Bemüht war er, und ... „Tim blinzelte „Er ist ein guter Liebhaber, rücksichtsvoll, zärtlich, erfahren. Aber im Grunde blieb er immer nur mein bester Freund, der meinen Lover spielte.“

Tristan hörte die Verletzung heraus. Ohne nachzudenken, streckte er seine Hand aus und strich Tim über den Arm. Oh ja, er konnte diese Enttäuschung gut verstehen. Mark, in all seiner Liebenswürdigkeit würde soweit gehen und für einen Freund den zärtlichen Liebhaber geben, auch wenn er dabei leer ausging. *Hm, zärtlich und rücksichtsvoll? Mich hat er wie ein wildes Tier angefallen.*

„Bestimmt hat er dich auch geliebt“, versuchte er, Tim zu trösten.

„Natürlich hat er das und er tut es noch immer - als Freund", sagte Tim und presste die Lippen für einen Moment zusammen.

Tristan lachte bitter. „Und ich bin nur sein Ersatz-Franko. *Freund* nehme ich jederzeit."

Abwehrend schüttelte Tim den Kopf. „So ist es nicht! Du weißt, dass er sich wirklich in dich verliebt hat! Komm schon Tristan - du musst es doch fühlen?"

Wut kochte in ihm auf. Unruhig kratzte Tristan mit einem Fingernagel über den Tisch. „Du meinst ... er glaubt tatsächlich, dass aus mir ein zweiter Franko wird, nur weil er in mich verliebt ist?"

„Nein, nicht deshalb, Tris. Er denkt, es wäre für dich noch zu früh für eine Beziehung und er würde wieder einen Menschen krank machen, weil er ihn haben will."

Gedanken kamen angeflogen, griffen ihn an, wichen wieder, neue folgten. Tristans Kopf drohte zu platzen. Er sah Mark, schön, stark, liebevoll und wollte zu ihm. Wollte ihn auf den Arm knuffen und sagen: „Komm du Spinner, hör auf, dir über Dinge Gedanken zu machen, die meine Verantwortung sind und lass dich küssen! Ab jetzt sind wir ein Team!"

Aber Mark sah nur einen weiteren kranken Jungen in ihm! So war es doch? Jemanden, der kurz vor der Einlieferung stand? Was für ein Unsinn! So hatte er nicht überlebt! Nicht mit dem Gedanken, aufzugeben und blutend in einem fremden Haus zu liegen! Der

Zorn pochte durch seine Adern. Er stand auf und versuchte, das Portemonnaie aus seiner Hosentasche zu ziehen.

„Ich muss zurück", murmelte er, ohne aufzusehen.

„Schon gut. Ich übernehme das. Tris, ich wollte dich nicht verstören! Ich wollte dir nur erzählen, was Mark quält, vielleicht mehr, als sein Verhalten dir je wehgetan hat."

Tristan nickte und strich sich das T-Shirt glatt. „Ich verstehe, dass du mir helfen wolltest. Danke!", sagte er und wollte sich abdrehen. Doch für einen Moment hielt er inne. Die Wut kochte mit der Wahrheit ohne Vorankündigung in ihm über.

„Scheiße! Ich bin nicht nur verliebt in diesen Idioten! Ich liebe ihn so sehr, es tut weh. Jedes Mal, wenn er mit dieser Barmherzigen-Nummer ankam, war da dieser Schmerz in meiner Brust. Verdammt Tim, wie kommt er dazu, mich mit diesem Kranken zu vergleichen? Fuck! Selbst ich habe mit dem Mitleid! Aber das bin nicht ich! Wenn ich hätte bluten wollen, glaub mir, ich hätte genug Gründe gefunden, es zu tun. Ich bin noch hier, oder? Und keine meiner Narben habe ich mir selbst zugefügt. Ich bin am Leben und ich bin nicht verrückt geworden! Was glaubt Mark eigentlich, welche unglaublichen Kräfte er besitzt? Mich haben die Freier, die Drogen, die Jan und Jonathan genommen haben, meine Mutter, der Parasit und der Knast nicht kaputt gemacht! Und er poltert mit seiner Freundlichkeit in mein Leben und denkt, seine Liebe könnte mich zerstören? Das ist verdammt lächerlich!"

Mit diesen Worten drehte Tristan sich ab und stapfte davon. Später würde er Tim eine Textnachricht schreiben. Nein, über dieser idiotischen Sache wollte er seinen einzigen Freund, der nicht Familie war, nicht verlieren. Natürlich hatte Tim ihm einen Gefallen tun wollen, Tristan verstand.

Endlich war er auf der Straße. Achtlos hastete er auf die andere Seite. Autos hupten, jemand schimpfte, es war ihm egal! Tim war es nicht, der ihn forttrieb. Es war diese bescheuerte Geschichte, so traurig sie auch gewesen war, sie machte ihn wütend.

Vor der Buchhandlung blieb Tristan für einen Augenblick stehen. *Birnert.* Marks Nachnahme. Der Mann verfolgte ihn anscheinend an jeden Ort der Welt, schlich sich in sein Herz, seine Seele und stieß ihn schließlich fort, um Tristan vor etwas zu retten, das ihn nie bedroht hatte!

Wie von selbst fand Tristans Hand die Stelle an seinem Bein, von der aus die Schmetterlinge starteten. Jetzt konnte er den Wind unter seinen neuen Flügen fühlen, wollte mit ihnen fliegen, auf seinem eigenen Weg, dorthin, wo er nur er selbst sein durfte. Ein Mensch mit seinen eigenen Narben! Zu seinen Lieben wollte er fliegen, die ihn verstanden.

Noch während er die Tür öffnete und sich zu einem falschen Lächeln zwang, ballte er die andere Hand kämpferisch zur Faust. Im nächsten Moment schnappte er nach Luft.
Der Mann! Mit einem besorgten Blick lehnte er an der Wand hinter der Theke. Seine Augen fixierten Tristan, als wollten sie ihn durchbohren. Mark!.

KAPITEL 21

Nein! Tristans Körper wurde zu Stein, schwer und unbeweglich stand er im Türrahmen. Flucht! Der Gedanke brannte in seinem Hirn, doch seine Glieder wollten ihm nicht gehorchen. *Wir sind viel zu lange vor dem Leben weggelaufen!* Jans Worte hallten in ihm wieder, wurden zu seiner eigenen Überzeugung.

Mit klopfenden Herzen straffte er sich und trat ein. Seine Beine zitterten, aber sie trugen ihn in Richtung der Tür, die ins Büro führte. Dort blieb er stehen und sah für einen Augenblick zu Mark. Das Herz wollte Tristan aus der Brust springen. Mark musste gerade vom Dienst gekommen sein. In einer schicken Jeans und einem blauen Hemd lehnte er dort an der Wand, die Arme vor der Brust gekreuzt. Im nächsten Augenblick kam er mit langsamen Schritten auf Tristan zu. Wo war nur Susanne?

Marks herber Duft, die Mischung aus Schweiß, Mann und dem Aftershave, das Tristan so sehr mochte, erreichte ihn zuerst. Für einen kurzen Moment ließ dieser Geruch die Erinnerung an ihre gemeinsamen Fernsehabende in ihm aufsteigen. Mark, entspannt plaudernd neben ihm auf der Couch und er selbst mit all den Träumen von einer Liebe, die unerreichbar schien. Wenn es doch nur so geblieben wäre, die Wirklichkeit war ein graues Chaos voller zerstörter Hoffnungen. Mark blieb in einiger Entfernung von ihm stehen.

„Was willst du hier?“ Tristan klärte seine Stimme.

Was für eine bescheuerte Frage. Immerhin befanden sie sich in der Buchhandlung von Marks Mutter.

„Meine Mutter ist nur kurz etwas einkaufen und ... ich musste dich sehen! Tristan glaub mir, ich ... „ Mark hielt inne und starrte ihn an.

„Okay. Jetzt hast du mich ja gesehen.“

Sinnlos! Entschlossen setzte Tristan einen Fuß in den Flur. Der Griff um seinen Arm kam unvermittelt und war so fest, dass es wehtat. Er versuchte nicht einmal, sich zu befreien. „Ja, ich glaube dir, dass du mich sehen wolltest ... musstest, von mir aus. Aber das reicht mir nicht!“

Schließlich riss er sich los, hastete ins Büro und setzte sich an den Schreibtisch. Ein kleiner Pack Lieferscheine wartete auf ihn. Tristan griff danach und seufzte, als er den wunderbaren Mark-Duft erneut roch. Groß und breit stand der plötzlich neben dem Schreibtisch. Marks Atem ging schnell, seine Halsschlagader pochte bedrohlich. Tristan wandte seinen Blick ab. Mit zitternden Fingern begann er die Lieferscheine einzugeben.

„Ich bin hier, um mit dir zu reden!“, donnerte Mark, seine tiefe Stimme überschlug sich fast.

Tristan schnaufte und schwieg eine Weile. „Danke. Ich verzichte. Ich habe heute schon geredet, mit Tim.

Hätte ich alles lieber von dir erfahren, aber das ist jetzt auch schon egal."

„Mit Tim? Was hat er ... Fuck! Er hat dir von Franko erzählt?"

Langsam nickte Tristan und drehte den Kopf. Mark in die Augen zu sehen - er konnte es kaum aushalten. Die Schmetterlinge in seinem Magen tobten und wüteten. Ihre Flügelschläge schienen laut wie Düsenjets zu dröhnen. Mark presste die Lippen fest zusammen und atmete aus.

„Hättest mir ruhig sagen können, dass du mich mit diesem armen Typen vergleichst. Dann hätte ich mir nie Hoffnungen gemacht."

Marks bebende Hand krampfte sich um einen der Lieferscheine und zerknüllte ihn. „Was .... für ein Märchen hat Tim dir erzählt?", presste er durch die Zähne.

Tristans inneres Alarmsystem reagierte schnell und zuverlässig. Eilig stand er vom Stuhl auf und trat rückwärts zu dem hohen Aktenschrank. Hart presste sich das Metall in seinen Rücken. Der sonst so sanfte Mark stand kurz vor einer Explosion, das war offensichtlich. Tristan wollte jedenfalls nicht zu den Kollateralschäden gehören.

„Die Wahrheit hat er erzählt, sonst nichts.", sagte er mit festerer Stimme.

Mit Blitzen in den Augen kam Mark einen Schritt auf ihn zu. Instinktiv hob Tristan eine Hand vor die Brust.

„Welche Wahrheit? Seine?" Mark stand eindeutig kurz vor der Detonation. „Tim hat dir also erzählt, wie mein kranker Ex ausgerastet ist? Wie er sein und mein Leben ein Jahr lang in eine Hölle verwandelt hat, bevor er sich die Arme und Beine im Gästezimmer meiner Mutter aufgeritzt hat?"

Tristan konnte nur nicken. Dann schluckte er trocken und suchte den Raum nach einer Fluchtmöglichkeit ab. Verdammt! Hinter ihm war der Aktenschrank, neben ihm die Wand und auf der anderen Seite ... Mark! Dessen Nasenflügel bebten bedrohlich, sein heißer Atem strömte zu Tristan.

„Fuck!", donnerte Mark und schlug mit der Faust gegen eines der Regale. Die verstaubten Akten darin tanzten einen Augenblick.

Tristan schluckte trocken. Plötzlich war sein Hals wie zugeschnürt, seine Hände kalt und klamm und seine Beine wurden weich.

„Lass das. Du machst mir Angst", flüsterte er und sah zu Boden. Marks Hand traf ihn so unvermittelt, dass er nicht mehr ausweichen konnte. Bleischwer lastete die Panik auf Tristans Brust.

„Oh Gott, Baby. Dieser ganze Scheiß tut mir so leid. Glaub mir, ich wollte mit dir reden! Über alles. Verdammt! Ich brauchte einfach mehr Zeit."

Jetzt war Mark ganz nah. Langsam wachte Tristan aus seiner Angststarre auf und fühlte die Hand ... die ihn nicht geschlagen hatte! Vielmehr streichelte Mark ihm sanft über die Wange. Tristans Schulter stieß an seine Brust. Mit den liebevollen Worten, der Berührung, mit Marks Duft, der sich jetzt mit seinem vermischte, kam dieses bestimmte Gefühl zurück. Eine Mischung aus Zuneigung und dem dringenden Bedürfnis, Mark anzufassen. Verstört krallte Tristan seine Finger in Marks Gürtel.

„Tim sagt ..." Er konnte nicht weiter reden. Mark war zu nah und er war ihm so vertraut. Die Wärme, die zu Tristan herüberströmte reichte aus, um seine aufgeregten Schmetterlinge etwas zu beruhigen.

„Tim ist verletzt. Die Beziehung zwischen ihm und mir ... das war von Anfang an ein Fehler und er weiß das. Er sucht eine Erklärung dafür, die weniger schmerzt als die Wahrheit."

Puzzelteile flogen in Tristans Kopf umher, versuchten, zusammen zu finden. Unter einem Ausatmen hob er den Blick. „Willst du mich retten, weil du glaubst, du hättest bei Franko versagt?"

Tristan konnte Marks Hand zucken sehen. Gott, dann fass mich doch schon an! Richtig! Ich weiß doch, dass du es willst. Doch Mark hielt sich weiterhin krampfhaft am Regal fest. Dann beugte er den Kopf vor und kam so dicht mit seinen Lippen an sein Ohr, sein warmer Atem strömte über Tristans erhitzte Haut.

„Heute Morgen war die Razzia! Wir haben den Menschenhändlerring auffliegen lassen und der Fall wird der Justiz übergeben. Beim Übertragen der Liste mit den Informanten ist mir ein Fehler unterlaufen. Dein Name ist mir einfach nicht mehr eingefallen.“

Gerade hatten sie sich beruhigt, doch jetzt begannen die Schmetterlinge in Tristan erneut mit den Flügeln zu schlagen.

„Das ... ist gut“, flüsterte er und sah Mark eindringlich an. So eng stand er bei ihm und doch ... fast war es, als würde sie eine dünne Glaswand trennen. „Sag es mir! Bin ich ein Ersatz für Franko, den du nicht retten konntest?“, wiederholte er die Frage und schloss die Augen.

In der Stille des Raumes schien sich die Zeit aufzulösen. *Rede! Verdammt! Er wird weiter schweigen!* Seine Beine gaben nach. Entmutigt sank Tristan in die Hocke. Warum muss ich das noch einmal erleben? Weshalb ist er überhaupt her gekommen?

Mark kam zu ihm auf den Boden und seine Umarmung war so leicht, Tristan konnte sie kaum fühlen.

„Nein“, flüsterte er atemlos. Ein federleichter Kuss auf Tristans Hals folgte. „Nein“ ein Weiterer fiel auf seine Wange. „Nein!“ Und noch ein Kuss streifte seine Lippen. Mark schluckte hörbar. „Tim hat die Wahrheit erzählt, aber er hat etwas Wichtiges weggelassen.“ Tristans Glieder spannten sich an, dass es schmerzte. „Was stimmt - monatelang war es schon anstrengend mit Franko gewesen, aber an diesem Tag ... da ist er einfach auseinandergefallen und hat aufgehört zu existieren. Es war, als würde seine Persönlichkeit in einem schwarzen Loch des Irrsinns verschwinden und zurück blieben nur Fragmente, die keinen Sinn mehr ergaben. Natürlich hat mich das fertiggemacht! Aber ich war nicht alleine damit. Die Therapie, die ich drei Jahre lang gemacht habe, hat dir Tim wohl verschwiegen."

Tristan versuchte krampfhaft, durch den Dunst seiner Verwirrung zu blicken. „Tim sagt, du hast dich irgendwann zurückgezogen, dich mit keinem Mann mehr getroffen?"

Jetzt lachte Mark, bitter und leise. „Auch wahr! Aber ich war inzwischen 26! Zehn Jahre Clubs, Bars, Partys und Feiern lagen hinter mir - immer die gleichen Sprüche, dieselben bedeutungslosen Ficks, schöne Männer, hübsche Jungs und am Ende sahen alle irgendwie gleich aus. Es wurde mir einfach zu öde. Ich wollte etwas Anderes. Ich wollte mehr! Mehr als nur einen guten Blowjob."

„Und das hast du bei Tim gesucht?"

Mark nickte betroffen. „Ich habe es bei Tim gesucht, aber bei dir gefunden."

Mit sanften Flügelschlägen starteten die Schmetterlinge, streiften zuerst Tristans Seele, dann sein Herz und wirbelten Körner der Hoffnung in ihm auf. Er öffnete den Mund, wollte die eine Frage stellen, von der er sich sicher war - er würde sie nur noch einmal aussprechen. *Was fühlte Mark für ihn?*

„Ich liebe dich.“ Mark sprach die erlösenden Worte ganz leise, doch mit klarer Stimme. „Bitte, Tris, lauf nicht mehr weg vor mir.“

Die Samenkörner der Hoffnung gingen in Tristan auf, verwandelten sich in ein buntes Blumenmeer. Einen Ort, an dem seine Schmetterlinge zuhause sein konnten. Ohne nachzudenken, schwang er ein Bein über Marks Oberschenkel und setzte sich auf seinen Schoß.

„Idiot. *Du* hast dich doch vor mir versteckt.“

Er flüsterte in Marks Ohr und dann nahm er das schöne Gesicht in beide Hände und beugte sich vor.

Der Moment, in dem sich ihre Lippen trafen, war der Moment, in dem er endlich fliegen lernte. Erst lösten sich die Verspannungen in seinen Armen und Beinen, dann rutschten die Felsbrocken von seiner Brust. Zum ersten Mal seit Tagen, vielleicht seit Wochen, konnte er frei atmen.

Marks Lippen waren warm und weich. Nur ganz leicht öffnete er seinen Mund, doch Tristan schob seine Zunge gierig hinein. Sanft berührten sich ihre Zungenspitzen. Schließlich küsste Tristan eine Spur von Marks Lippen zu seinem Ohr.

„Ich liebe dich auch.“

Mark lächelte selig, doch seine Hände blieben auf dem Boden. Tristan seufzte. „Willst du mich? So wie ich bin?“, fragte er unsicher.

„Genau so!", bestätigte Mark und wollte ihn küssen.

Aber Tristan nahm seinen Kopf zurück. „Bist du dir sicher? Weil ... ab und zu habe ich Albträume und wenn mich jemand ungefragt anfasst und ich weiß, er will Sex, dann ... dann ist es manchmal so, als wäre ich wieder dort, damals in der Wohnung und später im Park, in den billigen Hotels."

„Ich weiß das, Liebling. Und ich weiß, dass du der stärkste Mann bist, den ich kenne. Nicht nur weil du überlebt hast, weil du täglich für dein Glück kämpfst."

Er sprach so liebevoll, Tristan konnte es kaum aushalten. Aber Mark stemmte seine Handflächen in den Teppich, als wollte er sich dort festhalten.

„Ja, da sind Wunden auf meiner Seele und manchmal verheilen sie langsamer, als ich will. Aber.. ich brauche Nähe wie jeder andere Mensch. Es gab so viel mehr in meinem Leben als Freier und Parasiten. Verstehst du? Ich habe Jan und Jonathan jeden Tag erlebt und sie haben sich geliebt, mit ihrer Seele und ihrem Körper. Ich ... das wollte ich auch haben und ich wusste immer, dass ich es kann!" Tristan ließ seine Lippen über Marks warmes Ohr gleiten. „Mark, ich brauche dich! Verdammt, jetzt fass mich endlich richtig an. Ich verspreche dir, ich werde nicht zu Staub zerfallen! Jedenfalls noch nicht."

Mark lächelte, gelöster als zuvor. Endlich hob er seine starken Hände. Vorsichtig ließ er sie über

Tristans Rücken fahren, erst sanft, dann mit mehr Druck.

Unter dem nächsten Kuss knöpfte er Tristan mit erfahrenen Fingern das Hemd auf. Schon glitt es über seine Schultern. Tausend kleine Flammen züngelten über seine entblößte Haut und sein Schwanz presste sich hart gegen die Jeans, die ihn gefangen hielt.

Mark neigte den Kopf und begann, gierige Küsse über Tristans Brust zu verteilen, nur um gleich darauf an seinem Hals zu saugen. Hingebungsvoll küsste er die gleiche Stelle, wieder und wieder und Tristan rann der letzte Gedanke aus dem Kopf.

Mark öffnete seine Jeans, die warmen Hände schoben sich über sein Becken und hinein in die geöffnete Hose. Hungrig begann er, Tristans Hinterbacken zu massieren. Tristans Hüften bewegten sich unwillkürlich im Takt seiner Erregung. Seine Erektion rieb gegen Marks Beule und strebte wie von selbst in diese Richtung. Sein Gesicht glühte vor Aufregung. Auf keinen Fall wollte er seine Lippen von Marks lösen. Nie mehr! Ihre Zungen tanzten wilder, wurden langsamer, sanfter, nur um noch gieriger, jeden Winkel des fremden Mundes zu erkunden.

Mit Kraft schob Mark ihn näher und umarmte ihn schließlich überwältigt.

„Ich liebe dich“, flüsterte er immer wieder atemlos und Tristan schmolz unter jedem einzelnen Mal dahin. Heiß brannte die Erregung auf seiner Haut, aber tiefer in ihm, war es warm und wunderschön. Alles, was er jemals in Marks Nähe gefühlt hatte, jede Hoffnung verblasste, gegen das, was gerade geschah. Bebend vor Zuneigung schlang er seine Arme um Mark.

„Ich laufe nie mehr weg vor dir“, schwor er und spürte, dass es die Wahrheit war.

„Mark? Tristan?“ Susannes Stimme schallte durch den Flur. Noch einmal rief sie ihre Namen, dieses Mal lauter.

Tristan schrak zusammen. Dann war er sich sicher - Susanne wollte gehört werden.

„Ich ... wir kommen gleich. Einen Moment bitte.“, rief er geistesgegenwärtig und hoffte, sie würde verstehen.

„Lasst euch nur Zeit. Ich bin im Laden.“ Ihre Schritte entfernten sich.

In Lichtgeschwindigkeit wurde Tristan zurück in die Welt geschleudert, in der es mehr, als nur ihn und Mark gab. Hastig stand er auf. Mark blieb für einen Moment sitzen und hielt seine Hand. Dann half Tristan ihm nach oben.

„Keine Angst, du wirst keinen Ärger bekommen, wenn du nicht sofort antrabst, nur weil meine Mutter ruft.“

„Sie weiß es, oder?“ Tristan knöpfte sein Hemd zu.

„Sie ahnt es zumindest, schätze ich. Es ist schon okay.“ Mark strich sich durch das verwuschelte Haar und schloss seine Jeans. Er lachte leise. „Als wären wir 15.“

Tristan lächelte ihn verliebt an. „Mit dir wäre ich gerne zusammen 15 gewesen“, sagte er verträumt. „Warum konntest du mir das alles nicht schon am Freitag sagen, als du mich plötzlich angefallen hast?“

„Weil ich ein Idiot bin.“ Mark küsste ihn auf die geschlossenen Lippen.

„Nee Mann, lass die Nummer mit den Ausreden mal.“

Genervt trat Tristan einen Schritt zurück.

Mark seufzte und verkürzte die Distanz zwischen ihnen. „Ich dachte, ich wäre nicht gut für dich. Jetzt noch nicht. Erst ... erst als du weg warst und es so aussah, als würdest du nie mehr zu mir zurückkommen, da wusste ich, jetzt ist die richtige Zeit!“ Er lächelte unsicher. „Und außerdem - Trissi, ich mag meinen Job! Als offen schwuler Polizist ist es nicht immer einfach für mich, aber ich würde nichts anderes tun wollen. Diese Informanten-Nummer. Mann, ich habe mir vor Sorge, jemand könnte mir etwas anmerken, fast ins Hemd gemacht.“ Mit gespreizten Fingern stich Mark ihm durchs Haar. „Tris, ich hatte solche Angst - wenn ich mit dir gesprochen hätte ... ich war mir nicht sicher, ob ich mich dann noch beherrschen könnte. So lange das Thema tabu war, konnte ich meine Gefühle unterdrücken.“

Ehe Tristan antworten konnte, griff Mark nach seiner Hand und zog ihn sanft hinter sich in den Verkaufsraum. Verdutzt wollte sich Tristan befreien. Zu spät! Susanne hatte sie entdeckt. Etwas zuckte unruhig in ihrem Gesicht, aber Mark schien es nicht zu bemerken. Er beugte sich zu Tristan und küsste ihn liebevoll auf die Schläfe.

„Lass uns abhauen!", flüsterte er.

„Wie?", stotterte Tristan überrumpelt. Aus den Augenwinkeln betrachtete er Susanne, die hinter ihrer Theke stand und zu ihnen herübersah.

„Zu mir. Deine Tasche ist doch noch da." Mit einem Mal wirkte Mark unsicher und Tristan musste lächeln.

„Okay. Aber nicht jetzt. Ich arbeite doch noch."

„Mom?"

Mit einem flauen Gefühl im Magen fing Tristan den fragenden Blick von Susanne auf.

KAPITEL 22

Sie neigte den Kopf zur Seite und schwieg eine Weile. Ein dicker Kloß bildete sich in Tristans Hals. Sicher war sie nicht einverstanden mit der Wahl ihres Sohnes. Er konnte es ihr nicht einmal übelnehmen.

„Nimm ihn mit, aber bring ihn mir morgen früh zurück." Sie lächelte hintergründig.

„Kann ich nicht versprechen", brummte Mark und schob Tristan so schnell aus der Tür, dass er gerade noch über seine Schulter hinweg rufen konnte:

„Tschüss Susanne, bis morgen."

Tristan stutzte. Mark hatte direkt vor der Tür geparkt, so, als wäre es ihm sehr eilig gewesen. Mit einem Lächeln setzte Mark sich, beugte sich zur Beifahrertür und hielt sie von innen für Tristan auf.

Kopfschüttelnd stieg Tristan ein. „Wenn ich die Ausbildung bekomme, mache ich endlich den Führerschein! Dann halte ich die Tür für dich auf!", murmelte er.

Mark startete den Wagen und schlug den Weg in Richtung Oma Birnes Haus ein. „Und ob du das wirst! Und am Wochenende will ich Frühstück im Bett. Merk's dir!"

Tristan schluckte. Ja, was waren sie jetzt eigentlich? Frühstück ans Bett klang so sehr nach: festem Freund

- das flaue Gefühl in seinem Magen ballte sich zu einem großen Klumpen Verkrampfung zusammen.

„Wir bleiben bei Oma Lotti, okay? Sie ist immer noch in der Reha und wir wissen nicht genau, wie es weiter geht. Sie wird wieder fit, sagen sie, aber ob sie noch alleine leben kann, wer weiß."

„Wir ... bleiben?" Die Unsicherheit kribbelte unter Tristans Haut. „Bisschen früh, was?"

Sofort biss er sich auf die Unterlippe. Verdammt! Er wollte das hier! Nichts wollte er mehr als mit Mark zusammen zu sein! Aber jetzt da es so nah schien - es fühlte sich wie ein Traum an und Tristan war sich nicht sicher, ob er diesem Traum vertrauen konnte.

Etwas in Marks Gesicht zuckte unruhig, aber sein Blick blieb auf die Straße fixiert. Dann lächelte er, mehr gequält als erfreut, und strich Tristan sanft über den Hinterkopf, bevor er seine Hand über die Schulter nach unten gleiten ließ und ihre Finger verschränkte.

„Es ist doch schon Juni. Vier Monate, seit wir uns getroffen haben, und in den letzten beiden haben wir fast jeden Tag zusammen verbracht. Ich dachte nur ... In den letzten Tagen bin ich wie ein Idiot durchs Haus gelaufen. Ich saß am Tisch und habe begonnen mit dir zu reden, weil ich dachte, du sitzt auf der Couch und bespaßt die Katzen. Aber dann habe ich mich umgedreht ... und der Platz war so leer wie mein Herz. Wenn du magst ... dann bleib einfach bei mir."

Jetzt war es Tristans Herz, das wild in seiner Brust schlug. Die Worte wärmten ihn von innen. Aber vielleicht war das alles hier gleich vorbei? Wie konnte er sicher sein? Nachdenklich presste er die Lippen zusammen und ... schwieg.

Endlich bogen sie ab und Mark parkte den Wagen. Er eilte voran, doch auf halben Weg streckte er seine Hand aus. Tristan ergriff sie und schüttelte ungläubig den Kopf. *Das ist richtig so! Er ist doch jetzt mein Freund, oder?*

Ohne Umweg zog Mark ihn die Treppe hinauf ins Schlafzimmer.

„Warte! Mann, nicht so schnell. Ich muss duschen“, rief Tristan überrumpelt.

„Du musst hier sein! Bei mir!“, brummte Mark und es klang auf eine wunderbare Art verzweifelt.

Mit einem hungrigen Schnaufen schob Mark ihn nun ins Schlafzimmer und auf das riesige Bett. Tristan fiel auf die weichen Daunendecken, die unter seinem Gewicht nachgaben. Was für ein wunderbares Gefühl. Mark über ihm, schwer und erregt. Küsse, die auf seinen Hals fielen, erst zart und vorsichtig, dann wild und gierig.

Unter einem innigen Kuss begann Mark seine Brust zu massieren. Mit brennenden Fingerspitzen strich er über die empfindlichen Nippel, die nur noch der Stoff von seinen Zärtlichkeiten trennte. Tristan schob seine

Hand über die perfekten Proportionen von Marks Oberkörper, weiter nach oben. Mit zitternden Fingern streichelte er Mark durchs Gesicht, fühlte die rauen Stoppeln, und ließ schließlich seine Hand im trainierten Nacken ruhen.

Ohne sich zu befreien schaffte der es, sein Hemd auszuziehen, seine Hose folgte. Dabei ließ er den Raum zwischen ihnen kaum größer werden. Tristan hatte seine Hose aufgeknöpft, da zog Mark sie ihm schon keuchend von den Beinen und bei dem Versuch sein Hemd zu öffnen, riss er Tristan fast einen Knopf ab. Schnell zog Tristan seine Boxershorts aus. Und dann waren sie beide nackt.

Marks Körper schmiegte sich eng und warm an Tristans . Er verging fast vor Zärtlichkeit und Hunger. Beides tobte in ihm, doch es war die Zärtlichkeit, die siegte. Mark lag neben ihm, zitternd vor Verlangen und Tristan konnte sehen, wie sehr er mit sich kämpfen musste, ihn nicht zu überrumpeln. Vorsichtig schob Tristan seinen Arm um Marks Schultern und zog ihn noch näher. Überwältigt lehnte Mark seinen Kopf gegen Tristans Brust, zog seinen Oberschenkel an, sodass sich ihre Erektionen berührten, und atmete eine Weile nur.

Sanft strich Tristan durch Marks dichtes dunkles Haar. Weich fühlte es sich unter seinen Fingerspitzen an. Fast konnte er nicht glauben, wie nah sie sich waren. Verliebt küsste er Marks Stirn.

„Wir müssen das heute nicht tun“, brummte der gegen Tristans Brust.

Tristan lächelte. „Wenn wir das jetzt nicht gleich tun - dann muss ich ziemlich schnell ins Badezimmer!“

Jetzt lachte Mark leise. Zart strich er mit den Fingern über Tristans Rücken. Wie tausend kleine Flammen züngelte das Verlangen über die Stellen, die er berührte. Tristan stöhnte leise auf und wand sich erregt unter der Hand, die sich nun über seinen Hintern schob. Marks Finger zitterten, so sanft versuchte er, Tristans Hinterbacken zu massieren.

„Mehr“, flüsterte er ihm aufmunternd zu.

Mark seufzte und schon knetete und streichelte er sein Ziel mit beiden Händen. Hart pressten sich ihre Schwänze gegeneinander, ebenso wie ihre schweißnassen Körper. Tristan verlor sich in dem Gefühl, in den Berührungen. Wie ein Körper waren sie, er wusste nicht, wo er selbst anfing und wo Mark endete.

Seine Finger erkundeten jeden Winkel von Marks Körper, den sie erreichen konnten. Strichen sanft über die Spalte, zwischen den Hinterbacken, kratzten erregt über den muskulösen Rücken. Marks Liebesbisse waren sanfter als damals vor dem Club, und doch trieben sie Tristan fast in den Wahnsinn. Eingehüllt in das Gefühl von heißer Begierde und dem Wissen, vollkommen sicher zu sein, ließ er sich fallen, trieb zeitlos zusammen mit Mark in einer Blase, die nur noch sie bewohnten. Immer schneller schoben sich ihre Hüften, fast wie von selbst, gegeneinander. Jede Berührung ihrer Erektionen brachte Tristan näher an den Punkt, an dem es kein Zurück gab.

Plötzlich war Mark fort! Er beugte sich zu seiner Tasche, die auf dem Fußboden stand, und kramte darin. Sein nackter Hintern ragte in die Höhe. Für einen Moment bewunderte Tristan das vollendete Rund, die Muskelfasern, die diesen Prachtarsch durchzogen. Und schon schmeckte er ihn, küsste die Haut, die vor der Sonne geschützt, weich und warm war. Übermütig biss er in eine Hinterbacke. Mark stöhnte und schob sich ihm entgegen. Tristan küsste den Hintern, den er so oft schon durch Marks Jeans bewundert hatte, viele Male. Wie eingehüllt in einem feuchten Traum, fühlte er sich. Und fast bedauerte er es, als Mark sich umdrehte. Doch da war ein prächtiger Schwanz, der aufragte und einladend wippte.

Tristan leckte sich über die Lippen und im nächsten Augenblick umfasste er Marks pochende Erektion und leckte gierig über den Schlitz. Salzig schmeckte Mark und nach ... mehr! Tristan hörte einen Protest, doch schon spielte er ein letztes Mal mit der Zunge um die Eichel und ließ Marks Mast schließlich an seiner Zunge vorbei in den Mund gleiten.

Mark stöhnte laut auf. Keuchend krallte er sich in Tristans Haar. Tristan lutschte und saugte und sein eigener Schwanz schwoll dabei schmerzhaft an. Aber jetzt wollte er Mark! Alles von ihm, alles, was der ihm geben konnte. Immer wieder ließ er ihn aus seinem Mund gleiten, neckte ihn mit spitzer Zunge und nahm ihm wieder der Länge nach auf.

Tristan fühlte den Moment und wollte fester saugen, doch Mark schob ihn mit Kraft weg und kam stöhnend und zuckend unter ihm.

„Tris“, keuchte er und streckte seinen Arm aus.

Zufrieden legte er sich neben Mark, schmiegte sich an den heißen Körper und spürte, wie die Wellen des Höhepunktes über seinen Liebsten hinweg schwappten. Eine ganze Weile zuckten seine Glieder und er atmete hörbar.

„Ich bin gut, habe ich doch gesagt. Aber jetzt ist es für mich. Jedes Mal!“, flüsterte er liebevoll gegen Marks Haar.

„Wann?“

„Als du mir deine andere Pistole an den Hinterkopf gedrückt hast.“

„Nein, wann hast du beschlossen, dass es jedes Mal für dich sein wird?“

Tristan seufzte leise. „Ich liebe dich“, murmelte er und küsste Mark auf die geschlossenen Lippen.

„Ich dich auch, Baby. Das meine ich nicht. Das hier ist kein Spiel oder Zeitvertreib unter Freunden. Ich will dich in meinem Leben haben. Als meinen Partner!“

Tristan musste den Kloß in seinem Hals mehrmals herunter schlucken. *So unwirklich!* Er wusste einfach nicht, was er antworten sollte.

„Tris, ich ... ich war nicht ganz ehrlich. Wir wissen nämlich schon, dass Lotti ins betreute Wohnen ziehen wird. Sie mag das Haus nicht in fremde Hände geben und hat mich gefragt, ob ich es will."

„Wie? Du willst hier einziehen?", fragte Tristan erstaunt.

Dabei fiel ihm auf - das alte Haus, mit seinen abgewohnten Teppichen und der altmodischen Einrichtung war irgendwie zu seinem zweiten Zuhause geworden. Nun, eigentlich zu seinem Ersten. Hier fühlte er sich viel wohler als in seiner Wohnung.

„Ich denke schon. Es muss viel gemacht werden und die Möbel müssen alle raus. Einen Teil wird Lotti mitnehmen, den Rest verschenken wir. Der Garten ... na ja, das wird eine Menge Arbeit, aber ich mag es hier." Mark legte seinen Arm um Tristan und für eine Weile küssten sie sich, erschöpft und sanft. „Liebling, magst du hier mit mir wohnen?"

Oh, Mark klang so vorsichtig und unsicher ... fast, fast wollte Tristan „Ja" rufen! Etwas hielt ihn zurück. Da war diese böse Vorahnung und kratze über seine Haut. Was, wenn Mark bald keine Lust mehr auf ihn und das ganze Scheiß-Seelengepäck hätte, das Tristan mitbrachte? Therapie, Albträume, Flashbacks, noch dazu war er ein Ex-Häftling. Wer ließ den so einen in seinem schönen Haus wohnen?

Aber jetzt war Mark hier, warm und liebevoll und nah. Tristan wollte nicht weiter denken. „Können wir mal langsam machen?“, flehte er leise.

Marks Gesichtsausdruck änderte sich. Als wäre ihm gerade eine Erleuchtung gekommen, sah er Tristan mit großen Augen an. Dann beugte er sich vor und küsste ihn auf die Lippen.

„Natürlich. Wir machen so langsam, wie du willst. Du kannst mir trotzdem helfen, den Garten umzugraben.“

Erleichtert lachte Tristan auf. „Sag mal, was hast du eigentlich eben aus deiner Tasche gegraben?“

Mit einem breiten Grinsen griff Mark hinter sich und beförderte eine ganze Reihe von Kondomen und eine kleine Flasche Gleitgel auf ihre Höhe. Die Kondome waren alle noch fein säuberlich aufgereiht, die Flasche sah nicht mehr so neu aus.

Tristan nickte aufgeregt. Endlich! Es wurde ja auch Zeit, dass Mark seine Hemmungen ihm gegenüber verlor!

„Dann muss ich aber wirklich jetzt ins Bad“, sagte er und wollte aufstehen.

„Nee, du bleibst hier und ich gehe ins Bad“, erklärte Mark mit einem breiten Grinsen. Er machte eine Rolle, die Tristan den Atem stocken ließ und trabte grinsend davon.

Erstaunt sah Tristan ihm nach. Was war denn in den gefahren? Wieso ...? So unglaublich war diese Aussicht, sie brauchte einige Zeit, bis sie Sinn ergab. Die Gedanken drehten sich in seinem Kopf und erzeugten mal erregte Freude, mal Angst in ihm. Endlich kam Mark zurück.

Er stieg auf das Bett, schmiegte seinen Körper gegen Tristans und begann ihn sanft zu küssen. Ihre Zungen berührten sich unendlich langsam und das Verlangen brodelte heiß in Tristan auf. Unter Marks Küssen war seine Erektion bald so hart, dass es fast weh tat. Immer wieder strich Mark mit erfahrenen Fingern darüber, umspielte die Eichel und hielt ihn auf einem Level der Erregung, die in Tristans Lenden brannte, ihn aber nicht kommen ließ.

Er massierte Marks Backen hingebungsvoll, leckte dabei über die roten Nippel und ließ seine Finger bewundernd über die massige Brust wandern. Mark schmolz dahin, stöhnte und schob ihm erregt sein Becken entgegen. Mit seiner großen Hand umfasste er ihre Erektionen und rieb sie gegeneinander. Langsam und gleichmäßig. Tristan zuckte von seinen eigenen Lustlauten zusammen. Marks feuchte Zunge spielte über seinen Hals und über die weiche Stelle hinter dem Ohr. Die Glut in ihm flammte auf, erfasste seinen ganzen Körper, immer neue Wellen der Erregung spülten ihn mit sich.

Schließlich riss Mark eine der Kondompackungen mit den Zähnen auf und streifte das durchsichtige Gummi erst über Tristans und dann seine eigene Erektion. Fast kam er alleine durch diese Berührung, so sehr tobte die Lust in ihm.

Mark legte sich auf den Rücken und zog ihn zu sich. Unter feurigen Küssen, massierte er Tristans Schwanz durch das Kondom, bis er ihm unmissverständlich die Gleitgel-Flasche in die Hand drückte. Tristan zögerte.

„Willst du nicht?"

„Was? Doch ... ich will schon", sagte Tristan stockend und fühlte Panik in sich aufkommen. Eine völlig andere Art von Panik als die, die ihm vertraut war. Mehr die Art, die einen vor Scham im Boden versinken lässt.

„Gut! Ich kann nämlich nicht mehr. Ich schwöre, wenn ich dich noch einmal küsse, komm ich! Bitte!"

Tristan atmete schwer. „Bist du sicher?", fragte er leise und wollte sich in den nächsten Kuss beugen, Zeit schinden.

„Völlig!" Mark keuchte das Wort mehr, als dass er es aussprach, seine Hüften hatten ein Eigenleben entwickelt und rieben unentwegt gegen Tristans Oberschenkel.

„Ich ... ich dachte, dass du ..."

„Nein, was? Wieso?" Marks Wangen waren gerötet. Krampfhaft hielt er sich an Tristans Oberarmen fest. „Flexibel", brummte er und verzog das Gesicht, angespannt bis in die Haarspitzen. „Schon immer und so ist es besser für dich, oder?“

Tristan verstand kein Wort. Er presste die Lippen aufeinander und dann ... „Ist mein erstes Mal“, gestand er. „Aktiv, meine ich. Das wollten sie von anderen, nicht von mir.“

Erstaunt riss Mark die Augen auf. Dann entspannten sich seine Gesichtszüge. Langsam setzte er sich auf und schlang seine Arme um Tristan. „Wow! Das ist ... großartig!“ Er räusperte sich. Ihm schien sein Freudenausbruch auch etwas peinlich zu sein.

Die Rührung bewirkte ein warmes Gefühl in Tristans Magen. Aber er wollte Mark lieber nicht erzählen, dass er Tränen hinter seinen Augen fühlte. „Ist nur neu, aber ... ich ... „ Jetzt liefen sie im doch unkontrolliert über die Wangen. „Ich will das- etwas Neues, nur mit Dir erleben. Aber, irgendwie fühlt sich alles mit dir neu an. Alles ist anders und alles ist schön“, gestand er und war froh, dass Mark ihn noch fester an sich drückte. Tristan hätte geschworen, dass er etwas Feuchtes auf seiner Schulter fühlte, aber Mark wischte sich schnell durchs Gesicht und sah ihn flehend an.

„Gott, Tristan - fick mich! Jetzt! Wir machen es langsam, aber mach es!“, flehte er mit brüchiger Stimme.

Aufgeregt nickte Tristan und schon kniete er zwischen Marks Beinen. Der hatte sich zurück aufs Bett gelegt, und lag in all seiner Schönheit vor ihm.

Tristan wollte ihn bewundern, doch dann fing er den bittenden Blick ein und griff nach seiner Erektion.

Mit einer Hand verteilte er so viel Gleitgel über Marks Eingang und auf seinem Schwanz, die Flasche war bald leer. Unter jeder sanften Berührung bebte Mark und Tristan fühlte, wie er diese Macht mehr und mehr genoss. Die Macht, den Mann, den er liebte, an den Rand des Wahnsinns zu treiben.

Vorsichtig, Stück für Stück schob er sich in die Enge. Überwältigt von der Erfahrung, die Kontrolle zu haben und seinem Liebsten gleichzeitig Lust zu bereiten, fühlte er seinen Höhepunkt anrollen. *Nicht kommen! Jetzt nicht.* Tristan war sich nicht sicher, ob seine Erektion den Befehl aufgenommen hatte. Wild tobte das Verlangen in seiner Körpermitte. Vorsichtig bewegte er sich in Mark und vögelte ihn mit langsamen Stößen.

Mark stöhnte unkontrolliert. „Ja! Baby. Weiter! Härter!“

Irgendwann ergaben seine Worte keinen Sinn mehr. Das erregte Stöhnen floss zu Tristan, erfasste ihn und nahm ihn mit in eine Welt voller Lust und Leidenschaft.

Keuchend krallte er sich in Marks Hüften, wurde schneller, gab einen härtern Rhythmus vor. Marks Schwanz zuckte vor seinen Augen. Tristan umfasste den kompletten Umfang und nach wenigen Bewegungen kam Mark laut stöhnend.

Tristan fühlte seinen eigenen Höhepunkt gnadenlos anrollen, wurde fortgetragen und kam und kam unter kehligen Lustlauten.

Er glitt aus Mark, streifte das Kondom ab und warf es achtlos vor das Bett. Schließlich sank er vollkommen erschöpf, aber glücklich, neben seinen Liebsten. Eng umschlungen lagen sie zusammen, Haut an Haut, ihre pochenden Herzen aneinander geschmiegt.

Tristan lauschte dem Geräusch und versank darin. Fast hatte ihn der Schlaf schon geholt, da hörte er Marks Stimme.

„Und morgen nach der Arbeit graben wir zuerst den Garten um und dann wiederholen wir das hier!“

„Passe! Such dir einen anderen, Superman“, murmelte Tristan müde.

„Niemals“, flüsterte Mark ihm ins Ohr..

KAPITEL 23

Als wäre es ein Tag wie jeder andere. Nervös spähte Tristan aus dem Küchenfenster. Wie an jedem Samstagmorgen mähte der Nachbar gegenüber den Rasen seines Vorgartens. Lärm drang vom nahen Fußballplatz zu ihm herüber. Das Summen von Insekten erfüllte den warmen Sommermorgen und in der Luft lag der Duft von frisch geschnittenem Gras.

Tristan öffnete das Fenster, um besser auf die Straße sehen zu können. *Wo bleibt nur der verdammte Bus?* Zum wiederholten Mal an diesem Morgen starrte er auf seine Uhr. Es läutete. Endlich! Tristan wollte lossprinten, da hörte er den Schlüssel, der die Haustür aufsperrte.

„Hey Liebling! Sieh mal, wen ich auf dem Weg zum Bäcker aufgegabelt habe“, rief Mark fröhlich durchs Haus.

„Hey. Hättest mal texten können. Seit einer halben Stunde warte ich auf ihn.“

„Hallo Kleiner. Meine Schuld.“

Jan umarmte ihn nicht und verzog keine Miene. Mit versteinertem Gesichtsausdruck stand er einfach nur im Flur. Stand da, in eine moderne Jeans und ein schickes Hemd gekleidet. Die langen Ärmel hatte er einmal umgeschlagen, was ihm ein lässiges Aussehen verlieh. Nur die Umrisse der teuren Uhr waren noch auf seinem Handgelenk erkennbar. Sicher hat er sie verkauft, vermutete Tristan. Dafür war das abgewetzte Lederarmband jetzt besser zu sehen. An einigen Stellen war es zerfranst, denn Jan nahm es niemals ab. Kein Wunder, Jonathan hatte es ihm zum 18. Geburtstag geschenkt. Und irgendetwas hatte Jan mit seinen Haaren gemacht. Wie charmant vom Wind verweht sah die Frisur aus und stand ihm gut. Jung wirkte er, und kurz vorm Explodieren!

„Atme mal durch. Alles wird gut!", versuchte ihn Tristan zu beruhigen.

„Das kannst du nicht wissen!" Jan wirkte noch angespannter.

Tristan seufzte und packte ihn am Arm. Doch bevor er sprechen konnte, war Mark hinter ihm.

„Ho Brauner. Jonathan wird heute entlassen! Und das ist schon mal sehr gut! Alles andere wird der Tag zeigen. Es wird nicht besser, wenn du Tris anfährst."

Jan schnaufte und lehnte sich gegen die Tür. „Sorry, Trissi", murmelte er leise.

Tristan zuckte mit den Schultern. „Schon gut. Lass uns gleich los."

„Ja, gleich. Hast du es bekommen?", fragte Jan, straffte sich und sah sich im Wohnzimmer um. Sein Blick blieb an einem flachen Gegenstand hängen, der auf dem Tisch lag.

„Hab ich. Willst du noch etwas reinschreiben? Dann packe ich es für dich ein!"

Jan antwortete nicht. Schweigend trottete er zum Tisch. Mit zitternden Fingern zog er einen Kugelschreiber aus der Hosentasche und schrieb etwas in das Buch, das vor ihm lag.

„Hier. Pack's schön ein", sagte er schließlich und schob das Buch in Tristans Richtung.

Tristan fischte es vom Tisch und verschwand in der Küche. Er kramte das Geschenkpapier aus der Ecke und begann das Buch einzupacken, so wie er es in Susannes Laden gelernt hatte. Auch seine Hände zitterten, so groß war die Sehnsucht nach Jonathan, die er endlich zulassen konnte. All die Zeit ohne ihn, die wenigen Besuche in der Haftanstalt, alles würde bald hinter ihnen liegen. Er konnte es kaum glauben. Erfreut hastete er zurück ins Wohnzimmer und gab Jan das Päckchen, das er so sorgfältig in rotes und weißes Papier eingepackt hatte. Eine große rote Stoffschleife prangte mittig darauf.

„Jo, Tris. Wie ein Profi. Wem glaubst du, will ich es schenken? Es fehlen nur noch ein paar verdammte Regenbogenkonfetti und jede Dragqueen würde vor Freude ausflippen."

Tristan musste ein Lachen unterdrücken. Aber in Jans Gesicht tat sich immer noch nichts.

„Reg dich ab! Deiner Frau wird's schon gefallen", sagte Tristan übermütig.

„Meinem ....“ Als würde ihn ein stechender Schmerz durchfahren, presste Jan seinen Handrücken gegen die Stirn.

„Jan, er wird es mögen. Er hat dieses blöde Buch als Kind geliebt und unsere Mutter auch - die hat ihn doch sogar danach benannt. Vertrau mir“, flüsterte Tristan und strich dem einzigen Mann, der je eine Vaterfigur für ihn gewesen war, zärtlich über den Arm.

Jan sah aus als würde er gleich weinen. Mit einem Seufzen zog Tristan ihn in eine Umarmung und hielt ihn eine Weile fest.

„Ich habe so eine Scheiß-Angst. Fuck! Trissi, ich habe seit Tagen nicht geschlafen. Was, wenn er mich nicht mehr will?“

„Ich weiß nicht“, erwiderte Tristan ehrlich.

Der Gedanke, sein Bruder könnte Jan jemals nicht mehr wollen, schien ihm absurd. Und doch ... der Knast konnte Menschen verändern. Er fühlte sich hilflos, ließ den verstörten Mann los, aber seine Hand blieb auf Jans Arm.

„Mark?“, rief er nach oben. „Bist du fertig? Können wir gleich los?

„Kommst du mal?“ Er lehnte auf der halben Treppe über dem Geländer. „Sorry, Jan. Wir brauchen nur ein paar Minuten. Setz dich einfach noch kurz.“

Jan rollte mit den Augen, aber er trabte folgsam zur Couch. Das rot-weiße Päckchen hielt er wie einen Schatz gegen seine Brust gedrückt.

„Was will der denn jetzt noch? Vögeln? Kann das nicht warten?“, brummte er genervt.

„Keine Ahnung und nein! Sicher nicht. Warte kurz.“

Angespannt hechtete Tristan die Treppe nach oben und ins Schlafzimmer. Dort stand Mark, inzwischen fertig angezogen, am Fenster und wirkte nachdenklich. „Was ist denn? Hat das nicht Zeit?“

„Nur kurz! Hör mal ... ich mache mir schon etwas Sorgen, wie das heute ablaufen wird? Jan war jetzt ... drei oder vier Mal hier und okay, er ist ein super Pokerspieler. Aber ich kann ihn immer noch nicht einschätzen. Und es ist mein Job! Wird er heute ausflippen, wenn Jonathan ihn abweist?“

Tristan presste Luft durch seine Zähne und trat zu Mark ans Fenster.

„Er wird ... ich weiß es nicht, ehrlich. Aber für mich war es nie ein Unterschied. Wer bei den beiden wen verlässt - das spielte einfach keine Rolle. Es war immer völlig undenkbar.“

„Und heute?“ Mark hatte den Kopf zur Seite geneigt.

„Weiß nicht. In den letzten Monaten habe nur ich Jonathan Briefe geschrieben. Mein Bruder hasst schreiben und hat höchstens jedes dritte Mal geantwortet und dann nur knapp. Warum fragst du, willst du Jan nicht mitnehmen? Mark! Das wird ihm das Herz brechen!“

„Ach was!“ Mark hob die Hand. „Natürlich nehmen wir ihn mit. Ich wollte nur wissen, was auf mich zukommen kann.“

Tristan seufzte und sah erneut auf die Uhr. „Ich glaube, dieses Mal kannst du nicht alles kontrollieren, Herr Kommissar. Wir müssen einfach sehen, was wird.“

Mark nickte langsam und ging auf die Tür zu. „Wie heißt er eigentlich mit Nachnamen? Nicht mal das weiß ich. In deiner Akte war es abgekürzt. Jan J.“

„Jan Jansen“

Tristan folgte Mark und fast waren sie schon an der Tür angekommen. Mit einem entsetzten Ausdruck im Gesicht drehte sich Mark zu ihm.

„Jan-Philipp Jansen?“ Tristan nickte. „Scheiße!“ Mark schnappte nach Luft. „Oh Gott ... ich habe mich schon oft gefragt, was aus diesem armen Jungen geworden ist.“

Bitte nicht jetzt! „Der pokert heute mit dir“, sagte er schnell und schob Mark ein Stück weiter.

„Aber wie konnte er das nur bis heute überleben? Ein Vater, ein Star-Anwalt auch noch, der die ganze Familie erschießt und nur ein Sohn überlebt, weil er zufällig nicht im Haus war. Grauenhaft.“

Die Erinnerung an den Tag, als er Jans Geschichte erfahren hatte, zuckte durch Tristan. Das Bild mit der netten Familie, die an einem schön gedeckten Tisch gesessen hatte. Jan, der älteste und seine Geschwister -

Kalli, sein kleiner Bruder. Er schluckte mehrmals, als wollte er diesen Gedanken dadurch verdauen.

„So wie wir alle - wir haben uns im Sturm aneinander festgehalten." Das war der Grund, warum Jan nicht völlig durchgedreht war, Tristan war sich sicher. *Wir haben alle unsere Geschichte* - wir Kriegskinder. Nervös spähte Tristan erneut auf seine Uhr. „Sprich ihn bloß nie darauf an! Manchmal nennt er Leute, die ihm nah stehen, mit den Namen seiner Geschwister, ignorier es einfach!"

Unvermittelt zog Mark ihn in eine Umarmung.

„Liebling, wenn ich nur daran denke, will ich, dass du hier einziehst. Ich will dich immer um mich haben." Tristan fühlte sanfte Küsse in seinem Nacken.

„Mark, nicht jetzt, okay. Und keine Angst - mein Vater ist gestorben, als ich drei war, und nach Jonathans Erzählungen war er ein netter Kerl. Lehrer und so. Na ja, er hat halt eine Schülerin geschwängert, aber sonst war er wohl okay. Hat eben auch sein Bestes gegeben und auf meine Mutter aufgepasst, so lange er da war."

„Wer hat sein Bestes gegeben? Leute, müsst ihr jetzt knutschen? Können wir mal fahren?" Jan stand in der Tür, einen strafenden Blick im Gesicht und das Päckchen unter dem Arm.

Tristan nickte ihm zu und verließ endlich das Schlafzimmer. Er war sich fast sicher - Jan hatte etwas gehört. Dessen grausame Geschichte flammte erneut in seinen Gedanken auf, die Trauer verschloss seinen Hals. Dann straffte er sich - nein, jetzt war die Zukunft dran! Nicht die Vergangenheit.

Tristan beeilte sich, die Terrassentür zu schließen. Ein Windstoß erfasste ihn, ließ ihn schaudern. Für einen Moment starrte er über den Garten, den sie seit Wochen neu anlegten. Jetzt wusste Mark alles. Was für eine verstörte und zutiefst verletzte Familie sie waren - wie konnte er da mit ihm zusammen leben wollen?

„Liebling, kommst du?", rief der von der Tür.

Mit langsamen Schritten trottete Tristan zu ihm. Das warme Lächeln, sein besorgter Blick beruhigten seine aufgebrachten Gedanken für einen Augenblick.

Jan verließ das Haus zusammen mit ihnen und nahm auf dem Rücksitz des Wagens Platz. Schweigen breitete sich aus. Tristan sah aus dem Fenster, ließ die Landschaft vorbei huschen wie seine Gedanken.

Irgendwann während der zweistündigen Fahrt streckte er seine Hand im Wagen nach hinten, ohne sich umzudrehen. Jan ergriff sie und ließ sie nicht mehr los, bis der Wagen stoppte.

Der Eingang der Haftanstalt wirkte verwaist. Hohe Mauern und Zäune aus Stacheldraht umschlossen das alte Backsteingemäuer. Gute hundert Meter trennten das Tor vom eigentlichen Bau. Ein junger Mann lehnte an der Außenmauer und hatte ein Bein angewinkelt, den Fuß dagegen gestemmt. Mittelgroß, feingliedrig, sportliche Figur. Das blonde Haar war ordentlich geschnitten. Die Jeans wirkte etwas zu eng an seinem, inzwischen trainierten, Körper. Das verwaschene T-Shirt spannte über der Brust. Tristans Herz klopfte bis zum Hals.

Da stand sein Bruder und sah verdammt gesund aus! Die letzten Monate, seit er clean war, hatte Jonathan offensichtlich im Kraftraum gut genutzt. Er war immer noch ein Buchmann und ein breiter Muskelprotz würde nie aus ihm werden. Aber im Vergleich zu dem suchtkranken, dürren Jungen, der vor fast zwei Jahren eingefahren war, stand da ein anderer Mensch.

Alle Parkplätze vor der Haftanstalt waren frei. Kein Wunder. Ein Ausflugsziel war es nicht gerade. Jonathans Gesicht wirkte ebenso versteinert wie Jans. Nur seine Augen bewegten sich unablässig. Wach und neugierig suchten sie die Umgebung ab.

Tristan sprang aufgeregt aus dem Wagen und ging auf seinen Bruder zu. So viel Freude und ebenso viele Bedenken hüpften in ihm auf und ab. Seit vier Monaten hatten sie sich nicht mehr gesehen. Kurz vor dem Bruch bei Oma Birne war Tristan zum letzten Mal zu Besuch im Knast gewesen. Und später wollte Jonathan keinen Besuch mehr.

Anscheinend hatte sein Bruder beschlossen, die Resthaftzeit als Sport-Einsiedler zwischen Trainingsraum und Zelle zu verbringen. Na, irgendeinen Job werden sie ihm auch aufgebrummt haben, als er clean war, überlegte Tristan, während er die Distanz verringerte.

Erst trottete er, dann ging er schnell und als er ein winziges Lächeln um Jonathans Mund zucken sah, stürmte er los. Fast rannte er seinen Bruder um, so heftig umarmte er ihn. Tausend Dinge, die er ihm sagen wollte, drängten aus Tristan heraus. Von seinem neuen Job in der Buchhandlung hatte er ihm geschrieben. Sogar, dass es am Ende nicht mit der Ausbildung übers Amt geklappt hatte, weil Marks Kumpel in der Agentur für Arbeit versetzt worden war. Und dass ihm Susanne schließlich eine Ausbildung zum Buchhändler angeboten hatte. Ihm! Dem Ex-Knacki! All das hatte er seinem Bruder berichtet, obwohl der kaum zurückschrieb.

Aber Mark hatte er nicht erwähnt. Wie hätte er das auch tun sollen? Im Knast wurde die Post der Häftlinge überwacht und die Beamten mussten ja nicht wissen, dass sein Freund Polizist war. Jetzt wollte er Jonathan alles erzählen und fand doch keine Worte. Tristan räusperte sich.

„Ich hab dich vermisst! Mann, ich hab dich lieb“, flüsterte er seinem Bruder schließlich ins Ohr.

Endlich, endlich regte sich etwas in Jonathans Gesicht. Langsam begann er zu lächeln, erst zaghaft, und dann war es da - sein schiefes Grinsen, bis heute ein bisschen schüchtern.

„Ich hab dich auch lieb, Trissi. Lass uns hier abhauen." Das waren die ersten Worte, die sein Bruder in Freiheit sprach.

Tristan konnte es nicht fassen, aber schon wieder standen Tränen in seinen Augen. Wie oft hatte er in den letzten Monaten eigentlich geheult? Sicher viel mehr als in allen Jahren zuvor. Aber vielleicht war das ein gutes Zeichen?

„Okay", sagte er und zeigte auf den Wagen.

Mark kannte einen Park, der an einem Fluss auf halber Strecke lag. Dort wollten sie später anhalten und den Zitronenkuchen essen, den Mark gestern Abend extra gebacken hatte. Nur schnell weg vom Bau! Gerade wollte er seinen Bruder zum Auto ziehen, als sein Blick auf Jan fiel.

Bloß nicht! Doch nicht hier. Was, wenn das schief geht?

„Nee, lass mal. Komm steig wieder ein, wir fahren gleich weiter", rief er Jan zu und winkte ab. Aber der schien ihn gar nicht zu hören.

Langsam und mit starrem Blick kam er um das Auto herum. Die Hände hatte er hinter dem Rücken verschränkt. *Ist das Wut in seinem Gesicht?* Tristan war sich nicht sicher. Er wollte nur weg hier, diese Begegnung hätte doch im Auto stattfinden sollen, unter Aufsicht.

Jonathan brach den Blickkontakt mit Jan nicht. Nun standen die beiden gut einen Meter voneinander entfernt und starrten sich an. Nicht liebevoll, nicht einmal aufgeregt wirkten sie. Sie glotzten sich an wie zwei wütende Kater, kurz bevor der Kampf begann.

Wollten die sich etwa schlagen? Vor dem Knast? Tristans Hände wurden klamm.

Plötzlich zog Jan etwas hinter seinem Rücken hervor. Ohne seinen Blick abzuwenden, hielt er das rot-weiß verpackte Geschenk direkt vor Jonathans Brust. Immer noch sprach niemand ein Wort. Tristan hatte das Gefühl in einem Western gelandet zu sein, und wartete auf die rauchenden Colts.

Jonathan stutzte, nahm das flache Päckchen, entgegen und begann es zu öffnen. D*ie sind beide verrückt geworden*, dachte Tristan besorgt. So hatten sie das doch nicht besprochen. Jan hatte Jonathan das Geschenk im Park geben wollen, in Ruhe. Und jetzt standen sie vor dem verdammten Knast!

Nur Jonathans zitternde Finger beim Öffnen des Paketes verrieten, dass ein Sturm in ihm tobte. Nun starrte er nicht mehr auf Jan, sondern auf das flache Buch mit der Möwe auf dem Einband. *Können die noch was anderes als glotzen*, dachte Tristan und überlegte fieberhaft, wie er beide Jungs ins Auto bekommen könnte.

„Machs auf, nur den Einband“, krächzte Jan mit brüchiger Stimme.

Tristan stand noch nah genug und lugte in das Buch, das er für Jan besorgt hatte.

Die Möwe Jonathan wollte Jan seinem Liebsten unbedingt zur Haftentlassung schenken. Was hatte er nur da rein geschrieben? Tristan beugte sich etwas weiter vor und las. In ungewöhnlich krakeligen Buchstaben stand dort:

„Von jetzt an lassen wir nur die Möwen fliegen und bleiben auf dem Boden.

Du und ich in unserem neuen Leben! Ich liebe dich."

Wow! Die erste Liebeserklärung, die Jan seinem Bruder jemals gemacht hatte! Betroffen trat Tristan einen Schritt von den beiden Männern zurück und stieß gegen Mark. Die merkwürdige Szene hatte ihn wohl ebenfalls aus dem Auto gelockt.

„Wir müssen hier weg", flüsterte Tristan. Erleichtert schmiegte er sich in Marks Arm, der sich schützend um seine Schultern legte.

„Gib ihnen noch einen Augenblick", murmelte sein Freund.

Aber Tristan schüttelte den Kopf. Etwas Gespenstiges lag über den Jungs. Jonathans Gesichtsausdruck hatte sich verändert. Was auch immer zuvor sein Herz und sein Gesicht vereist hatte, man konnte es förmlich schmelzen sehen.

Jan hatte den Kopf zur Seite geneigt und der Hauch eines Lächelns umspielte seine Lippen. Ein Funke Hoffnung leuchtete in seinen Augen auf. Jonathan bewegte sich, beugte sich nach unten. Ganz vorsichtig packte er das Buch in seinen Rucksack.

Plötzlich machte er zwei hastige Schritte auf Jan zu und sprang. Fassungslos starrte Tristan zu den beiden. Sein Bruder war tatsächlich gerade an Jan hochgesprungen und klammerte sich mit den Beinen um dessen Hüfte. Erleichterung ließ Tristans Glieder entspannen. Na zum Glück war Jan kräftig genug und aufmerksam war er auch. Irgendwie hatte er die Attacke abgefangen und hielt Jonathan fest an sich gedrückt.

Ihre Lippen verbanden sich in Zeitlupe. So behutsam und sehnsüchtig, wie sich zwei Menschen küssen konnten, die Jahre nur davon geträumt hatten. Aber dann wurden sie forscher, wilder. Zungen wurden sichtbar und Tristan bekam das Gefühl einen Schwulenporno zu schauen, bei dem die Hauptdarsteller im Pornokuss hängen blieben. *Na hoffentlich bleiben die beim Küssen!*

„Wir müssen sie ins Auto kriegen! Der Knast macht mich nervös“, flüsterte er Mark zu und krallte sich in dessen Arm.

„Baby, lass ihnen noch eine Minute.“

„Lieber nicht. In einer Minute fangen die an zu vögeln!“, sagte er lauter als gewollt und befreite sich aus Marks Umarmung.

Vorsichtig trat er einen Schritt auf die knutschenden Männer zu und räusperte sich. Keine Reaktion. Jetzt pfiff jemand anerkennend. Es kam von einem der Fenster der Haftanstalt. *Jetzt reicht es endgültig!*

„Hört jetzt auf, ihr zwei Irren! Wir sind immer noch vor dem verdammten Bau. Lasst uns hier abhauen! Von mir aus könnt ihr den Rest eures Lebens zusammen schwul sein. Nur nicht vor dem bescheuerten Knast.“

Jan lachte und es klang so befreit, Tristan wollte mitlachen. Behutsam setzte der seinen Bruder ab, ohne ihn loszulassen, und schon wieder begannen sie, sich zu küssen. Am Ende seiner Geduld schob Tristan die beiden zum Wagen, auf den Rücksitz und stieg schnell selbst ein. Unter einem ungehaltenen Schnaufen drehte er sich um.

„Wenn ihr in Marks Auto vögelt, zahlt ihr die Reinigung!“

Jetzt war es Jonathan, der lachte. Er schlug Tristan sanft mit der Hand auf den Hinterkopf. „Wie redest du überhaupt mit mir? Ich bin immer noch dein großer Bruder. Zeig gefälligst mehr Respekt!“

Tristan zeigte ihm etwas anderes, nämlich den Vogel, und drehte sich um. Mark hatte den Wagen längst zurück auf die Straße gelenkt. Aus den Augenwinkeln sah Tristan zu ihm und lächelte. *Die Jungs da hinten sind ganz schön mutig.* Sie würden in Jans Kellerwohnung einziehen können, Tristan wusste das - aber Jonathan noch nicht. Bis jetzt hatte er nicht gefragt. Offensichtlich ging er einfach davon aus, wo immer Jan war, da würde auch er leben. *Wir sind lange genug vor dem Leben davon gelaufen.* Der Gedanke wanderte langsam durch Tristans Kopf und sank als Gefühl tiefer. Etwas in ihm löste sich. Zarte Flügel schlugen ruhig, aber sie erhoben sich nicht. Zum Glück nicht!

„Ich sollte endlich mal aus meiner schimmeligen Bude raus und umziehen. Wenn ich mit der Wohnungsgesellschaft rede, kann ich vielleicht früher aus dem Vertrag, was meinst du?“, flüsterte er Mark zu.

Mark behielt die Straße im Blick. „Gute Idee“, sagte er tonlos. „Vielleicht finden wir etwas in meiner Nähe?“

Tristan atmete tief ein und aus. „Eigentlich wollte ich zu dir ziehen.“

Mark blinzelte und musste mehrmals schlucken. Ein glückliches Lächeln breitete sich auf seinen Lippen aus. „Willkommen Zuhause“, sagte er leise..

KAPITEL 24

Einige Jahre später

Wuff Wuff ... Sechs Mal bellte der Plastik-Mops in der kitschigen Kukuksuhr, nun Mopsuhr, bevor er sich in seine Hütte verzog. *Schon sechs Uhr am Freitag? Feierabend!*

Mit Schwung beförderte Tristan den Stift in den Behälter und eilte zur Eingangstür. Dort drehte er das Schild auf *Geschlossen*, trat einen Schritt zurück und betrachtete all die Pfauenaugen, Zitronenfalter und regenbogenfarbenen Schmetterlinge, die in großer und kleiner Ausführung an Tür und Schaufenster klebten. Auch über der neu angebrachten Schrift schwebten sie.

Coffee, Kids & Lovley Pages

Ein großer grüner Schmetterling stieg majestätisch über dem Wort *Pages* auf. Tristan verspürte ein warmes Gefühl im Magen. Tim hatte den Schriftzug für ihn entworfen und er war wunderschön geworden. Das Klingeln des Telefons riss ihn aus seinen Gedanken. *Nach Ladenschluss? Was soll's.* Er hastete zu dem Telefon, das auf der neuen, niedrigeren Theke lag.

„Buchmann-Birnert?“

„Woodland? Ach so, sie waren einer der Holzspielzeuglieferanten! Tut mir leid, wir führen ihre

Waren leider nicht mehr. Frau Birnert? Frau Birnert schreibt nur noch und hat mir den Laden vor vier Monaten übergeben."

„Wie? Nein, meiner Schwiegermutter geht es sehr gut. Sie wollte einfach mehr Zeit für ihre Kinderbücher haben."

„Ja genau."

Der Zulieferer beendete das Gespräch schnell und Tristan sah sich für einen Moment im Laden um. Der Gedanke, dass er hier seine Buchhandlung betrieb, war immer noch nicht in seinem Kopf angekommen. So unwirklich fühlte es sich an.

„Du wirst es wunderbar machen. Ich hatte meine Zeit, jetzt bricht deine an."

Das hatte Susanne ihm an ihrem letzten Arbeitstag gesagt.

Unvermittelt musste Tristan lächeln. Ja, mit der Hilfe seiner Lieben war in den letzten vier Monaten aus einer verstaubten Kinderbuchhandlung, die die Konkurrenz aus dem Internet fürchten musste, ein modernes Buchcafé geworden, in dem sich die Kleinen und die Großen gleichermaßen wohl fühlten.

Er sah zu der neuen Spielecke für die größeren Kinder. Alles war in Pastelltönen gehalten. Im oberen Bereich, wo einst die Holzspielzeugabteilung gewesen war, standen nun bequeme Sessel an kleinen Tischen und luden zum Entspannen ein. Dazwischen gab es überall

Decken und Hochstühle. Unter einem leisen Seufzen dachte Tristan an seine Arbeitstage. Noch war er alleine und zwischen Babygeschrei freundlich zu bedienen und die Bücher im Blick zu behalten, konnte ziemlich anstrengend sein.

Bisher ging seine Rechnung jedenfalls auf. Hier war alles auf Kinder eingestellt. Niemand störte sich daran, wenn das Baby schrie, das Kleinkind seinen Kakao auf das Laminat kippte oder die Mutter stillen musste. Die vielen Mütter und wenigen Väter kamen auf einen Kaffee und nahmen oft ein Buch oder eine DVD mit. Eine kleine Auswahl exklusiver Teddys führte er ebenfalls. Lächelnd strich Tristan dem nicht ganz so exklusiven Hansi übers struppige Fell. Sein alter Bär saß nun auf der Theke der Buchhandlung und war der begehrteste Teddy im ganzen Laden.

„Aber du und ich, wir werden uns nie mehr trennen“, flüsterte Tristan ihm ins plüschige Ohr.

Er zuckte zusammen, als plötzlich die Ladenglocke erklang. Er sah auf und wollte gerade erklären, dass geschlossen war. Im nächsten Augenblick musste Tristan grinsen. Die beiden jungen Männer, die hereinkamen, waren keine Kunden. Sie trugen braune Overalls, eine Sonneblume war als Firmenemblem darauf genäht. Auf einem Rollwagen karrten sie ächzend eine riesige Pflanze, nebst passendem Topf über die Schwelle.

„Hey Jungs! Euch hätte ich fast vergessen. Die Pflanze kommt nach oben, ins Café." Unter Schnaufen rollten sie das grüne Ungetüm näher und blieben vor den Stufen, zum Café stehen.

„Und ich dachte, ich lebe mit dem Vergesslichen von euch Buchmännern zusammen." Jan lachte und straffte sich."

„Familienkrankheit", murmelte Tristan, kam zu ihnen und umarmte erst seinen Bruder und dann Jan.

„Es reicht, wenn du mir hilfst, die Pflanzen hochzutragen. Den Rest mache ich schon", sagte Jonathan und ging nach draußen zum Lieferwagen, um eine zweite, nicht minder stattliche Grün-Pflanze zu holen. Jan sprang hinter ihm her und half ihm mit dem sperrigen Teil. Unter Schimpfen und Stöhnen schafften sie beide Töpfe samt Inhalt schließlich ins Café.

„Lass ihn mal werkeln. Wenn Johnny mit Pflanzen hantiert, braucht er seine Ruhe." Jan lehnte sich neben Tristan an die Theke.

Tristan sah nach oben und schüttelte den Kopf. Jonathan und seine große Liebe zu Pflanzen - wer hätte das gedacht?

„Wie geht's deiner Tante", fragte er Jan beiläufig.

„Gut. Hab sie schon länger nicht mehr angerufen. Aber die meldet sich schon, wenn was ist."

Tristan nickte. Ohne die Tante und Jans Erbe, das sie all die Jahre für ihn verwahrt hatte, hätten die beiden niemals die Gärtnerei kaufen können, so viel war klar. Lange hatte es gedauert, unendlich viele Gespräche, bis Jan das Erbe endlich annehmen konnte. So war das Geld, an dem so viel Leid klebte, am Ende die Grundlage für Jan und Jonathans Existenz geworden.

Jan blätterte in einem der Bücher, die auf der Theke lagen und Tristan dachte an die endlosen Stunden, die sie mit seinem Bruder für dessen Prüfung zum Gärtner gepaukt hatten. So frustriert war er oft gewesen, aber so schnell wie früher, wie vor den Drogen, funktionierte sein Hirn nicht mehr.

„Johnny, ich brauche dich, ich kann nur verkaufen, Preise kalkulieren, planen und anpacken. Ohne dich wüsste ich nicht einmal, was wir hier anpflanzen."

So oft hatte Jan es ihm gesagt und am Ende war es vielleicht das gewesen, das Jonathan bestehen ließ. Er wurde gebraucht, von dem Menschen, den er auf der Welt am meisten brauchte.

Tristan lächelte zu Jan. „Wie gehts euch?"

„Prima. Nicht anders als letztes Wochenende, als wir bei euch waren. Wahrscheinlich ähnlich gut wie morgen, wenn wir uns wieder in der Casa Buchmann-Birnert treffen."

Jan grinste breit. „Babe, kommst du da oben zurecht?", rief er seinem Freund zu.

„Jep", antwortete Jonathan laut.

Jan nickte und zog sein Handy aus der Tasche. „Hey, Trissi, schau mal. Was ist mit diesem Bild?"

Das Bild, das sich öffnete, zeigte Tristan in einem schwarzen Anzug mit Krawatte. Neben ihm stand Mark im ähnlichen Aufzug. Sie lächelten sich an und hielten zusammen ein großes Messer fest. *Das Anschneiden unseres Hochzeitskuchens*, dachte Tristan gerührt.

„Aber davon haben wir so viele Bilder."

„Hier seht ihr besonders gut aus, finde ich." Mit verklärtem Blick starrte Jan auf das Foto.

„Jan?"

„Hm?" Unwillig löste er seinen Blick von den digitalen Bildern und sah Tristan an.

„Frag ihn endlich! Der hockt den ganzen Tag in seinen Pflanzen und weiß nicht, wie gerne du ihn zum Ehemann machen würdest."

Jan schluckte mehrmals und wirkte plötzlich verlegen. „Weiß nicht. Wir sind seit fünfzehn Jahren zusammen. Da fragt man das nicht so nebenbei."

„Das ist natürlich ein sehr kurzer Zeitraum. Ich weiß gar nicht, was in Mark und mich gefahren ist, dass wir diesen Schritt nach nur vier Jahren gewagt haben." Jan zuckte mit den Schultern und schwieg. „Frag ihn!", sagte Tristan bestimmt.

Jan nickte. „Warum muss ich es eigentlich tun? In welchem Jahrhundert leben wir denn und wir sind doch eh beide Kerle."

„Weil Jonathan in seinem Kopf Platz für genau vier Dinge hat. Dich, seine Pflanzen, mich und an guten Tagen - Mark. Er denkt einfach nicht daran.“

„Vielleicht will er ja nicht. Er ist glücklich so, oder?“ Jan klang merkwürdig unsicher.

„Du willst es aber! Er wird wollen, weil es dich glücklich macht, und ihn macht es nicht unglücklich.“

Jan musste schlucken. Tristan freute sich. Offensichtlich hatte er ins Schwarze getroffen.“Ich könnte den blöden Namen loswerden“, sagte Jan leise.

Wow, Er will Buchmann heißen? Tristan wunderte sich. „Jansen-Buchmann?“, überlegte er laut.

„Nur Buchmann!“, brummte Jan und Tristan verstand. Immerhin trug Jan den Namen eines Mannes, der seine ganze Familie ausgelöscht hatte. Natürlich wollte er damit abschließen.

Erneut erklang der hübsche Glockenton. Tristan und Jan sahen gleichzeitig auf. Ein Mann, Mitte dreißig, in schicker Kleidung trat ein. Auf dem Arm trug er ein kleines Mädchen, das vielleicht drei Jahre alt war. Ihre braunen Locken wippten auf und ab.

„Oh sieh mal Lindi, fast die ganze Familie ist versammelt“, rief der neue Besucher erfreut, sah sich um und ließ die Kleine auf den Boden. „Na, lauf mal zum Onkel Tristan. Der gibt dir einen dieser Lutscher, die deine Zähne nicht kaputt machen.“

„Triis“ Die Kleine hatte ihn erblickt und rannte aufgeregt auf ihn zu. Tristan nahm sie auf den Arm und gab ihr ein Küsschen auf die Wange.

„Hallo Miss Linda“

Mit großen Augen starrte sie ihn verliebt an. „Ich will eine Teeparty“, sagte sie bestimmt. „Dann schau mal nach oben, zu Jonathan. Du weißt doch, wo das Teeservice ist?“

Und schon kletterte sie die Stufen hinauf und war verschwunden.

„Schon gut“, sagte Tristan zu Tim, der seiner kleinen Tochter besorgt nachsah. „Jonathan ist oben und spricht wahrscheinlich gerade mit der neuen Pflanze. Der ist immer ein gutes Opfer für Teepartys junger Ladys.“

„Sehr gut! Linda ist fasziniert von dem Onkel mit den Blumen und sie sind ähnlich sprunghaft in ihren Gedanken.“

Tim lehnte sich zu ihnen an die Theke und wirkte für einen Moment erleichtert, dass seine Tochter gut versorgt war.

„Hallo Tris, Jan“

„Wie gehts Frederick?“, fragte Jan neugierig.

Tim winkte ab. „Jemandes Weisheitszahn musste unbedingt am Freitagabend schmerzen, der hat eine Not-OP.“

Tristan lachte. „Der Zahnarzt-Sohn, der zur Zahnarzt-Ehefrau geworden ist, immer noch schräg.“

Tim rollte mit den Augen. „Ich persönlich finde ja immer noch den schüchternen Zahnarzt aufregender, den ich, kurz nach seiner Scheidung, verschämt in der Ecke einer Schwulenbar aufgegabelt habe." „So seid ihr wenigstens um die unmögliche Adoption herum gekommen", murmelte Tristan gedankenverloren.

„Weil ihre Mutter alleine nach New York wollte", bestätigte Tim ernst und blickte in Richtung Café. „Tris, hast du das Buch bekommen?"

„Bunny Peggy has two daddies! Yes, Sir. Wurde heute geliefert. Schau, ich habe es dir eingepackt." Tristan zog ein rosafarbenes Päckchen voller Schleifen unter der Theke hervor.

„Danke Liebes! Und jetzt muss ich meine Tochter einsammeln. So viel imaginären Tee, wie Linda kocht, kann Jonathan gar nicht trinken und vielleicht lässt der Weisheitszahn meinen Mann ja bald in den Feierabend. Wir sehen uns in einer Woche zur Gartenparty!" Mit schwingenden Hüften bewegte sich Tim zum Café und kam kurz darauf mit einer weinenden Linda unterm Arm zurück. „Auf Wiedersehen, meine Lieben, wir haben einen Notfall. Lindi, sollen wir gleich Papa anrufen?"

„Nein! Ich will Tee!"

Unter einem Seufzer verschwand Tim nebst Tochter und Buch aus der Tür.

Oben auf dem Plateau stand Jonathan und sah ihnen lächelnd nach. Dann kam er zu ihnen herunter und lehnte sich neben Jan. „Na, bist du auf den Geschmack gekommen?", fragte der und Tristan wusste nicht, ob es lustig oder hoffnungsvoll klang.

Jonathan schüttelte den Kopf. „Die Kleine ist Zucker. Aber wir haben ihn gerade aus dem Haus und glücklich verheiratet." Er zeigte mit dem Kinn auf Tristan. „Da fange ich doch nicht wieder von vorne an."

Jan atmete tief ein und aus und legte einen Arm um Jonathans Schultern. „Lass uns nach Hause gehen, Baby. Vielleicht fangen wir ja bald etwas anderes an."

Mit sanftem Druck schob er Jonathan in Richtung Tür. Dort drehte der sich noch einmal um und blickte fragend zu seinem Bruder. Mit den Lippen formte er ein Wort und Tristan musste überlegen. *Hund?* Er dachte, Jan wollte einen Hund? Er lachte, nickte und hob den Daumen in die Höhe. Die beiden würden die Reihenfolge schon selbst klären. Was kam zuerst - die Hochzeit oder der Hund?

Nachdenklich sank Tristan in die Hocke und begann die Geschenkpapierfetzen unter der Theke zusammen zu sammeln. Unter dem Hügel versteckt lag ein knallgelber Schmetterling, den man zu einem

Geschenk stecken konnte. Vorsichtig strich Tristan über die samtenen Stoffflügel und musste unwillkürlich lächeln. Langsam stand er auf und beugte sich zu Hansi. Dann steckte er dem Bären behutsam den Schmetterling, der an einem Draht befestigt war, in den Arm und war sicher - das alte Stofftier freute sich über den Besuch.

Plötzlich fühlte er etwas an seinem Hinterkopf und zuckte zusammen. Im nächsten Moment schlangen sich vertraute Arme von hinten um seine Schultern.

„Hab dich gar nicht reinkommen hören“, murmelte er und lehnte sich gegen die breite Brust in seinem Rücken.

Ein zarter Kuss fiel auf seine Ohrmuschel. „Weil ich Kommissar Lautlos bin“, flüsterte Mark.

„Hast sie alle verpasst, unsere ganze Familie.“

Tristans Glieder entspannten sich, die Anstrengung des harten Arbeitstages fiel langsam von ihm ab. Marks Wärme strömte zu ihm herüber, sein Duft versprach einen wunderbaren Abend. Tristan schloss die Augen für einen Moment.

„Zum Glück habe ich dich nicht verpasst.“

Ja, zum Glück hast du mich nicht verpasst, als ich bei deiner Oma eingebrochen bin. Wohlige Wärme breitete sich in Tristans Körper aus. Noch näher schmiegte er sich an Mark, der begonnen hatte, sich, mit Tristan zusammen, von einem Bein aufs andere zu wiegen. Leise summte er die Melodie von *Fields of Gold* von Sting.

Tristans Atem wurde ruhiger und für einen Augenblick konnte er sie sehen - unzählige Schmetterlinge, abertausende in schillernden Farben, wie sie mit lautlosen Flügelschlägen aus dem goldenen Feld aufstiegen und davon flogen. Aber er blieb am Boden, bei seinem Liebsten. Denn dort war er zuhause.

ÜBER DIE AUTORIN

Alice Camden wohnt mit ihrem Mann und drei sonderbaren Katzen in einem kleinen Haus auf dem Land.

Sie freut sich jedes Mal, wenn die Helden aus ihrem Kopf steigen können und zwischen den Zeilen lebendig werden. Denn dann ist Platz für eine neue Geschichte.

Alice, die unter dem Pseudonym *Alex Summers* homoerotische Romane veröffentlicht, schreibt auch für den Dead Soft Verlag, wo seit 2015 vier ihrer Romane erschienen sind.

Mehr über Alice unter:

https://www.facebook.com/camdenundsummers/

www.alicecamden.com

Café Cinnamon Reihe

Eine romantische Reihe von, in sich abgeschlossenen, Gay Romance Geschichten, rund um das *Café Cinnamon*, seine Angestellten und Gäste. Bisher erschienen:

Der Duft von Zimtschnecken

Verschenken Sie Ihr Herz zum Fest der Liebe!

Marius ist nicht sicher, ob er noch ein Herz hat, das er verschenken könnte.

Erschöpft betritt der junge Architekt in der Vorweihnachtszeit das Café Cinnamon und ahnt nicht, dass diese Entscheidung sein Leben für immer verändern wird. Der hübsche Marius fällt Nick, dem smarten Besitzer des Cinnamon, sofort auf. Überarbeitet und frisch verlassen, lässt sich Marius zu der Aussage hinreißen: „Vielleicht wäre alles leichter, wenn ich auch schwul wäre?“

Zwischen Misstrauen und Anziehung rückt das Weihnachtsfest immer näher.

DER WEIHNACHTSELF

Eine Geschichte aus
Tristan & Jonathans Kindheit

„Mama? Maamaaa!" Ganz dicht kam Tristan mit seinem Mund an das Ohr seiner Mutter. Nichts. Sie bewegte sich einfach nicht. Nur ihr Brustkorb hob und senkte sich in einem gleichmäßigen Rhythmus. Tristans Blick fiel auf die kleine bunte Pappschachtel, die auf dem Nachttisch lag. Darin waren Pillen, die sie müde machten, er wusste das. Bestimmt würde sie heute nicht mehr aufstehen.

Langsam drehte er sich um und ging zur Tür. „Joooonathaaaan", rief er laut durch den Flur.

Für einen Moment blieb er vor dem Poster an der Tür zum Zimmer seines Bruders stehen. Das Mädchen mit Pfeil und Bogen darauf zielte auf ihn. Dann presste er die Lippen fest zusammen, öffnete die Tür mit einem Ruck und starrte in die Dunkelheit. Nur ein paar schmale Streifen Licht fielen durch die geschlossene Jalousie.

Auf Zehenspitzen näherte Tristan sich dem Bett. *Total langweilig, der schläft ja noch.* Wie seine Mutter lag Jonathan unbeweglich da. Ein Bein hing aus dem Bett, der Rest von ihm war unter einem Deckenberg verborgen.

„Jonathan?“ Tristan flüsterte und streckte seinen Kopf etwas vor. Mist! *Bewegt sich einfach nicht.* Nicht einmal Jonathans Gesicht war zu sehen, so sehr hatte er sich unter der Decke vergraben. Nur sein blondes Haar schauten noch oben heraus. Vorsichtig nahm Tristan eine Strähne zwischen Daumen und Zeigefinger und zupfte daran.

„Hm?“ Jetzt schreckte Jonathan endlich aus dem Schlaf. Müde schälte er sich aus seinem Deckennest und blinzelte. „Was'n los?“

„Na, heute ist doch Weihnachten!“ Tristan hörte, wie sich seine Stimme vor Freude fast überschlug und grinste breit.

„Was?“

Mensch, der war ja immer noch nicht richtig wach. „Weihnachten! Aber Mama schläft noch und ... ich glaube, sie steht heute nicht mehr auf.“

Etwas in Jonathans Gesicht zuckte komisch. Für einen Moment schloss er die Augen und sah aus, als würde ihm etwas weh tun. Dann nestelte er unter der Decke und rückte vor bis zur Wand. „Na, komm mal her, du kleiner Weihnachtself.“

Tristan musste noch mehr grinsen und nickte. Kuscheln mit seinem großen Bruder am Weihnachtstag, das war das Beste überhaupt.

Schnell kletterte er ins Bett und schlüpfte unter die Decke. Jonathan streckte seinen Arm aus und Tristan legte seinen Kopf darauf.

„Du stinkst!“ Tristan rümpfte die Nase. „Hab dich gestern gesehen, durchs Fenster. Du warst unten auf dem Spielplatz und ihr habt geraucht und Bier getrunken.“

„Na und? Interessiert doch niemanden.“ Jonathan hatte schon wieder die Augen geschlossen.

„Aber du bist doch erst elf. Du bist auch noch ein Kind!“

Jetzt musste Jonathan leise lachen und Tristan verstand gar nichts mehr. Er hatte doch die Wahrheit gesagt. „Nee, Trissi. Hier gibt’s nur ein Kind und das bist du! Und du weißt doch, du musst keine Angst haben. Wenn was mit Mama ist, kannst du einfach rauskommen. Ich war doch in der Nähe.“

„Hmmm. Aber heute bleibst du hier, ja? Weil doch heute Weihnachten ist.“

„Weihnachten, was? Und sie liegt seit Tagen wieder mal nur im Bett. Bestimmt hat sie auch nichts eingekauft. Scheiße.“

„Nicht! Sag das nicht. Mama ist krank, sie kann nichts dafür. Das sagst du doch selbst immer.“

„Krank, als ob. Egal.“

„Aber wir können doch zusammen Weihnachten feiern. Du und ich?“ Tristan blinzelte seinen Bruder auffordernd an. Sein Magen kribbelte vor Freude. So lange Jonathan hier war, würden sie bestimmt ein schönes Weihnachtsfest haben!

Unter einem Seufzen strich Jonathan ihm liebevoll durchs Haar. „Vielleicht gehen wir einfach zusammen raus, was meinst du? Wir feiern mit ein paar meiner Freunde?“

„Nein! Ich will hier mit dir feiern!“

„Kleiner, wir haben doch gar nichts im Kühlschrank. Na, wenn du magst, mache ich dir eine Nudelsuppe.“

„Letztes Jahr hatten wir aber ein großes Abendessen, mit Nachtisch!“, protestierte Tristan und rückte noch ein Stück näher an seinen Bruder. Der roch wirklich übel. Nach Zigaretten und Bier. Aber es war Jonathan und er war der beste Bruder, den man haben konnte.

„Letztes Jahr war sie auch noch nicht so ... krank.“ Jonathan seufzte erneut und sah zur Decke.

„Jonathan?“

„Hm?“

„Glaubst du, Weihnachtselfen gibt es wirklich? Ich meine, solche, die dem Weihnachtsmann helfen?“

Jonathan schüttelte den Kopf. „Trissi, du bist doch jetzt schon sieben. Da kannst du doch so was nicht mehr glauben. Nein, es gibt keine Weihnachtselfen und den Weihnachtsmann gibt es auch nicht.“

Tristan schluckte. Das war wirklich eine doofe Frage gewesen. Ja, er wusste doch, dass das alles nur Märchen waren. „Okay“, murmelte er.

Tristan fühlte, wie sich Traurigkeit von seiner Brust in seinem ganzen Körper ausbreitete. Er schluckte mehrmals trocken und ganz plötzlich stiegen Tränen in seine Augen. Nee, bloß nicht! Jonathan sollte das nicht sehen. Aber sie waren nicht aufzuhalten. Er wusste nicht einmal genau, warum er weinen musste. War es, weil seine Mama seit Monaten nur noch im Bett oder auf der Couch lag und wenn sie wach war, schien sie ihn gar nicht mehr zu bemerken.

Sein Vater war doch schon vier Jahre tot, warum war sie denn immer noch so traurig? Tristan hörte sie manchmal nachts, wenn sie in die Küche schlurfte. Erst lief der Wasserhahn und dann hörte er, wie sie das Glas abstellte. Dann nahm sie die nächsten Pillen, er hatte es schon öfter gesehen.

Aber heute war doch Weihnachten! Warum war sie ausgerechnet heute krank?

„Ach Trissi.“ Jonathan drehte ihn so um, dass er sich gegen seine Brust lehnen konnte. Tristan schlang die Arme um seinen großen Bruder und weinte hemmungslos.

„Schhhhhh. Kleiner. Alles wird gut, ja? Wein doch nicht. Vielleicht gibt es ja doch Weihnachtselfen. Was weiß ich schon, hm?“

Tristan konnte sich kaum beruhigen. „Nein! Die Elfen kommen nicht. Das ist nur in Filmen so. Ich bin nicht mehr so klein. Ich glaube das nicht mehr“, schluchzte er.

Jonathan schluckte hörbar und dann küsste er Tristan auf die Stirn.

Sein Bruder war immer lieb zu ihm und er kümmerte sich, kochte sogar das Essen und kaufte ein, weil seine Mama so krank war. Aber heute war er besonders liebevoll mit ihm. Trotzdem wurde es nicht besser. Weinend zog Tristan sich die Decke über den Kopf. Er würde einfach so tun, als wäre heute nicht Weihnachten, dann würde es schon besser.

Warum bebte denn Jonathans Brust? Tristan schob die Decke etwas zur Seite und sah nach oben zu seinem Bruder.

Jonathan weinte. Ganz leise nur. Die Tränen liefen ihm über die Wangen und fielen auf Tristans Haar. Jetzt fühlte sich Tristan noch schlechter. So ein Mist - er hatte seinen großen Bruder zum Weinen gebracht.

Jonathan, der immer alles im Griff hatte. Der ihm morgens das Frühstück machte und mit ihm zur Bushaltestelle ging, der ihm Geschichten vorlas und mit ihm fern sah und immer fragte, wie es in der Schule war und seine Hausaufgaben durchsah.

„Tut mir leid!“, murmelte er gegen Jonathans Brust.

„Schon gut. Ich habe nur Bauchschmerzen. Schlimme Bauchschmerzen.“

„Warum denn? Weil du Bier getrunken hast?“, wollte Tristan wissen.

„Vielleicht. Jedenfalls ist es richtig fies!“

Tristan bekam Angst. „Mama hat mir früher immer eine Wärmflasche gemacht, wenn ich Bauchschmerzen hatte, weißt du noch? Ich weiß aber nicht, wo sie ist."

„Wahrscheinlich mit dem Rest unseres Lebens im alten Haus geblieben." Jonathan atmete tief ein und aus und dann stieg er über Tristan aus dem Bett. „Da hilft nichts mehr, Kleiner. Ich muss zum Arzt. Sonst wird das gar nichts mehr mit Weihnachten."

„Zum Arzt? Aber die fragen dich doch nach Mama! Nicht Jonathan! Dann lassen sie dich nicht mehr gehen." Tristans Angst wurde immer größer. Jonathan sollte nicht in ein Heim kommen. Bald würde bestimmt alles wieder besser werden.

„Weißt du noch, wie wir es beim Zahnarzt gemacht haben? So mache ich es jetzt auch. Ich sage, Mama sucht einen Parkplatz und wenn sie noch mal fragen, dann hatte sie eben einen Unfall. Ich habe ja unsere Karte, das geht schon."

„Kommst du bald wieder und machst mir Nudelsuppe? Dann können wir uns zusammen einen Weihnachtsfilm ansehen."

Mit der Handinnenfläche wischte sich Jonathan die letzten Tränen von der Wange und nickte. „Ich bin bald zurück. Spiel ein bisschen oder schau dir was im Fernsehen an."

Tristan beeilte sich, artig zu nicken. Wenn sein Bruder wirklich bald zurück wäre, dann würde es ein guter Tag werden, da war er sich ganz sicher.

Jonathan zog sich an, schulterte seinen Rucksack und rannte zur Haustür. Tristan hörte sie ins Schloss fallen. Der arme Jonathan musste wirklich schlimme Bauchschmerzen haben, wenn er es so eilig hatte.

Tristan schälte sich ebenfalls aus dem Bett und trabte langsam durch die Wohnung. Nein, hier war es nicht Weihnachten, stellte er traurig fest. In der Schule hatten sie alles geschmückt und sogar für das Fest gebastelt. Und über ihrer Straße hingen jetzt viele Lichter. Wenn er mit dem Bus durch die Stadt fuhr, kamen sie am Weihnachtsmarkt vorbei. Wenn der Bus dort hielt, strömte der Geruch von gebrannten Mandeln und Zuckerwatte zu ihm.

Aber seine Mutter hatte in diesem Jahr nicht geschmückt. Nicht mal eine Kerze stand auf dem Tisch. Geschenke! Oh nein, bestimmt hatte sie auch keine Geschenke gekauft! Nach den Ferien würden alle in der Schule erzählen, was sie zu Weihnachten bekommen hatten und er ... Das war ganz schön traurig. Er biss sich auf die Unterlippe. Nein, er wollte nicht mehr traurig sein. Na ja, dort konnte er ja lügen.

Jonathan hatte ihm eingeschärft, es war besser, zu lügen, wenn es um ihre Mutter ging. Sonst kämen Leute vom Amt und würden sie wegholen und bestimmt kämen sie dann nicht in die gleiche Familie. Oder schlimmer noch, sie müssten in ein Heim. Egal wohin sie kommen würden, Tristan wollte auf keinen

Fall von Jonathan getrennt sein. Niemals. Er griff sich Hansi, den Teddy, von der Couch und setzte sich davor auf den Boden. Dann angelte er nach der Fernbedienung, schaltete den Fernseher an und bekam große Augen. Eine Werkstatt voller putziger kleiner Elfen war auf dem Bildschirm zu sehen und der Weihnachtsmann schimpfte gerade mit einem von ihnen. Tristan musste lachen und vergaß alles andere.

Wie lange er gebannt auf den Bildschirm gestarrt hatte, wusste er später nicht mehr. Aber irgendwann klingelte es.

„Maaa ......“ Er brach ab. Ach was, sie würde doch nicht aufstehen. Unter einem Schnaufen ging er selbst zur Tür und ließ die Kette davor, als er öffnete. Genau so, wie Jonathan es ihm beigebracht hatte. Er spähte hinaus. Ein großer Junge stand im Flur und grinste. Tristan erkannte Pete, einen Freund von Jonathan.

„Jonathan ist nicht hier. Aber er kommt bald wieder.“

„Ich weiß. Er hat mich angetextet. Wir sollen dich abholen, er kommt später dazu.“

Dann wollte Jonathan also unbedingt mit seinen Freunden Weihnachten feiern, überlegte Tristan. Aber wenigstens durfte er dabei sein, dachte er und freute sich ein bisschen. Viel lieber hätte er mit Jonathan alleine gefeiert, aber wenn sie zusammen bleiben konnten, war es auch gut. „Hier Kleiner, die Nachricht. Du kannst doch schon lesen, oder?“

Tristan nickte und spähte auf das Handy, das Tim ihm vor die Nase hielt.

Zeig Trissi diese Nachricht. Dann weiß er, es ist okay. Er hat noch kein Handy. Tristan las die Worte ganz langsam. Trissi! So nannte ihn nur sein Bruder, die Nachricht war sicher von ihm.

Schnell zog er Jacke und Schuhe an und trat zu Pete auf den Flur. Zusammen verließen sie das Haus und eilten in Richtung Spielplatz. Gut, dass es heute nicht so kalt wie in den letzten Tagen war, aber es war ganz schön neblig und der Himmel war grau. Endlich kamen sie auf dem Spielplatz an. Kein Kind war dort, nur ein paar von Tristans Freunden hingen rauchend und mit Bierdosen in der Hand auf der Schaukel und lehnten an der Rutsche. Zwischen den großen Jungs fühlte sich Tristan ganz schön verloren. Ein paar Mädchen waren auch dort und aus einem Grund, den Tristan nicht verstand, strahlten sie ihn erfreut an.

„Was is'n das für ein süßer kleiner Blondi? Ist das Johnnys Bruder? Sieht ja aus wie geklont."

Die Mädchen begannen, auf ihn einzureden, und Tristan fand, sie erzählten dummes Zeug. Eine strich ihm übers Haar und eine andere zog ihm den Anorak zu, als wäre sie seine Mutter.

„Bisschen früh, um Mama zu sein, Lotta, was?" Einer der Jungs stupste das rothaarige Mädchen, das ihm gerade über den Kopf streichelte.

„Lass mich doch. Ist doch süß, der Kleine." Sie grinste und nahm einen großen Schluck Bier. Tristan bekam ein mulmiges Gefühl im Magen. Wie redeten die denn über seinen Bruder?

„Ah, Johnny ist nicht so frühreif wie du, der macht dir keins, kannste vergessen!" Der Junge lehnte lässig an der Rutsche und zog an seiner Zigarette. Die Asche fiel in den Sand.

„Weiß ich! Der hat doch eh keinen Bock auf Mädels. Bei dem geht nichts." Erwiderte das Mädchen und Tristan überlegte, was sie meinen könnte. Wieso sollte sein elfjähriger Bruder auch Lust auf Mädchen haben? Mädchen waren ... anstrengend.

„Kein Wunder. Johnny muss auf den Kleinen hier aufpassen. Die Mutter säuft und wirft Pillen ein. Die ist hinüber."

Tristan zuckte zusammen. Nein! Nein! So war das nicht! Seine Mama war nicht hinüber. Sie war nur ... nur krank. Und bald würde sie wieder gesund werden, bestimmt.

„Da! Jetzt hast du den Zwerg traurig gemacht. Na, frohe Weihnachten auch." Der Junge zog eine Bierdose auf und nahm einen kräftigen Schluck. Eine Weile redeten und lachten alle miteinander.

Still setzte Tristan sich auf die Bank neben dem Spielplatz. Er sah zum grauen Himmel und baumelte mit den Beinen. Ohne Jonathan war er hier ganz alleine und das fühlte sich überhaupt nicht gut an. Er begann, mit dem Finger Kreise auf der Bank zu ziehen.

„Hey Johnny. Kommst du deinen Kleinen abholen. Bleib doch noch. Der fühlt sich hier wohl“, rief plötzlich einer der Jungs.

Tristan sah auf und tatsächlich - da war sein Bruder. Und er sah gut aus. Er hatte sich umgezogen und seine Haare waren gewaschen. Lächelnd kam er auf die Bank zu und streckte Tristan eine Hand hin. Unter einem Lächeln griff Tristan danach. Die warme Hand seines Bruders, die seine ganz fest hielt, das war ein gutes Gefühl. Augenblicklich fühlte er sich nicht mehr einsam.

„Sorry, heute kann ich nicht bleiben. Trissi und ich haben etwas vor.“

Der Junge mit der Bierdose grinste schief und zuckte mit den Schultern. „Da siehste, Lotta. Vergiss den. Der muss Papa spielen. Aber ich stehe zur Verfügung.“ Das rothaarige Mädchen rollte nur mit den Augen. Aber Tristan waren sie jetzt alle egal. Alle außer Jonathan.

Zusammen liefen sie zurück zu dem grauen Hochhaus, in dem sie nun lebten, und fuhren mit dem Aufzug nach oben. Bäh, da stank es immer so drin. Vor der Tür steckte Jonathan den Schlüssel ins Schloss und sah lächelnd zu Tristan.

„Komm mal her“, sagte er und zog Tristan sanft am Ärmel. Er legte ihm eine Hand über die Augen. Dann beugte er sich zu ihm und flüsterte ihm ins Ohr. „Was, wenn es doch Weihnachtselfen gibt?“

Tristan wunderte sich, was das wohl bedeutete. Plötzlich klopfte sein Herz ganz schnell, so aufgeregt war er.

Was war nur dort, hinter der Tür? Dann sperrte Jonathan auf und schob ihn weiter in den Flur, aber er nahm seine Hand nicht von Tristans Augen. Die Tür fiel hinter ihnen ins Schloss. Vor lauter Aufregung begannen Tristans Hände zu schwitzen. Nervös knetete er seine Finger. Was ist es, wollte er fragen. Aber er biss sich auf die Unterlippe. Gleich, gleich würde er sehen, was Jonathan ihm zeigen wollte.

Der schob ihn mit sanftem Druck ins Wohnzimmer und Tristan hörte den Lichtschalter klicken. Oh, jetzt konnte er es kaum noch aushalten. Er fühlte den Atem seines Bruders ganz nah an seinem Ohr und hörte:

„Fröhliche Weihnachten, Trissi!“ Jonathan nahm die Hand endlich weg und Tristan riss die Augen auf. Mit offenem Mund starrte er in das halbdunkle Wohnzimmer, hinein in all die bunten Lichter.

Dort, auf dem kleinen Beistelltisch neben der Couch, stand ein Weihnachtsbaum, der so groß, wie Tristan war. Bunt blinkten die Lichter einer Kette, die mehrmals darum geschlungen war. Und da war noch mehr!

Die Lichter spiegelten sich in glänzenden, kleinen Kugeln. So viele Figuren und Strohsterne hingen, steckten und baumelten an dem kleinen Weihnachtsbaum, Tristan konnte gar nicht ausmachen, was dort alles angebracht war. Alles wirkte bunt und fröhlich und vor lauter Aufregung wurde seine Brust immer enger. Dieses Mal war es nicht Traurigkeit, dieses Mal war er so unglaublich froh, dass er weinen musste. Durch sein tränenverhangenes Lächeln konnte er auf dem Tisch Tannenzapfen erkennen, in deren Mitte ein Weihnachtsmann stand. Aus dessen Mütze ragte etwas Weißes. Das war eine Kerze!

Tristan wusste gar nicht, wo er zuerst hinsehen sollte. Zwei neue Kissen lagen auf der Couch. Eines sah aus wie ein Rentier und eines wie ein ... ein Elf! Mit langsamen Schritten ging er darauf zu. Im Vorbeigehen bemerkte er die übrigen Kerzen, die auf dem Schrank und dem Tisch brannten. Vorsichtig setzte er sich auf die Couch und drückte das Rentierkissen fest gegen seine Brust. Woher hatte Jonathan nur das Geld gehabt? Von ihrer Mama? Vielleicht. Tristan wusste, Jonathan würde es ihm nicht verraten.

Dann liefen die Tränen wie von selbst über seine Wangen und auf das Kissen. Jonathan kam zur Couch, sank in die Knie und streichelte ihm übers Haar.

„Nicht gut? Schau, das haben die Weihnachtselfen heute extra noch für dich geliefert. Die vergessen niemanden. Und da liegt noch etwas unter dem Baum für dich."

Tristan weinte und lachte zur gleichen Zeit. Jonathan reichte ihm ein Päckchen, das krumm und schief verpackt war. Aber Tristan fand es so schön, dass er es gar nicht öffnen wollte. Außerdem zitterten seine Finger viel zu sehr. Wie hatte Jonathan all das geschafft? Fragend sah er ihn an. Aber sein Bruder schüttelte nur den Kopf und öffnete das Päckchen für ihn.

„Das Spiel!", flüsterte Tristan andächtig. Das war das Spiel für die Konsole, das er sich so sehr gewünscht hatte. Oh ja, jetzt hatte er in der Schule auch etwas zu erzählen. Er musste schlucken und weinen und dann lachte er laut - so sehr freute er sich.

„Jetzt musst du aber aufhören zu weinen. Wir essen gleich."

„Hast ... hast du Nudelsuppe gemacht?"

„Nein, Kleiner. Heute ist doch Weihnachten! Da gibt es keine Nudelsuppe! Da schau."

Jonathan zeigte auf zwei große, braune Papiertüten, die auf dem Wohnzimmertisch standen. Tristan hatte sie noch gar nicht bemerkt. Neben den Tüten war eine Kleine zu sehen, aus der es eindeutig nach gebrannten Mandeln roch. „Burger, ohne Käse, wie du es magst. Und es sind drei. Du kannst so viel essen, wie du willst und bis dir der Bauch wehtut."

Tristan konnte nur nicken. Sein Kopf würde bestimmt gleich vor Freude platzen, da war er sich sicher. Dann griff er nach dem Elfenkissen, drückte es gegen Jonathans Brust und schlang seine Arme fest um seinen Bruder.

„Danke“, brachte er schluchzend hervor. „Danke und frohe Weihnachten.“

Jonathan streichelte ihm beruhigend über den Rücken. „Für was bedankst du dich denn? Das war der Weihnachtsmann und seine Helfer. Und was soll ich mit dem Kissen? Ich habe doch schon einen Weihnachtself.“

17499275R00190

Printed in Poland
by Amazon Fulfillment
Poland Sp. z o.o., Wrocław

Gerade aus der Haft entlassen, pleite und hungrig, bricht der jun
Ex-Stricher Tristan in ein scheinbar leeres Haus ein
ausgerechnet dem attraktiven Polizisten Mark
Nach dieser unerfreulichen Begegnung bietet
den Tristan nicht ausschlagen kann - und
Leben rasend schnell. Zwischen der Hoffnung,
Leben anzukommen und dem Kampf gegen die Dämonen seiner
Vergangenheit, sehnt sich Tristan nach Mark. Je mehr Zeit vergeh
desto mehr verliebt er sich in Mister Perfekt.
Doch der Polizist darf das auf keinen Fall erfahren, denn Tristan ist
sicher - Mark empfindet für jemanden mit seiner Vergangenheit nich
Mitleid. Während Tristan im Sturm, wie ein Schmetterling unter ei
starken Baum, Marks Nähe sucht, fragt er sich, was es mit den
widersprüchlichen Signalen auf sich hat, die der aussendet.

Wenn dir die Liebe Flügel schenkt - Aber die Angst dich nicht fliege

ISBN 9781544761572
9 781544 761572
9000